내가 만난 모든 풍경은 행복이었다

전선희 수필집

시음사
시사랑음악사랑

작가의 말

내가 걸어온 길 위에 머물렀던 수많은 풍경들은 때로는 따뜻하고, 때로는 쓸쓸했으며, 또 때로는 눈물로 채워졌습니다. 그 모든 순간들이 모여 지금의 나를 만들었고, 비로소 하나의 삶의 이야기가 완성되었습니다.

이 책은 내 삶 속에서 만났던 소중한 사람들, 마음에 간직했던 기억들, 그리고 잊을 수 없는 순간들에 대한 고백입니다. 때로는 가슴 벅찬 감동으로, 때로는 잔잔한 그리움으로 나를 채웠던 풍경들을 글로 풀어내며, 나 자신을 치유하고 위로받았던 시간이기도 했습니다.

세상을 살아가는 우리는 누구나 각자의 풍경을 만납니다. 이 책이 독자 여러분에게도 자신의 삶을 되돌아보는 작은 계기가 되고, 잔잔한 위로와 희망으로 다가가길 바랍니다. 나아가 평범한 일상 속에서도 소중한 행복을 발견하는 데 조금이나마 보탬이 되기를 소망합니다.

모든 풍경은 결국 삶이었고, 그 삶은 나에게 행복이었습니다. 이렇게 글로 표현할 수 있도록, 내게 풍경을 선물한 세상과 사람들에게 깊은 감사의 마음을 전합니다.

이 책이 독자 여러분의 마음속에 조용히 스며들어 따뜻한 흔적으로 남기를 바라며.

2024년 12월

전선희 드림

1부 사랑의 메세지

2부 사랑하는 사람들과의 인연

3부 산다는 건

4부 마음의 위로

5부 새로운 시작

6부 삶의 아름다운 풍경

내가 만난 모든 풍경은
행복이었다

1부 사랑의 메세지

소소한 순간들이 모여 이루는 행복

행복이란 멀리 있는 거창한 꿈이나 특별한 성취에만 존재하는 것이 아니다. 내가 사랑하는 사람들의 미소 속에서 내 마음을 감싸주는 따뜻한 순간 속에서 삶의 소소한 기쁨을 발견할 때 느껴지는 작지만 깊고 진실된 감정이다. 그들의 웃음소리가 내 일상에 빛을 더해줄 때 하루의 피로와 걱정은 눈 녹듯 사라지며 그 순간이 얼마나 소중한지 깨닫게 된다. 사랑하는 사람들의 미소는 마치 따뜻한 햇살처럼 내 마음을 비춰주고 그런 햇살이 하루하루 쌓여 내 인생의 행복이라는 커다란 그림을 완성해 간다.

자연이 주는 소소한 기쁨도 빼놓을 수 없는 행복의 일부다. 바람에 실려 오는 꽃향기는 단순한 향기를 넘어서 내 마음을 안정시키고 감성을 일깨우는 묘한 마법 같은 힘을 가지고 있다. 가끔씩은 아무 이유 없이 산책길을 걷다가 길가에 핀 꽃들을 바라보고, 자연이 내게 주는 선물을 느끼며 감사한 마음이 든다. 푸른 잔디 위에서 바라보는 하늘 그 사이를 수놓은 꽃들 나무 사이로 비치는 햇살은 모두 내 마음속에 따뜻한 평온을 선사하며 나를 행복하게 만들어준다. 소소한 순간들 속에서 찾은 자연의 아름다움은 내 삶을 풍요롭게 채워주며 내가 살아 있음을 다시 한번 느끼게 한다.

일상의 작은 기쁨도 놓치지 않고 하나하나 간직하려 노력한다. 아침에 좋아하는 커피를 한 잔 마시며 시작하는 하루, 친구와의 진솔한 대화 속에서 마음을 나누는 순간들, 혹은 좋아하는 책을 읽고 나만의 글을 써 내려가는 시간이야말로 내 일상을 특별하게 만들어준다. 때로는 너무 바쁘게 돌아가는 하루 속에서 잠시 멈추어 주위를 둘러보는 일만으로도, 나를 둘러싼 모든 것이 얼마나 소중한지를 깨닫게 된다. 출근길에 만난 이웃의 반가운 인사, 점심시간에 동료들과 나누는 웃음, 이 모든 풍경이 모여 나의 일상을 더욱 풍성하게 해준다. 이런 소소한 기쁨들이 모여 내 인생의 행복을 완성해 가고 있다는 사실을 매일매일 새롭게 느끼며, 그런 소중한 순간들을 감사하게 생각한다.

무심코 흘려보내기 쉬운 일상의 작은 순간들을 소중히 여기며 감사하는 마음을 잃지 않는 것이야말로, 진정한 행복을 찾는 열쇠가 아닐까 생각한다. 지금 내가 숨 쉬고 있는 이 순간, 내가 사랑하는 사람들과 함께 있는 이 시간이 얼마나 귀중한지를 깨닫는 일은 내가 지금 얼마나 행복한지를 확인하는 과정이기도 하다. 사람들과의 작은 만남 하나하나가 특별한 인연이며, 그 소중한 인연들 속에서 행복을 찾고, 내가 그들과 나누는 모든 순간이 내 인생을 의미 있게 만들어준다. 지금 이곳에서 삶의 작은 기쁨을 찾고, 그 기쁨이 나의 하루를 더 빛나고 아름답게 만들어주길 바라는 마음을 품고 살아간다.

내가 느끼는 행복을 나누며, 어려운 순간을 겪고 있는 사람들에게도 작은 위로와 힘이 되기를 바라는 마음으로 하루를 보낸다. 내가 가진 것을 나누고, 그들과 함께 서로의 아픔을 이해하며 지낼 때, 우리의 인연은 더욱 깊어진다. 이렇게 나누는 행복은 나 혼자만의 것이 아니라, 내가 사랑하는 사람들과 함께 만들어가는 것이라는 진실을 깨닫게 된다. 소소한 순간 속에서 찾은 행복이 서로의 마음을 따뜻하게 하고, 어려운 시기를 함께 나아갈 수 있도록 힘이 되는 것은 그만큼의 가치와 의미를 지니기 때문이다.

행복이란 늘 멀리 있는 것이 아니라 바로 가까운 곳에 있다는 사실을 매일매일 놓치지 않으려 한다. 사소하게 보일 수 있는 일상의 작은 기쁨들을 소중히 간직하고, 그것들을 발견하는 과정 속에서 나는 더 많은 사랑과 감사의 마음을 키우며 살아간다. 내 마음에 깃든 행복을 주변과 나누며, 함께할 수 있는 인연들과 나란히 걸어가는 것이야말로 진정한 행복이 아닐까 싶다. 행복은 크고 대단한 것에만 깃들지 않으며, 오히려 작고 소소한 일상 속에서 그 진정한 가치를 발견할 수 있다.

내 삶에서 행복이란 매일의 평범한 순간들 속에서, 내가 사랑하는 사람들과의 따뜻한 인연 속에서, 자연이 전해주는 순수한 기쁨 속에서 피어나는 것이다. 내가 만들어가는 이 행복의 조각들이 하나씩 쌓여, 나의 삶을 더욱 빛나고 따뜻하게 만들어주길 바란다. 그렇게 내 삶의 여정 속에서 발견한 소소한 행복들이 모여 나를 이루고, 그 행복의 크기만큼 사랑하는 사람들에게도 따뜻한 미소를 전하며 살아가고 싶다.

1부 사랑의 메세지

사랑의 메시지

이 세상에 태어나 지금까지 걸어온 모든 순간들이 하나의 긴 여정으로 이어지면서, 나는 수많은 사람들과의 인연 속에서 삶의 깊은 의미를 깨닫게 되었습니다. 그들과 함께했던 모든 순간들은 나의 삶을 한없이 풍요롭게 만들어 주었고, 매 순간이 나에게 새로운 깨달음과 특별한 의미로 다가왔습니다. 인연의 끈은 우리가 눈으로 볼 수 없는 것이지만, 그것은 한 사람의 삶에 매우 큰 영향을 미치는 강력한 힘을 지니고 있습니다.

가족, 친구, 지인들, 그리고 내가 알지 못했던 수많은 사람들 모두가 내 인생의 페이지마다 자신만의 자취를 남기며 내 삶을 아름답게 장식해 주었습니다. 특히 가족은 나의 첫 번째 인연이자 사랑의 본질을 배우는 소중한 기반이었습니다. 부모님의 무조건적인 사랑은 나의 삶의 기본 가치를 가르쳐 주었고 그들의 헌신적인 돌봄은 나를 더욱 단단하고 강한 사람으로 성장하게 했습니다. 부모님의 따뜻한 사랑 속에서 나는 믿

내가 만난 모든 풍경은
행복이었다—

음과 사랑 그리고 인내라는 중요한 삶의 가치를 배웠습니다.

　형제자매들과 함께했던 소중한 순간들은 내 마음에 깊이 새겨져 있으며 우리가 함께 쌓아온 추억들은 마치 나의 삶을 지탱해 주는 기둥처럼 내게 위안을 주곤 합니다. 우리는 함께 기쁨을 나누고 슬픔을 위로하며 때로는 작은 갈등을 겪기도 했지만 모든 순간들이 나에게는 더없이 값진 경험으로 남아 있습니다. 이렇듯 가족은 나의 정서적 고향이며 내가 언제든 돌아갈 수 있는 안식처입니다.

　친구들과의 관계 또한 나에게 큰 의미로 다가옵니다. 인생의 여러 갈림길에서 만난 친구들은 나의 여정을 더욱 다채롭고 풍요롭게 만들어 주었고, 우리는 서로에게 기쁨과 슬픔을 함께 나누며 때로는 삶의 무게를 서로 의지하기도 했습니다. 이렇듯 친구란 인생이라는 여정에서 함께 걸어가는 동행자이며 그들과 함께한 시간들은 결코 잊을 수 없는 소중한 기억들로 남아 있습니다. 그들이 없었다면 내 인생은 지금과는 전혀 다른 모습이었을 것이고 삶의 많은 기쁨과 의미를 잃었을지도 모릅니다.

　이 글을 쓰며 나의 삶에 영향을 주고 함께한 모든 사람들에게 진심으로 사랑한다는 말을 전하고 싶습니다. 소중한 인연덕분에 나는 더 나은 사람이 될 수 있었고 삶의 의미를 깊이느낄 수 있었습니다. 함께 웃었던 시간들 서로의 이야기를진심으로 들어주며 공감했던 순간들은 내 마음속에 영원히 남아 있을 것입니다. 그 기억들은 나의 삶을 채워 주었고 힘들 때에는 나에게 위로가 되어 주었으며 기쁠 때는 함께 나눌 수 있는 행복의 이유가 되어 주었습니다. 이런 만남들이 모여 지금의 나를 만들었고 나는 그로 인해 큰 감사와 행복을 느끼고 있습니다.

어떤 인연들은 잠시 스쳐 지나갔고 어떤 이들은 오래도록 내 곁을 지켜 주었습니다. 어떤 이들은 인생의 중요한 순간에 갑자기 나타나 내게 큰 가르침을 주었고 또 어떤 이들은 내 삶속 깊숙이 자리 잡고 늘 함께해 주었습니다. 그러한 모든 만남이 내 삶의 한 조각으로 존재하며 나는 그로 인해 감사한 마음을 품고 있습니다. 지나간 인연들은 마치 밤하늘의 별처럼 각자의 빛을 내며 나의 인생의 어두운 밤을 밝혀 주었고 삶에 대한 희망을 불어넣어 주었습니다.

특히 나의 삶의 이유이자 희망인 사랑하는 자녀들에게도 이 사랑의 메시지를 전하고 싶습니다. 그들이 내게 주는 기쁨은 세상의 어떤 것과도 비교할 수 없을 만큼 소중하고 특별합니다. 자녀들과 함께하는 시간은 내 삶의 가장 큰 축복이자 행복의 원천이며 그들과의 시간이 내 인생에서 가장 빛나는 순간들로 남아 있습니다. 그들의 순수한 눈빛과 진정한 사랑은 내게 끊임없는 영감을 주고 있으며 그들을 통해 세상의 따뜻함과 아름다움을 다시금 느끼게 됩니다. 아이들은 나의 삶을 풍요롭게 만들며 나 자신을 돌아보게 하고 더 나은 사람이 되기위해 노력하게 합니다.

사람들은 각자의 삶 속에서 기쁨과 슬픔 아픔과 치유의 과정을 경험하며 살아갑니다. 나 역시 수많은 인연을 통해 다양한 감정을 경험했고 그 과정에서 인생의 의미와 사랑의 깊이를 깨닫게 되었습니다. 그렇기에 나는 나를 둘러싼 모든 사람들에게 사랑과 감사의 마음을 전하고 그들이 내 인생에 큰 의미로 남아 있음을 기억하고 싶습니다. 사랑의 힘은 우리가 서로를 연결하며 서로의 존재를 더욱 귀하게 여길 수 있도록 해 줍니다. 내가 받은 사랑을 다른 사람들에게 나누며 그 속에서 진정한 행복을 찾고자 합니다.

나와 인연을 맺은 모든 이들에게 진심으로 사랑한다고 전합니다. 그들의 존재가 나에게 얼마나 큰 힘이 되었는지 잊지 않을 것이며 앞으로도 그 사랑을 소중히 간직하고 나누며 살아가고자 합니다. 우리가 함께 만들어 가는 이 사랑이 내 삶을 더욱 의미 있게 해 줄 것이라고 믿으며 이 순간들에 감사하고 그들에게 사랑의 메시지를 보냅니다.

사랑은 눈에 보이지 않지만 그 힘은 삶의 모든 것에 깃들어 있습니다. 우리는 서로를 통해 사랑을 배우고 느끼며 다시금 다른 이들에게 사랑을 전할 수 있는 존재입니다. 사랑의 따스함이 우리를 더욱 가까이 연결해 줄 것이라는 믿음 속에서 오늘도 나의 작은 세상 속에서 사랑을 실천하고자 합니다. 나와 인연을 맺은 모든 분들이 늘 사랑과 평안 속에서 행복하시기를 바라며 이 메시지가 사랑의 기운으로 가득 차기를 소망합니다.

시간의 여정

햇살처럼 따스한 미소가 마음 깊숙이 스며드는 날이 천천히 다가오고 있습니다. 수많은 계절이 흐르고 한 해가 다시 저물어 가지만, 이 특별한 날만큼은 언제나 설렘으로 가득합니다. 마치 처음 맞는 듯한 신선한 기분으로 다가오는 이 날이, 해마다 나에게 새로운 기대와 감사의 마음을 불러일으키곤 합니다. 그 날의 햇살처럼 따스하고 밝은 순간들이 나의 인생 한 페이지로 곱게 새겨지길 소망하며, 삶의 소중함을 다시금 마음에 새깁니다.

그 날이 찾아오면, 나는 자연스럽게 내 삶 속에 행복이 넘쳤던 시간들을 떠올립니다. 사랑하는 사람들과 함께 나눴던 따뜻한 순간들, 서로를 바라보며 나누었던 미소와 격려의 손길, 그리고 함께 걷던 모든 순간들이 선명하게 내 마음에 떠오릅니다. 우리는 그 소중한 기억들을 통해 서로의 존재를 확인하고, 그 순간들이 내 삶을 더욱 풍요롭게 채워줬음을 깨닫습니다. 그 모든 기억은 내 마음 깊숙이 깃들어, 나를 따뜻하게 감싸며 삶의 길을 더욱 단단하게 밝혀 줍니다.

매년 다가오는 생일, 이 특별한 날은 나 자신을 돌아보며 삶을 깊이 성찰할 수 있는 기회를 선물합니다. 지나온 나의 발자취를 돌아보며, 나는 얼마나 성장하고 변화했는지, 그리고 앞으로 나아갈 길이 어떤 모습일지를 천천히 되새기게 됩니다. 마치 길을 걸어온 모든 시간이 이 순간을 위한 준비였던 것처럼, 나는 내 삶의 여정이 내게 준 의미와 가치를 마음속 깊이 새기며, 스스로에게 질문을 던집니다. 나는 과연 얼마나 더 나아가고 싶은지, 무엇을 더 이루고 싶은지, 그리고 나에게 가장 소중한 가치는 무엇인지.

내가 태어난 그날부터 오늘에 이르기까지, 삶의 여정은 계속되어 왔고 앞으로도 끝없이 이어질 것입니다. 나는 그 여정 속에서 나 자신을 찾아가며, 한 걸음씩 나아가는 길을 걷고 있습니다. 또 한 해를 맞이할 준비를 하며, 새로운 출발에 대한 기대와 설렘을 품고 있습니다. 그동안 쌓아온 경험들과 배움이 나를 더욱 단단하게 만들고, 새로운 날들을 향한 준비를 갖추게 해줍니다. 힘들고 어려운 순간들도 많았지만, 그 모든 시간이 내 삶을 더 깊이 이해할 수 있는 기회였음을 알게 됩니다. 때로는 고통스럽고 외로웠던 순간들조차 나의 내면을 단단하게 해 주었고, 그 덕분에 나는 내 길을 더욱 확고히 걸어갈 힘을 얻게 되었습니다.

이 특별한 날, 나는 나의 삶을 축복하며, 나를 둘러싼 사랑과 따스함을 깊이 느낍니다. 함께한 사람들과 나눴던 모든 순간들이 다시 한번 내 마음속에 피어오르며, 사랑과 감사의 감정으로 가득 채워지기 때문입니다. 매 순간 소중했던 기억들이 하나하나 빛나며, 내 삶의 여정에 아름다운 의미를 더해 줍니다. 소중한 이들과 함께 나눈 시간들은 단순히 흘러간 기억이 아니라, 오늘의 나를 만들어 준 소중한 조각들임을 깨닫습니다. 그 모든 순간은 내 마음속에 살아 숨 쉬고 있으며, 그 덕분에 나는 지금도 강해질 수 있었습니다.

나는 내 삶이 단지 해마다 반복되는 시간이 아니라, 매 순간 새로운 나로 태어나고 성장하는 과정임을 깨닫습니다. 매 순간은 나를 더 성숙하게 하고, 더 나은 내일을 위해 준비하는 과정임을 되새깁니다. 새로운 날들을 향한 희망을 가슴 깊이 품으며, 앞으로 나아갈 여정을 기쁘게 맞이합니다. 지나온 날들의 기억은 나를 더 깊이 이해하게 해 주었고, 미래를 향한 용기와 희망을 불어넣어 주었습니다. 그렇게 나는 오늘도 나의 이야기를 써 내려가며, 내 삶을 더욱 의미 있게 채워나갑니다.

나의 여정이 누군가에게 작은 희망이 되고, 또 다른 사람들에게는 위로가 될 수 있기를 간절히 바랍니다. 삶은 때로는 고단하고 힘겨울지라도, 그 속에서 우리는 소중한 순간들을 찾아내며 그 의미를 가슴속에 간직합니다. 이러한 여정의 한 걸음 한 걸음이 내게는 특별한 의미로 다가오며, 나의 이야기가 다른 사람들에게도 따스한 온기로 전해지기를 희망합니다. 오

내가 만난 모든 풍경은
행복이었다

늘도 나는 내 삶을 시처럼 가꾸며, 그 시를 통해 나의 내면이
온전히 표현되길 바라며 하루를 살아갑니다.

내면의 목소리를 찾으며

　바쁜 일상 속에서 내가 원하는 일을 하고 있지만, 마음속 깊은 곳에서는 여전히 시간의 속박에서 벗어나 진정으로 자유로워지기를 소망하고 있습니다. 하루하루의 일상이 소중하고 다채로운 순간들로 채워져 있기는 하지만, 무언가를 위해 계속해서 달려가다 보면, 나 자신이 점차 멀어져 가는 듯한 기분이 들곤 합니다. 하루 중 대부분의 시간을 일과 책임감에 쏟다 보니, 내 내면의 소리를 진정으로 들어보거나 나의 본모습을 마주할 여유가 없는 현실이 가슴 한편에 아쉬움으로 남습니다. 그럼에도 불구하고, 바쁜 일상에 점점 변해가는 모습을 지켜보면서도, 아직은 주어진 일에 헌신하며 살아가고 있는 나 자신을 느끼곤 합니다.

　진심으로 바라게 되는 것은 오롯이 나만을 위한, 글을 쓸 수 있는 충분한 시간이 생기는 것입니다. 글을 쓴다는 것은 단순한 취미를 넘어, 나를 표현하고 내면을 들여다보는 소중한 시간을 갖게 해주는 중요한 활동입니다. 내가 쓰는 글은 내 생각의 확장일 뿐만 아니라, 내 마음을 담아내는 고백이기도 합니다. 그러나 현재의 일정과 업무 속에서는 글을 쓰기 위해 매번 짧은 틈을 쪼개 시간을 만들어야 하며, 때로는 이마저도 쉽지 않음을 느낍니다. 문득 떠오르는 생각이나 가슴속 깊이 느껴지는 감정들을 충분히 글로 담아내고 싶은데, 그럴 여유가 없는 것이 가장 큰 아쉬움입니다. 이러한 아쉬움이 쌓여가면서 글쓰기에 대한 열망마저 서서히 희미해지는 것 같아 마음이 무겁기도 합니다. 내 마음속에서는 더 큰 목소리로 글을 쓰고 싶어 하는 열망이 울려 퍼지고 있지만, 그 소리를 자유롭게 펼칠 수 없게 만드는 현실의 벽이 여전히 나를 둘러싸고 있습니다.

그래서 나는 언젠가 시간이 나를 지배하는 것이 아니라, 내가 시간을 자유롭게 다룰 수 있는 날이 찾아오기를 희망합니다. 시간은 누구에게나 공평하게 주어지지만, 그 시간을 어떻게 활용할지에 대한 선택은 온전히 나 자신에게 달려 있는 것이기에 더욱 의미 있고 소중하게 다가옵니다. 내가 원하는 순간에 자유롭게 글을 쓰며, 내 마음 깊은 곳에서 울려 나오는 진솔한 소리를 세상에 전할 수 있는 그날이 오기를 기다립니다. 글쓰기가 단순히 하나의 취미를 넘어서 내 인생의 중심으로 자리 잡고, 나의 이야기가 세상과 진정으로 소통할 수 있는 그 날을 꿈꾸며, 나는 오늘도 묵묵히 나아가고 있습니다.

언젠가 내게 원하는 만큼 자유롭게 글을 쓸 수 있는 충분한 시간이 주어진다면, 그때 나는 나의 삶을 더욱 풍요롭게 채우며, 나 자신을 더 깊이 이해할 수 있으리라 믿습니다. 글쓰기를 통해 내 감정들을 정리하고, 나의 생각들을 명확하게 표현하며, 그 글이 나에게는 물론 타인에게도 작은 위로와 희망의 메시지가 될 수 있기를 희망합니다. 내가 마음속에 간직해 온 이야기를 세상에 전할 수 있게 되고, 그 이야기가 누군가에게 공감과 위로로 다가가며 그들의 삶에 작은 변화를 일으킬 수 있기를 바랍니다. 그런 순간이 찾아올 수 있도록 나는 오늘도 하루의 짧은 틈을 이용해 작은 메모를 남기고, 내 생각들을 정리하며 글쓰기를 향한 열망을 놓지 않으려 합니다. 이처럼 작은 실천들이 쌓여, 언젠가 나에게 새로운 길을 열어줄 것이라 믿고 있습니다.

글쓰기가 나의 삶 속에서 중요한 일부로 자리 잡고, 시간이 흘러도 쉽게 사라지지 않고 오랫동안 나와 함께할 수 있도록 나는 꾸준히 노력할 것입니다. 언젠가 내가 꿈꾸던 자유로운 글쓰기의 시간이 나에게 찾아와, 그 시간이 나에게 진정한 행복을 가져다줄 그 날이 오기를 소망합니다. 그 날이 오면, 나는 그동안 내 안에 쌓아왔던 감정들과 생각들을 마음껏 펼쳐내며, 나 자신을 더 깊이 이해하고 세상과 소통할 수 있기를 기대합니다. 글을 통해 나의 내면을 온전히 표현하고, 그 표현이 누군가에게 위로와 감동으로 다가가기를 희망합니다. 그런 날을 꿈꾸며, 오늘도 나는 이 작은 소망을 소중히 간직한 채 하루를 살아가고 있습니다.

아마 그 날이 오면, 내 삶의 의미가 더욱 확고해지고, 나의 글이 세상과 나를 연결해 줄 것입니다. 마음속 깊은 곳에 자리 잡은 내 소망을 글로써 현실에 담아내고, 그 이야기가 사람들의 마음에 닿아 따뜻한 온기를 전할 수 있기를 바랍니다. 나의 삶을 시처럼 가꾸며, 그 시를 통해 나의 내면이 온전히 표현되길 바라고, 그 표현이 누군가에게 위로와 사랑으로 다가가길 바랍니다. 그 날이 오기를 꿈꾸며, 나는 오늘도 이 작고 소중한 꿈을 품고 하루하루를 살아갑니다.

마음의 향기

한 송이 꽃이 피어나는 순간을 찬찬히 바라볼 때마다, 내 마음속에도 그와 같은 아름다움이 차오르기를 바라는 소망이 솟구칩니다. 그 꽃이 만개할 때 은은히 퍼져 나오는 향기처럼, 내 마음속에도 따뜻함과 평화가 가득 깃들어 그 향기가 내 삶 전반에 스며들기를 소망합니다. 마치 조용한 숲 속에서 자연이 고요하게 숨 쉬듯, 나 또한 그러한 내적 고요함을 통해 마음의 깊은 평화를 찾고, 그 평화가 내 안에서 은은히 빛나길 원합니다. 내 삶이 그 자체로 누군가에게 희망과 위로가 되는 은은한 향기를 품고 있기를 바라는 간절한 바람이 깃들어 있습니다.

사람들은 저마다의 인생을 살아가며 자신만의 독특한 향기를 지니고 있습니다. 그 향기는 그들이 지나온 길과 쌓아 온 경험들, 그리고 그 길에서 만난 사람들과의 인연 속에서 스며 나오는 것일 겁니다. 나는 내 안에 고이 간직한 순수함과 따뜻함으로 세상을 바라보며, 나만의 향기를 만들어 내고 싶습니다. 세상이 품은 아름다움과 진솔한 감정들을 한껏 느끼고, 그 감정을 내 삶 속에서 진심으로 표현하며 살아가기를 꿈꿉니다. 그러한 과정 속에서 나만의 색깔로 세상을 물들이고 싶습니다. 그 색이 누군가에게 따뜻함과 위로가 되기를 바라며, 나를 통해 전해지는 마음의 향기가 오래도록 기억되기를 희망합니다.

스스로의 내면의 소리에 집중하는 시간은 나를 더욱 깊이 이해하게 합니다. 나의 진정한 모습을 마주하기 위해, 혼자만의 시간을 가지며 나의 마음을 조용히 들여다보곤 합니다. 그 안에서 가장 순수한 감정들, 내가 사랑하고 두려워하는 것들, 그리고 진정으로 바라는 것들을 깨달으며, 나를 새롭게 이해하는 순간들이 찾아옵니다. 이처럼 마음의 소리에 귀를 기울이며 살아갈 때, 나는 내 주변 사람들과 깊고 의미 있는 인연을 맺고 싶다는 소망이 더 커져 갑니다. 서로의 마음을 진심으로 존중하며 이해할 수 있는 관계를 맺고, 그 속에서 진정한 소통이 이루어질 때, 우리는 서로에게 큰 힘과 위로가 되어줄 것입니다. 그리고 그러한 소통 속에서 피어나는 사랑과 평화의 향기는 더욱 깊고 풍성하게 퍼져나갈 것입니다.

나는 세상에 대한 순수한 마음으로 미소를 짓고, 그 미소가 사람들에게 따뜻함으로 전해지기를 소망합니다. 그들 곁에서 온기를 나누는 존재로 남아, 내 삶의 향기가 오랫동안 기억 속에 남기를 바랍니다. 내 삶 자체가 한 편의 시처럼 사람들의 마음에 남기를 바라며, 그 시가 누군가에게 작지만 깊은 울림이 되기를 소망합니다. 시는 그 자체로 사람에게 잔잔한 감동을 주고, 나를 더 성숙하고 따뜻한 사람으로 만들어 줄 것입니다. 그렇게 나의 시를 통해 내 마음의 향기가 다른 이들의 마음에도 스며들어, 그들이 나의 삶에서 받은 온기를 느끼며 잠시라도 마음의 평화를 얻길 바랍니다.

　내 마음속에 피어나는 꽃들이 세상 곳곳을 환히 비추고, 그로 인해 만나게 되는 모든 이들이 조금 더 따뜻하고 평화로운 하루를 맞이할 수 있기를 진심으로 기도합니다. 이런 나의 소망이 작은 물결처럼 시작되어 점차 넓게 퍼져나가기를, 그리고 그 파장이 내 주변 사람들의 마음속에 스며들기를 바랍니다. 비록 마음의 향기는 눈에 보이지 않지만, 그것이 머문 자리에는 진심과 온기가 자연스레 새겨질 것입니다.

　삶의 소중한 순간들 속에서 내 마음의 향기가 고스란히 스며들어, 누군가를 감싸 안고 치유하는 힘이 되기를 바랍니다. 나는 오늘도 조용히 나의 꽃을 가꾸고, 내 내면의 소리에 귀를 기울이며, 그 속에서 사랑의 노래를 부르며 살아가고 싶습니다. 그렇게 내가 걸어가는 길이, 마음의 향기를 담아 세상에 조용히 스며들어 작은 위로와 감동을 남길 수 있다면, 내 삶은 그 자체로 더할 나위 없이 아름답고 고요한 시가 되어, 세상 속에서 오래도록 빛날 것입니다.

하늘이 주신 삶의 빛과 축복

하늘이 내게 주신 가장 큰 축복은 아마도 그 무엇과도 바꿀 수 없는 사랑일 것입니다. 이 사랑은 눈에 보이지 않지만, 내 삶을 지탱하는 힘이자 기쁨의 원천으로 언제나 내 곁에 머물러 있습니다. 세상에서 가장 중요한 것들은 손에 잡히지 않는 경우가 많습니다. 그렇기에 사랑도 그러한 존재인지 모릅니다. 사랑은 나와 연결된 사람들 사이에 존재하는 따뜻한 마음이며, 아무런 대가 없이 주고받는 그 온기가 내 삶을 충만하게 채워주고 있습니다. 나를 생각해 주고 아낌없이 베풀어주는 그 사랑은 오롯이 내 삶의 밑바탕이 되어 주고, 날마다 기쁨과 평온을 가져다줍니다.

사람이 살아가다 보면 예상치 못한 어려움과 고난에 맞닥뜨릴 때가 있습니다. 그럴 때면 내 삶은 고요하게만 보이던 길에서 벗어나 갑작스럽게 거센 파도에 휩쓸려버린 듯, 끝없이 흔들리고 맙니다. 절망이라는 깊고 어두운 골짜기에 서 있는

1부 사랑의 메세지

것처럼, 아무리 둘러보아도 출구가 보이지 않는 막막함이 나를 휘감습니다. 그렇게 삶이 내게 잔인한 시련을 안겨줄 때마다, 나는 그 사랑이야말로 내게 있어서 가장 강력한 버팀목임을 새삼 느끼게 됩니다. 나를 지지하고 변함없이 응원해 주는 사랑이 곁에 있기에, 어떤 시련 앞에서도 지지 않고 앞으로 나아갈 용기를 얻게 됩니다.

사랑이란 눈에 보이지 않는 손길처럼, 나를 다시 일으켜 세우는 마법과도 같은 힘입니다. 그 사랑은 내 주변의 어둠을 밝히며, 나에게 앞으로 나아가라고 말하는 한 줄기 빛과 같습니다. 혼자일 때 느끼는 외로움과 고독 속에서도 그 사랑은 마치 내게 다가오는 따뜻한 등불이 되어주고, 나를 외롭지 않게 해줍니다. 내 마음속에는 언제나 그 사랑이 자리 잡고 있습니다. 사랑은 내게 '너는 혼자가 아니야'라고 말하며, 힘들고 지칠 때에도 다시 일어날 수 있는 힘을 줍니다. 그 사랑이 주는 안정감은 내게 언제든지 돌아갈 수 있는 따뜻한 안식처가 되어 줍니다.

매일 아침 눈을 뜰 때마다 나는 내가 받은 사랑을 떠올리며 감사의 기도로 하루를 시작합니다. 일상의 작은 순간들마저도 그 사랑이 있기에 더욱 소중하고 빛나는 의미를 가지게 됩니다. 단순히 가족의 미소나 친구의 따뜻한 한마디조차도 나에게는 큰 위로와 기쁨으로 다가옵니다. 그 순간순간이 쌓여 나의 하루를 더욱 의미 있고 충만하게 만듭니다. 나는 그 작은 순간들 속에서 내가 얼마나 많은 사랑을 받고 있는지를 느낄 수 있습니다.

내가 마난 모든 풍경은
행복이였다—

그러한 사랑은 나를 더 단단하게 해주고, 내가 나 자신을 더욱 소중하게 여길 수 있도록 이끌어줍니다. 살아가면서 내가 겪는 시련과 고난 속에서 나를 붙잡아주는 손길이 있다는 것은 큰 위안이며, 그 사랑은 내가 인생을 더 깊이 이해하게 만듭니다. 사랑을 통해 나는 누군가에게 힘이 될 수 있는 사람이 되기를 바라게 됩니다. 나를 지켜주는 그 사랑은 내가 더 나은 사람이 되고자 하는 동기를 제공하며, 그 사랑에 보답하고자 하는 마음이 나를 더욱 성장하게 합니다.

하늘이 내게 주신 이 축복을 잊지 않고, 힘든 날이 오더라도 그 사랑이 나를 지켜줄 것이라는 믿음을 가지고 매일 감사하는 마음으로 살아갈 것입니다. 때로는 지치고 포기하고 싶을 때도 있지만, 그럴 때마다 나는 내가 받은 사랑의 힘을 떠올리며 다시 일어설 용기를 얻습니다. 사랑은 내 마음의 안식처가 되어 나를 감싸주고, 내 인생을 풍요롭고 따뜻하게 만들어주는 축복입니다. 사랑은 나를 강하게 만들어주고, 내가 살아가는 이유이자 목표가 되어줍니다.

인생의 여정 속에서 내가 느끼는 그 사랑은 나를 더 깊이 있게 만들고, 내 삶을 더욱 아름답고 빛나게 합니다. 나는 그 사랑 덕분에 하루하루를 감사하며, 내 인생을 조금씩 더 나은 방향으로 만들어 가고 있습니다. 사랑이란 단순한 감정이 아니라, 우리를 지탱해 주는 힘이자 삶의 궁극적인 의미입니다. 오늘도 나는 그 사랑의 빛 속에서 한 발짝씩 더 나아가고 있으며, 앞으로의 길도 그 사랑과 함께 걷고자 합니다.

인연의 무게

살아가면서 우리는 수많은 인연을 만난다. 아침에 눈을 뜨는 순간부터 하루를 마감할 때까지, 우리를 둘러싼 많은 사람들과 얽히고설킨다. 어떤 인연은 반짝이는 별처럼 잠시 스쳐 가지만, 또 어떤 인연은 깊게 얽혀 평생 함께한다. 인연은 보이지 않는 실처럼 우리를 이어주기도 하고, 때로는 단단한 매듭이 되어 결코 풀리지 않는 관계로 우리를 묶기도 한다. 그렇게 우리의 삶은 다양한 인연으로 엮여 있다.

어린 시절 친구들과의 인연은 정말 순수했다. 그 시절엔 서로의 말이나 행동에 상처받기보다는 함께 웃고 뛰노는 시간이 더 중요했다. 소소한 다툼이나 오해도 금세 잊혀졌던 그때의 인연은 마치 바람에 실려 오는 꽃향기처럼 가벼웠고, 그 순간이 남긴 행복은 언제나 내 마음속에 자리 잡고 있다. 서로의 존재만으로 충분했고, 깊은 의미를 따지지 않아도 그 자체로 소중했다. 그 시절의 우정은 말로 표현할 수 없는 순수한 연결이었다.

그러나 시간이 흐르고 성인이 되면서 인연의 무게는 점점 달라졌다. 어린 시절의 놀이와 웃음이 아닌, 삶의 방향과 가치를 공유하는 사람들과의 인연이 중요해지기 시작했다. 일을 하며 만나는 동료들, 사회에서 스치듯 마주치는 사람들. 그들과의 관계는 단순한 재미나 즐거움이 아니라, 그 속에서 우리는 많은 배움과 깨달음을 얻게 된다. 때로는 인연이 나를 성장시키고, 때로는 아프게 하기도 한다. 하지만 어떤 형태든 그 인연은 나를 변화시키고, 내 삶의 일부가 되어 간다. 그 경험들은 나를 더욱 성숙하게 만들고, 세상을 바라보는 시각을 넓혀 준다.

가족과의 인연은 또 다른 차원이다. 태어남과 동시에 주어진 인연이기에 선택할 수 없지만, 가장 깊고 오래가는 인연이다. 부모님, 형제자매, 그리고 자녀까지. 그들과의 인연은 내 삶의 일부분이 되어버렸다. 이 인연은 책임감과 사랑으로 엮여 있다. 내가 사랑하는 만큼 그들도 나를 사랑해 주길 바라지만, 그런 기대가 언제나 충족되는 것은 아니다. 가족이라는 인연은 때로 무겁게 느껴지기도 하지만, 그 안에서 얻는 위로와 행복 또한 크다.

부모님과의 인연은 내가 세상에 나왔을 때부터 시작됐다. 그들은 나를 위해 헌신하며 나를 키워주었고, 내가 성장할 수 있도록 필요한 모든 것을 주었다. 이제 성인이 된 나는 그들의 사랑이 결코 가볍지 않았으며, 그 속에 담긴 수많은 희생을 비로소 이해하게 되었다. 형제자매와의 관계도 마찬가지다. 어릴 적엔 가까운 사이였지만, 성인이 되어 각자의 길을 가면서 서로의 존재가 때로는 그리워지기도 한다. 하지만 가족이라는 인연은 끝나지 않는다. 그들이 있기에 나는 더 강해질 수 있었고, 그 사랑은 언제까지나 나를 지탱해 주는 힘이 되어준다.

그러나 모든 인연이 영원한 것은 아니다. 때로는 끝을 맞이하게 된다. 그 끝은 슬프지만, 모든 인연이 다 의미 있지는 않기에 자연스러운 흐름 속에서 받아들여야 한다. 함께했던 시간이 소중했더라도, 더 이상 함께할 수 없는 인연이 있음을 인정해야 한다. 떠나는 인연이 있으면 새로운 인연이 찾아오기도 한다. 그렇게 우리의 삶은 계속해서 이어진다.

가끔은 떠나간 인연을 그리워하면서도, 새로운 사람들과의 인연을 맺고 그들을 소중히 여기는 것이 삶의 일부라는 생각이 든다. 인연을 맺고 그것을 소중히 여기며, 때로는 놓아주는 것이 바로 삶의 순리일지도 모른다.

인연은 우리에게 무게를 주지만, 그 무게는 우리가 이 세상을 함께 살아가는 데 필요한 힘이 되기도 한다. 각자가 만나는 인연은 서로의 삶에 의미를 부여하며, 그 관계 속에서 우리는 성장하고 살아간다. 인연의 무게는 때로 아프고 힘들지만, 그것이 없다면 우리의 삶은 얼마나 무의미할까? 결국 인연은 우리를 이어주는 끈이자, 삶의 중요한 일부이다.

내 삶의 따뜻한 빛

고요한 아침, 창밖으로 흐릿한 안개가 내려앉아 있다. 삶의 무게가 짙은 안개처럼 나를 감싸고, 마치 앞이 보이지 않는 길 위에 홀로 서 있는 듯한 순간들이 종종 찾아오곤 한다. 내가 겪었던 고난과 어려움들, 예기치 않게 다가온 시련들. 그 모든 것들이 운명처럼 느껴져서 피할 수도 없고, 막을 수도 없었던 시간들. 하지만 너희가 있기에, 나는 그 안갯속에서도 길을 잃지 않을 것이라는 확신이 생긴다. 너희와 함께 걷는 이 길은 언제나 밝고 따뜻한 빛으로 물들어 내 마음을 환하게 밝혀주는 한 줄기 햇살이었다.

너희와 나는 수많은 계절을 함께 지나왔다. 꽃이 피어나는 봄날의 생명력 넘치는 아름다움 속에서, 여름날의 뜨거운 태양과 청명한 하늘 아래에서, 가을의 쓸쓸한 바람과 낙엽이 흩날리는 풍경 속에서, 그리고 겨울의 고요한 눈 내리는 거리에서 우리는 함께 걸었다. 벚꽃이 흩날리며 우리의 길을 장식하던 날도 있었고, 매섭게 불어오는 바람에 우리의 마음이 흔들리던 순간도 있었다. 하지만 그 모든 시간 속에서 나는 너희와 함께였기에 버틸 수 있었다. 너희의 따뜻한 미소, 다정한 손길, 진심 어린 말 한마디가 나에게는 세상 그 무엇보다도 소중했다. 그 소소한 순간들이 하나씩 쌓여 내 안에서 깊은 감동이 되고, 오래도록 내 마음을 지탱하는 힘이 되어 주었다.

사람들은 세상에 수많은 아름다움이 존재한다고 말한다. 눈부신 풍경, 감동적인 예술, 그리고 다양한 인간의 관계들이 세상을 풍요롭게 만든다. 하지만 나에게 진정한 아름다움은 바로 너희와 함께한 순간들이었다. 너희와 함께 나누었던 소소한 이야기들, 공감하고 웃었던 그 모든 순간들이 내 삶에서 가장 찬란한 빛으로 남아 있다. 우리 사이에 오고간 대화들, 의미 있는 침묵, 그리고 따뜻한 손길들이 내 인생을 풍요롭게 하고, 내 영혼을 따스하게 감싸주는 빛과도 같았다. 세상 풍경은 시간이 흐르며 끊임없이 변해가지만, 너희와 함께한 시간은 내 가슴속에 영원히 남아 변치 않는 빛으로 자리잡았다.

어느 순간 문득 내가 너희 곁에 없을 날이 올 수도 있다는 생각이 들었다. 그 생각만으로도 가슴이 먹먹해지고, 눈앞이 흐려지는 기분이었다. 만약 우리가 함께할 수 없는 날이 오면, 나는 과연 무엇을 남기고 떠나갈 수 있을까. 너희는 내 사랑의 증거이고, 나의 분신이며, 내 삶의 의미 그 자체였다. 너희가 없는 세상은 더 이상 빛나지 않을 것이고, 나 역시 너희가 없는 삶을 상상할 수 없다. 하지만 지금 이 순간 우리가 함께

할 수 있음에 감사하고, 그 소중한 시간들이 나에게 주어진 선물임을 깨닫는다. 너희가 나를 더 강하게 만들어 주었고, 너희 덕분에 나는 불확실한 미래도 두려움 없이 마주할 수 있게 되었다.

나의 분신이자, 나의 전부인 너희들이 내 삶에 존재함으로써 나는 이 고단한 삶을 이겨낼 수 있었다. 이제는 더 이상 버티는 것만으로 만족하지 않고, 진정으로 삶을 사랑하게 되었다. 힘들고 지치는 순간에도 너희가 내 곁에 있다는 사실만으로 나는 모든 것을 견뎌낼 수 있다. 너희와 함께한 시간들이 내 인생에서 가장 행복한 순간들이었고, 그 무엇과도 바꿀 수 없는 소중한 보물로 남아 있다.

오늘도 나는 너희와 함께 이 길을 걸어간다. 고난이 다가와도, 불확실한 미래가 우리를 기다리고 있어도 나는 두렵지 않다. 너희와 함께 손을 맞잡고 있으니까. 너희가 내 곁에 있기에 나는 언제나 희망을 품고 살아갈 것이다. 우리의 길이 언젠가는 끝을 맞이할지라도, 그 여정 속에서 서로에게 남길 수 있는 따뜻한 기억들을 만들어가는 것이 우리의 삶의 의미가 아닐까. 서로가 함께 걸어온 길을 떠올리며, 나는 깊은 감사를 느낀다.

너희는 내 삶의 따뜻한 빛이다.

어머니의 사랑에 감사하며

어머니는 언제나 조용히, 그리고 담담하게 살아오신 분이었다. 마치 잔잔한 물결처럼 큰 소리 없이 우리 곁에 계시며, 묵묵히 그 자리를 지켜주셨다. 어머니가 하신 희생과 사랑을 떠올릴 때마다 나는 가슴 깊이 벅차오르는 감정을 느낀다. 어머니의 사랑은 무겁고도 따뜻해서, 내가 평생 걸어갈 길을 밝혀주고, 삶의 모든 순간에 힘이 되어 주었다.

어머니의 어린 시절 이야기를 들을 때면 나는 어머니가 얼마나 고독한 시간을 보내셨는지, 또 얼마나 강한 마음을 지니고 살아오셨는지에 대해 한없이 존경스러운 마음이 든다. 몸이 약하고 시력도 좋지 않았던 어머니는 언제나 남모를 두려움 속에서 지내셨다고 하셨다. 누구보다 깊은 신앙심을 가지게 된 것도, 세상의 차가움 속에서 자신을 다독이며 마음의 평온을 찾고자 한 어머니만의 길이었을 것이다. 신의 품에 안겨 조용히 사는 삶을 꿈꾸셨던 어머니는 아마 그 시간 동안 사랑과 희생의 의미를 마음 깊이 새기셨을 것이다.

그러나 어머니는 자신의 꿈을 내려놓고, 가족을 선택하셨다. 외할머니는 어머니가 외롭지 않기를 바라며 좋은 사람을 만나 가정을 이루기를 간절히 원하셨고, 어머니는 그 기대를 묵묵히 받아들이셨다. 꿈을 품었던 소녀에서 아내가 되고, 어머니가 된 그 삶은 아마도 수많은 선택과 양보로 이루어졌을 것이다. 어머니가 결혼을 선택한 이유, 그리고 그 결정의 무게를 나는 온전히 이해할 수는 없지만, 그 선택의 길에서 어머니는 언제나 우리를 위해 헌신하셨다.

결혼 후 아버지는 먼 타국 독일로 떠나 광부로 일하셨다. 가정의 생계를 위해 떠나야 했던 아버지의 부재 속에서 어머니는 홀로 네 아이를 키우며 가정을 지키셨다. 밤낮없이 일해야 했던 날들, 지치고 힘든 순간들도 많았을 텐데 어머니는 한 번도 자신의 힘듦을 드러내지 않으셨다. 매일 아침 눈을 뜨면 우리를 위해 밥상을 차리셨고, 학교로 보냈으며, 하루도 우리의 곁에서 자리를 비우지 않으셨다. 그 모든 일상이 어머니에게는 힘든 일의 연속이었을 테지만, 그 힘듦 속에서도 늘 웃음을 잃지 않으셨던 어머니의 모습을 떠올리면 가슴이 찡해온다.

어머니의 삶은 오직 가족을 위한 희생과 사랑으로 가득했다. 내가 어렸을 때부터 어머니는 늘 자신보다 우리를 우선으로 생각하셨고, 내 곁에서 지켜주셨다. 어머니의 마음 깊은 곳에는 자신을 위한 욕심은 없었고, 오로지 자식들을 위한 헌신만이 자리 잡고 있었다. 어머니의 그 깊은 사랑이 오늘의 나를 있게 했고, 나는 그 사랑 덕분에 힘들 때마다 다시 일어설 수 있었다.

시간이 흘러 아버지가 돌아가시고, 어머니는 우리 앞에서 한 번도 눈물을 보이지 않으셨다. 아버지를 보내야 했던 그 슬픔 속에서도 어머니는 오히려 우리를 위로해 주셨다. 그리고 그 이후 어머니는 조용히 성당에 다니기 시작하셨다. 어릴 적 품으셨던 수녀의 꿈을 이룰 수는 없었지만, 이제는 마음속에서 그 꿈을 잃지 않고 기도를 올리시는 어머니의 모습에서 나는 한없는 평온을 느낀다. 성당에 들어서는 어머니의 모습은 언제나 고요하고도 아름답다. 신앙을 통해 비로소 자신을 위한 삶의 의미를 찾으신 것 같아, 어머니가 그런 평온 속에 계심에 나도 함께 감사한 마음이 든다.

어머니는 평생을 우리를 위해 살아오셨다. 약한 몸과 희미한 시력에도 불구하고, 우리를 끝까지 보살피고 지켜주신 어머니의 사랑은 그 어떤 것과도 비교할 수 없는 강하고도 따뜻한 빛이었다. 어머니는 우리에게 단지 삶을 주신 분이 아니라, 어떻게 살아가야 하는지 몸소 보여주신 분이셨다. 힘든 시련 앞에서도 늘 고개를 숙이지 않고, 한결같은 사랑과 인내로 우리를 지켜주셨던 어머니의 삶이 있었기에 오늘의 내가 존재한다는 것을 나는 결코 잊을 수 없다.

이제 어머니는 성당에서 자신만의 시간을 보내며, 자신의 삶을 위한 발걸음을 내딛고 계신다. 그분의 평화로운 미소 속에서, 나는 어머니의 삶이 얼마나 아름다운가를 새삼 깨닫게 된다. 어머니는 자신의 꿈을 내려놓고도 가족을 위해 기쁨을 찾으셨고, 우리를 위해 아낌없이 모든 것을 내어주셨다. 어머니의 그 삶 속에서 자라난 나는, 오늘도 어머니께서 물려주신 사랑과 희생을 마음에 새기며 살아가고 있다.

어머니, 당신이 그토록 힘겹게 가꾸어 오신 그 사랑이 있었기에 오늘의 제가 존재합니다. 당신의 손길, 미소, 따뜻한 말씀 하나하나가 제 가슴속에서 자라나 저를 강하게 만들어 주었습니다. 당신의 삶과 사랑을 기억하며, 저는 언제나 당신을 존경하고, 그 사랑의 가치를 잊지 않을 것입니다.

1부 사랑의 메세지

당신이 그립습니다

봄이 오면 세상은 다시 피어납니다. 긴 겨울을 이겨낸 나무들은 따스한 햇살 속에서 새순을 틔우고, 앙상했던 가지에는 파릇한 잎들이 피어오릅니다. 마치 아무 일도 없었다는 듯 찬란한 풍경 속에서도 마음 한편이 허전하고 쓸쓸합니다. 생명이 솟아나는 이 계절이 돌아올 때마다, 당신이 떠오르기 때문입니다. 그리고 그리움은 꽃처럼 피어나 저를 감싸고, 따뜻한 바람을 따라 잊고 지냈던 기억들이 하나둘 제 마음속에 스며듭니다.

당신과 함께 봄날의 들녘을 걸었던 그 시간이 기억납니다. 따사로운 햇볕이 쏟아지는 들판을 걸을 때마다 당신은 항상 한 송이 꽃도, 작은 풀잎 하나도 소중히 여겼습니다. 세상 모든 것이 당신의 손길과 시선을 통해 특별한 의미를 지니게 되던 그 순간들이 떠오릅니다. 당신은 그저 지나가는 자연의 모습이 아니라, 그 안에 담긴 생명과 순수함을 느끼고 있던 것 같았습니다. 당신이 바라보던 세상은 어떤 색깔이었을까 궁금했었습니다. 이제야 깨닫습니다. 당신의 세상은 사랑과 따뜻함으로 가득했을 것이라는 걸.

당신의 사랑은 나에게 하나의 계절과도 같았습니다. 봄날의 햇살처럼 포근하고, 가을의 황금빛처럼 따뜻했던 그 사랑이, 내 안에 하나의 계절로 자리 잡고 평생 변치 않을 향기가 되었습니다. 당신이 내 마음에 피워준 사랑의 꽃들은 시들지 않는 빛으로 오늘도 내 곁을 감싸고 있습니다. 당신의 미소는 그 따사로움 그대로 나를 위로하고, 언제나 지친 나를 감싸 안으며 쉼터가 되어 주었습니다. 그 미소 속에서 나는 언제나 다시 일어설 힘을 얻었고, 당신과 함께한 시간들은 내가 살아가며 간직할 소중한 보물이 되었습니다.

당신의 손길이 닿았던 모든 곳에는 행복이 머물렀습니다. 함께 나눈 웃음소리와 조용히 서로를 위로하던 순간들, 때로는 말없이 눈물로 서로의 마음을 읽던 시간들까지도. 그 모든 것들이 차곡차곡 쌓여 나의 일부가 되어 버렸습니다. 당신과의 추억은 시간 속에서 더 깊어져 이제는 내 마음속에 단단히 뿌리를 내리고 있습니다. 세월이 흘러도 그 기억들은 문득 떠올랐다가 다시 일상 속에 스며들어, 무의식 속에 저를 지탱해 주는 힘이 됩니다. 오늘도 그리운 당신을 떠올리며, 나는 그 추억 속에 잠겨봅니다.

아버지, 당신이 떠난 후 남은 것은 그리움이라는 이름의 긴 기다림뿐입니다. 당신이 남긴 사랑의 흔적들은 여전히 내

1부 사랑의 메세지

곁을 떠나지 않고, 마치 따뜻한 봄바람처럼 내 마음속에 살아 숨 쉬고 있습니다. 당신의 부재가 처음에는 견디기 힘든 무게로 다가왔지만, 시간이 지나면서 알게 되었습니다. 당신이 남긴 그 따뜻함은 나를 지켜주는 숨결이 되어 내 안에 자리하고 있다는 것을 당신이 남기신 사랑은 그렇게 나와 함께 살아가고 있습니다.

 당신이 계시던 그 길 위에서 혼자 걸음을 옮길 때마다 문득 스쳐 가는 봄바람 속에서 당신의 향기가 느껴집니다. 꽃잎이 흩날리며 내 주위를 감쌀 때면, 당신이 나를 곁에서 지켜보고 계신다는 생각에 가슴이 뭉클해집니다. 당신이 이 세상에 남기고 가신 사랑은 그 누구도 대신할 수 없는 소중한 유산이 되었고, 그 사랑을 기억하며 살아가는 것이야말로 내가 당신께 할 수 있는 최고의 보답이라 여겨집니다.

 언젠가 다시 만날 그날을 기다리며, 오늘도 나는 당신의 사랑을 기억 속에 새기고 또 새깁니다. 당신의 미소와 따뜻한 손길이 언제나 나와 함께 하리라는 믿음으로, 당신의 가르침과 사랑을 간직한 채 하루하루를 걸어갑니다. 당신이 곁에 계셨던 그 날들의 기억은 내 삶의 길을 밝혀 주는 불빛이자, 언제나 나를 지탱해 주는 힘이 되어 주고 있습니다.

 아버지, 당신이 남긴 사랑과 기억들은 제 마음속에 영원히 살아있습니다. 오늘도 그리움 속에서 당신을 느끼며, 봄날의 따스한 바람 속에서 당신의 숨결을 다시 떠올립니다.

사랑은 처음처럼, 삶은 마지막처럼

인생이라는 긴 여정 속에서 우리는 수많은 우연과 필연의 교차점에 서 있습니다. 그중에서도 특별한 인연을 만나는 일은 마치 운명처럼 다가옵니다. 그 만남이 내 삶에 얼마나 큰 의미를 가져다줄지, 그 순간에는 알 수 없었지만, 시간이 흐를수록 그 의미는 점점 더 깊어졌습니다. 사랑이라는 이름 아래 당신과 만난 이 순간은, 나의 모든 것이 변하기 시작하는 출발점이었습니다. 우연처럼 찾아온 당신의 존재는 예고 없이 내 삶에 스며들어, 그 자체로 커다란 기적이 되었습니다.

내가 걷는 길 위에 당신이 함께 있다는 사실이 얼마나 큰 힘이 되는지 모릅니다. 하루하루가 당신으로 인해 새롭고, 당신으로 인해 따뜻합니다. 우리가 함께한 시간과 그 모든 순간들이 내 마음에 깊이 새겨져 있습니다. 사랑의 첫걸음에서 느꼈던 설렘은 여전히 가슴 속에서 반짝이고, 그 반짝임이 매일 나에게 새로운 빛을 비추어 줍니다. 사람들은 시간이 흐르면 사랑이 변한다고 하지만, 나는 처음의 그 설렘이 변하지 않고 오래도록 간직되기를 간절히 바랍니다. 당신과 함께 걸어가는 이 길 위에서 나는 매일 새로운 사랑을 배워가고 있습니다.

사랑은 단순히 달콤하고 행복한 감정만을 의미하지 않습니다. 때로는 사랑이 아프고 혼란스러우며 불안함을 동반하기도 합니다. 우리는 비 오는 날에도, 바람이 거세게 부는 날에도 함께 걸어가야 합니다. 하지만 그런 날들이 우리를 더 단단하게 만들고, 서로를 더 깊이 이해하게 하는 소중한 순간이 됩니다. 비바람 속에서 서로의 체온을 느끼며 손을 잡고 걸어갈 때, 우리는 서로에게 있어 단순한 연인이 아닌, 인생의 동반자가 되는 것을 느낍니다. 서로의 눈 속에 비친 세상을 바라보며, 우리는 함께한 날들의 소중함을 깨닫게 됩니다.

사랑은 서로의 부족함을 채워주고, 이해하고, 용서하는 과정의 연속입니다. 당신과의 여정은 마치 긴 언덕을 오르는 것과도 같아 때로는 힘들고 가파른 순간이 있을지 모르지만, 그 언덕을 함께 넘을 때마다 우리의 관계는 더 깊어지고, 마음은 더 단단해집니다. 인연의 언덕이 가파를수록, 우리는 서로를 더 믿게 되고 의지하게 됩니다. 당신과 함께하는 순간순간이 얼마나 소중한지, 때로는 너무도 당연하게 느껴질 그 시간이 사실은 인생의 가장 큰 선물이라는 것을 깨닫습니다. 그리고 그 선물은 바로 당신이기에, 나에게 더없이 소중합니다.

우리는 언제나 사랑의 시작처럼 설레는 마음으로 서로를 마주해야 한다는 것을 깨닫습니다. 마치 처음 만난 날처럼, 그 첫 순간의 설렘을 잃지 않는 것. 당신과의 사랑은 매 순간을 하나하나 소중히 여길 수 있게 해 주었고, 삶이 주는 마지막의 아름다움을 느끼며 살아가는 방법을 가르쳐 주었습니다. 비록 우리의 삶은 유한하지만, 그 안에서 나누는 사랑은 무한한 의미를 지니고 있습니다. 그 사랑이 우리가 사는 이 세상을 더 빛나게 하고, 우리를 더 나은 사람으로 만들어 줍니다.

당신과 함께하며 나의 가슴 속에서는 마치 마지막 순간을 맞이하는 것처럼 숭고한 꽃이 피어오릅니다. 그 꽃은 시간이 흐를수록 더 깊고 찬란하게 만개하며, 내가 걸어온 삶의 길을 밝혀 주는 등불이 되어 줍니다. 그 사랑의 꽃이 시들지 않고 영원히 피어나기를 바라며, 당신과 나눴던 그 모든 순간들이 처음의 순수함 그대로 남기를 바랍니다. 그리고 우리의 시간이 지나더라도 서로에 대한 그 마음이 변치 않기를 바랍니다. 당신이 내 삶에 있어 줘서, 그리고 내가 당신의 삶에 함께할 수 있어서 감사할 뿐입니다.

우리 앞에 놓인 미래는 알 수 없지만, 지금 이 순간, 우리가 함께하는 이 시간이야말로 내가 지켜야 할 가장 중요한 순간임을 압니다. 오늘의 사랑을 내일로 미루지 않고, 지금의 마음을 그대로 표현하며, 처음처럼 맑고 순수한 사랑을 이어가기를 소망합니다. 우리는 언제나 마지막처럼 그 사랑을 소중히 대하고, 삶의 의미를 찾으며 살아가야 합니다.

사랑은 처음처럼, 삶은 마지막처럼. 당신과 함께하는 이 여정이 끝없이 이어지기를, 우리가 나누는 사랑이 언제나 첫날의 설렘을 간직하고, 삶의 마지막 순간처럼 소중하게 느껴지기를 바랍니다.

세상에서 가장 아름다운 꽃

　세상에서 가장 아름다운 꽃이 무엇일까? 누군가는 장미라
할 것이고, 또 누군가는 백합이라 할지도 모른다. 하지만 나에
게 세상에서 가장 아름다운 꽃은 정원에서 피어난 식물이 아닌
나의 사랑스러운 손녀들, 하라와 혜주다. 너희가 내 삶에 다가
온 순간부터, 내 가슴은 햇살처럼 따스한 기쁨으로 차오르기
시작했다. 아직 작고 여린 존재지만, 너희는 할머니에게 세상
무엇과도 바꿀 수 없는 귀하고 특별한 보물이란다. 너희가 웃
을 때마다, 너희의 이름을 부를 때마다 내 삶은 더없이 풍성해
지고 빛이 난다 걸 느낀다.

　하라야, 세상을 바라보는 맑고 천진한 너의 순수한 눈빛은
매 순간 나를 감동시킨단다. 큰 눈을 반짝이며 모든 것에 호기
심을 품고 질문할 때면 마치 내가 처음 세상을 만난 듯한 기분
이 들어. "할머니, 이 머리카락은 애벌레 같지요"라며 처음 미
용실에서 파마를 하고 웃던 너의 모습이 지금도 생생하단다.

그때 너의 천진한 말 한마디는 할머니의 가슴에 영원히 남을 아름다운 추억이 되었다. 너의 귀여운 모습은 내 마음속에 맑은 봄비처럼 내려와, 잊고 지냈던 기쁨과 순수함을 다시 가르쳐 주었단다.

그리고 혜주야, 너는 할머니에게 봄날의 따스한 햇살 같아. 네가 웃을 때면 세상이 한층 더 밝아지는 듯하고, 네 작은 손길 하나하나마다 따뜻한 온기가 전해져. 작은 꽃 한 송이조차 소중히 여기며 "할머니, 이 꽃이 배가 고프대요"라며 물을 주는 너를 볼 때마다, 너의 따뜻한 마음이 느껴진단다 어린 네 마음 속에 남을 아끼고 사랑하는 마음이 자리 잡고 있는 듯했단다. 그 다정한 마음씨를 볼 때마다, 할머니는 너의 미래가 커다란 믿음과 사랑으로 채워지길 조용히 기도하게 된단다.

얼마 전 너희가 할머니 집에 와서 "할머니, 저 좀 안아보세요"라며 달려왔을 때, 너희는 작은 천사들 같았어. "많이 컸지요?" 하는 너희 말에 할머니는 두 팔로 너희를 더 꼭 안아 주었지. 그 순간 내 마음은 말할 수 없는 따뜻함으로 가득했단다. 너희가 할머니에게 얼마나 소중한 존재인지, 매 순간 다시금 깨닫게 해주는 시간들이었어.

너희와 함께하는 하루하루가 마법 같단다. 너희의 웃음소리와 작은 손짓 하나하나, 그리고 따뜻한 한마디가 내 삶을 더 풍요롭게 해 준단다. 할머니는 너희가 준 사랑과 행복에 매일 감사해. 그리고 이 시간들이 언제나 너희 마음속에도 남기를 바래.

너희가 처음 이 세상에 태어났을 때, 할머니가 너희를 품에 안았던 순간을 아직도 기억한단다. 작은 손과 발, 부드러운 머리카락, 순수한 눈빛 그 모든 것이 내 인생에 새로운 빛이 되어 들어왔음을 느꼈지. 너희가 존재하는 것만으로도 할머니는 큰 기쁨을 느꼈고, 너희가 자라는 모습을 지켜보는 것만으로도 내 삶은 풍요롭고 행복했단다.

앞으로 너희는 많은 것을 배우고 경험하게 될 거야. 인생의 어려움도 있을지 모르지만, 할머니는 너희가 모든 것을 이겨낼 수 있다고 믿고 있어. 너희는 충분히 용감하고, 너희가 가진 사랑은 어떠한 어려움도 이겨낼 큰 힘이 될 거야. 세상에서 너희만의 길을 찾아가기를 할머니는 진심으로 바란다. 언제나 할머니는 너희 곁에서 지켜보고 응원할게.

얼마 전 병원에서 나란히 링겔을 꽂고 있는 너희들의 모습을 보니 가슴이 먹먹했단다. 그런데도 의젓하게 앉아 있던 너희들의 모습은 듬직해 보였고 강인한 모습에 할머니는 더욱 너희를 사랑하고 안아주고 싶었어.

하라야 그리고 혜주야, 할머니는 너희가 커가면서 함께한 모든 순간들이 너희 마음속에 소중히 남기를, 그리고 언제나 너희가 할머니의 사랑을 느낄 수 있기를 바래. 너희가 할머니에게 준 이 소중한 순간들은 내 삶의 가장 큰 축복이며, 세상에서 가장 아름다운 꽃이 되어 내 마음속에 피어 있단다.

사랑하는 손녀들! 할머니는 언제나 너희를 응원하고 항상 함께 할게 그리고 많이많이 사랑한다.

빛이 나는 사람이 있습니다

삶을 살아가다 보면, 우리에게 큰 힘과 위로를 주는 사람들이 있습니다. 그들은 특별한 대가나 목적 없이, 존재 자체로 우리에게 소중한 빛을 선사하는 사람들입니다. 이러한 사람들은 소박한 일상을 살아가며, 화려한 말이나 행동으로 주목받지는 않지만 그들이 전하는 따뜻함과 진실함은 우리 마음 깊숙이 자리 잡습니다. 그들은 삶의 매 순간마다 우리를 지탱해 주고, 우리의 길을 밝혀주는 존재입니다.

이런 사람들은 마치 우리가 힘들 때 옆에서 무언의 미소를 지으며 다가와 주는 친구처럼, 말 한마디 없이도 큰 위안을 줍니다. 말로 다 표현할 수 없는 순간에도 그들의 단순한 존재가 주는 감동은 때로는 말보다 더 큰 힘이 되고 그저 옆에 있어 주는 것만으로도, 그들의 따뜻한 시선만으로도 우리는 다시 일어설 힘을 얻게 됩니다. 그들의 격려는 특별한 말이나 행동 없이도 우리 마음을 어루만져 주고, 그로 인해 우리의 삶은 더욱 아름다워집니다.

처음으로 그런 존재의 의미를 깨달은 것은 어린 시절이었습니다. 부모님은 항상 내 옆에서 묵묵히 나를 지켜주고 응원해 주는 든든한 존재였습니다. 그들의 사랑은 특별한 설명이 필요 없었습니다. 내가 힘들어 보일 때 조용히 다가와 나를 안아 주거나 머리를 쓰다듬어 주시면서 "괜찮아, 다 잘될 거야"라는 마음을 전해주셨습니다. 그들의 미소와 손길은 어린 나에게 언제나 가장 든든한 버팀목이었습니다.

어린 시절에는 그러한 사랑이 당연하게 느껴졌지만, 시간이 지나면서 그들이 내게 주었던 따뜻한 존재가 얼마나 큰 위로였는지를 깨닫게 되었습니다. 그 후, 나 역시 누군가에게 그런 존재가 되고 싶다는 마음이 생겼습니다. 누군가에게 내 존재가 위로와 힘이 될 수 있기를, 내가 누군가의 삶을 빛내는 사람이 되기를 바랐습니다.

성인이 되어 만난 사람들 중에서도, 진심을 다해 나를 지지해 준 이들은 오랫동안 기억에 남습니다. 그들은 나에게 커다란 위로를 주었고, 때때로 중요한 방향을 제시해 주기도 했습니다. 그들과 나눈 짧은 대화, 함께 마신 따뜻한 커피 한 잔, 조용히 동행한 산책길 이 모든 일상이 내 인생에서 소중한 의미를 가지게 되었습니다.

특히 내가 삶의 어려움에 부딪히거나 지쳐있을 때, 그들은 늘 내 곁에서 말없이 나를 응원해 주었습니다. 그들의 미소와 따뜻한 시선, 그리고 내미는 손길은 나에게 큰 힘이 되었습니다. 그들의 진솔한 삶을 보며 나는 다시 한번 깨달았습니다. 인생에서 가장 소중한 것은 이런 사람들과 나누는 작은 순간들이라는 것을 말입니다.

 삶은 혼자서 살아가는 것이 아닙니다. 우리는 서로의 삶을 비추고, 서로의 이야기를 통해 성장해 나갑니다. 그 과정에서 우리는 자신도 모르게 누군가에게 큰 위로와 용기를 주는 존재가 됩니다. 누군가 나에게 주었던 위로와 사랑을 나 또한 다른 이에게 전할 수 있다면, 그것이야말로 인생의 가장 큰 축복이 아닐까 생각합니다.

 우리는 모두 인생의 여정을 걷는 나그네들입니다. 때로는 길을 잃고 헤매기도 하고, 눈앞이 안개처럼 뿌옇게 보이지 않을 때도 있습니다. 그럴 때마다 내 옆에서 나를 지탱해 주는 사람들의 존재는 말없이도 큰 힘을 줍니다. 그들이 곁에 있다는 사실만으로도 나는 다시 앞으로 나아갈 용기를 얻습니다. 그들은 내 삶에서 무엇과도 바꿀 수 없는 소중한 존재들입니다.

 그들과 나눈 대화, 함께한 하루, 그들의 미소 하나하나가 내 삶을 아름답게 물들였습니다. 그들에게서 배운 사랑과 따뜻함을 나도 다른 이들과 나누고 싶습니다. 그들이 내 삶을 빛내 준 것처럼, 나도 누군가의 삶을 비추는 존재가 되고 싶습니다.

 삶에서 그런 사람들이 곁에 있다는 것은 큰 축복입니다. 그들이 내 곁에 있어 주었던 시간들을 소중히 여기며, 나는 그들과 더 많은 순간을 함께 나누고 싶습니다. 그들이 내게 준 힘과 위로를 평생 기억하며, 나 또한 그들에게 보답하고자 오늘도 하루를 살아갑니다.

내가 만난 모든 풍경은
행복이었다

2부 사랑하는 사람들과의 인연

아버지의 사랑, 그 깊이를 깨닫다

그리운 아버지 당신의 따뜻한 미소는 여전히 내 마음속에 남아 있습니다. 어린 시절, 저는 아버지가 옆에 계셔 주시는 것만으로도 세상이 든든하게 느껴졌습니다. 아버지의 커다란 손을 잡고 걸을 때마다 세상에서 가장 안전한 곳에 있다는 확신이 들었고, 아버지의 묵직한 걸음걸이는 마치 제가 살아가야 할 인생의 길처럼 느껴졌습니다. 그러나 그 시절 저는 아버지의 사랑과 헌신을 깊이 깨닫지 못했습니다. 어린 마음에는 아버지가 보여주신 사랑을 알 만큼의 여유도, 이해할 수 있는 깊이도 없었기 때문이었지요.

기억 속의 아버지는 언제나 조용하고 엄숙한 모습이셨습니다. 직접적으로 사랑을 표현하시기보다는 말보다는 행동으로, 그리고 그보다도 더 많은 침묵으로 우리를 사랑하셨습니다. 아버지의 사랑은 눈에 보이지 않고 들리지 않는, 그저 그 자리에서 묵묵히 우리를 지켜주는 무언의 보호막이었습니다.

아버지께서 독일로 떠나셨을 때, 저는 그것이 무슨 의미인지 정확히 알지 못했습니다. 다만 어린 마음에 아버지가 멀리 있다는 사실만으로 아쉬움을 느꼈을 뿐이었지요. 그땐 아버지가 가정의 생계를 위해 먼 타국으로 떠나셔야만 했던 사연과 그 선택이 얼마나 큰 결심과 희생이었는지 깨닫지 못했습니다. 하지만 시간이 흘러 성인이 되고, 저 또한 부모가 되어 서서히 알게 되었습니다. 아버지께서 머나먼 독일 땅에서 겪으셨을 외로움과 고된 노동의 무게, 그리고 가족을 위한 희생이 얼마나 크고 깊은 사랑이었는지를요.

아버지가 오랜 시간 동안 광부로 일하시며 보내셨던 고단한 세월은 우리 가족에게 큰 기둥이 되어 주셨습니다. 광부라는 직업은 언제나 위험이 따르는 일이었고, 특히 먼 타국에서 일하시는 아버지의 고단한 하루하루는 그저 숫자로 표현할 수 없는 무게를 가지고 있었습니다. 우리는 아버지의 그 삶을 단지 눈으로 보거나 손으로 만져보지 않았지만, 아버지의 돌아오신 모습에서 그 세월이 가져다준 깊은 상처와 그 희생을 느낄 수 있었습니다.

아버지가 병원에서 오랜 기간 치료를 받으실 때, 시간이 허락하는 한 가끔이라도 찾아뵐 때면 아버지는 반갑고 기쁜 마음은 숨기고 바쁜데 여기까지 왔다며 빨리 올라가서 일보라는 말씀에 아버지의 깊은 마음을 느낄 수 있었습니다.

혼자서 외롭고 힘든 시간을 보내던 아버지께서는 피해 갈 수 없는 마지막 순간을 마주하게 되었습니다. 병마와 싸우는 모습은 안타까웠고, 그때의 상황은 우리에게도 감당하기 어려운 슬픔이었습니다. 아버지는 우리를 위해 그토록 열심히 살아오셨고, 힘겨운 시간을 버티셨습니다. 그는 끝까지 우리를 위해 희생하셨으며, 그런 아버지의 사랑은 무한했습니다. 비록 아버지께서는 조용히 떠나셨지만, 그의 사랑은 우리의 가슴속에 여전히 깊게 남아 있습니다.

세월이 흘러 아버지께서 생전에 보여주셨던 그 묵묵한 사랑이 점차 제 삶의 기준이 되었습니다. 이제는 저 또한 아이들을 키우며 그 사랑의 본질을 조금씩 이해하고 있습니다. 사랑이란 그저 화려한 말과 표현만으로 전해지는 것이 아니라, 때로는 아무 말 없이 묵묵히 지켜보는 것이고, 어려움 속에서도 그저 존재만으로 버팀목이 되어 주는 것이라는 것을 알게 되었습니다. 아버지께서 제게 가르쳐 주신 사랑의 방식이 바로 그것이었음을 깨닫게 된 것입니다.

지금은 제가 아버지의 자리에서 아이들을 위해 애쓰고 있습니다. 바쁜 일상 속에서도 아이들을 위해 할 수 있는 작은 일들을 찾아보며, 아버지가 저를 위해 그랬던 것처럼 저도 아이들의 든든한 보호자가 되어주고 싶습니다. 아버지가 제게 보여주셨던 그 사랑을 기억하며, 제 아이들에게도 그 깊은 사랑을 전하고자 합니다. 아버지께서 제게 주신 교훈을 소중히 간직하며, 저도 그 헌신을 이어가고자 노력하고 있습니다.

가끔은 아버지의 흔적이 가득한 밤하늘을 바라보며 그리움에 젖어듭니다. 별 하나하나가 아버지의 사랑을 담고 있는 듯 느껴져 저도 모르게 눈물이 맺힙니다. 아버지의 사랑은 언제나 저를 지탱해 주었고, 앞으로도 제가 살아가야 할 이유이자 용기가 되어줄 것입니다. 아버지의 사랑은 끝이 없는 바다와 같고, 바람처럼 제 곁을 맴돌며 언제나 함께해 주고 계십니다.

아버지, 비록 지금은 이곳에 계시지 않아 함께 할 수 없지만 아버지의 사랑은 여전히 제 마음속에서 언제나 함께하며 따뜻하게 남아 있습니다. 아버지께서 남기신 그 사랑과 가르침을 잊지 않고, 저 또한 제 삶에서 그 사랑을 실천하며 살아가겠습니다.

어머니의 사랑이 만든 기적

    어머니는 그리 넉넉지 않은 형편에서도 오빠와 나, 그리고 두 동생까지 네 남매를 보살피며 우리에게 모든 것을 내어주셨다. 눈이 불편하셨음에도 불구하고 하루도 빠짐없이, 오롯이 우리만을 위해 사셨던 그 사랑을 떠올리면 가슴 깊은 곳에서 따스함과 아픔이 동시에 밀려온다. 어머니의 헌신은 우리 가족의 기둥이었고, 나에게는 더없이 큰 사랑으로 자리 잡고 있다.

    나는 가족의 따뜻한 사랑 속에서 둘째로 태어나, 남들보다 조금 더 특별한 존재로 자랐다. 비록 형편은 여의치 않았지만, 부모님의 사랑은 언제나 넘쳤다. 어머니는 언제나 우리를 위해 아낌없이 자신을 내어주었고, 그중에서도 나에게는 더욱 특별한 기억으로 남아 있는 사랑이 있다. 그 사랑의 기적은 내가 세 살 무렵, 소아마비에 걸렸을 때부터 시작되었다.

당시 나는 병의 무서움을 제대로 알지 못할 만큼 어렸다. 하지만 소아마비라는 병에 걸렸을 때, 가장 큰 고통을 겪은 사람은 다름 아닌 어머니셨다. 가난하고 부족한 환경 속에서도 어머니는 한순간도 포기하지 않으셨다. 새벽부터 밤까지 일해야 했지만, 어머니는 매일 나를 데리고 병원을 오가며 치료에 몰두하셨다. 어머니에게 있어 나의 회복은 삶의 전부였고, 그토록 절박한 마음으로 나를 보살피셨다. 어머니의 강인한 사랑은 매일같이 이어졌고, 결국 나는 점차 건강을 되찾게 되었다.

어머니의 사랑은 말 그대로 기적을 만들어냈다. 내가 건강을 되찾았을 때, 병원에서도 크게 기뻐하며 병원비도 받지 않겠다고 하셨다 한다. 그 기쁨에 어머니의 눈에는 눈물이 가득했고, 그 눈물은 그간의 고생을 뒤로하고 나의 행복을 바라는 어머니의 간절함이었다. 어린 나이에는 어머니의 모든 수고를 다 이해할 수 없었지만, 이제는 그 모든 순간이 하나의 기적이었음을 느끼게 된다.

어머니는 그 이후로도 늘 나와 우리 형제들을 위해 사셨다. 나 또한 어머니의 발자취를 따라 어른이 되어 결혼을 하고, 두 딸과 두 아들을 낳았다. 우리 집안에 아이가 늘어나자, 자연스럽게 어머니의 사랑과 희생은 또 한 번 펼쳐졌다. 내가 경제적 형편 때문에 어쩔 수 없이 일을 해야 했기에, 어머니는 손주들의 손을 잡고 또 다른 헌신의 여정을 시작하셨다. 어린이집과 학원을 운영하느라 바쁜 나날 속에서, 아이들의 울고 웃는 모습은 온전히 어머니의 손에 맡겨졌다. 내가 마음 편히 일할 수 있었던 건, 어머니께서 내 아이들을 따스하게 품어주셨기 때문이었다.

어머니는 나의 아이들에게 그저 할머니가 아니었다. 그들은 어머니의 품속에서 사랑을 배우고, 삶의 진실을 배웠다. 어머니의 이야기를 들으며 자란 아이들은 늘 정서가 풍부하고 따스한 마음을 가졌다. 때로는 바쁘다는 핑계로 아이들에게 충분한 사랑을 주지 못했던 나와 달리, 어머니는 언제나 아이들을 위해 웃어주셨고 그들에게 작은 배려와 온정을 아낌없이 베푸셨다. 그 시절을 돌아보면, 어머니께 더 많이 감사드려야 했음을 깨닫게 된다.

시간이 흘러 나 또한 어머니와 비슷한 나이가 되어가고 있다. 어머니의 깊은 사랑을 되돌아보면, 어머니는 그 어떤 어려움 속에서도 우리를 위한 희생을 기꺼이 감수하셨다. 그 힘든 시간 속에서도 우리를 위해 항상 밝고 강한 모습만을 보여주셨다. 어머니께서는 잘 보이지 않는 눈으로 세상 속에서 나와 내 아이들을 품고 살아가신 그 사랑을 생각하면, 이제는 나 또한 어머니를 위해 무엇을 해야 할지 깊이 고민하게 된다. 어머니께 받은 그 사랑은 내 마음속에 깊이 새겨져 있으며, 이제는 그 사랑을 나의 아이들에게, 그리고 어머니께 되돌려주고 싶다.

어머니는 언제나 나에게 사랑 그 자체였다. 자신의 아픔을 감추고 늘 우리를 위해 희생하신 어머니, 그분의 헌신은 말로 다 표현할 수 없다. 어머니가 없었다면 나는 지금 이 자리에 있지 못했을 것이고, 내가 어머니의 사랑을 잊지 않고 늘 감사하는 이유는 바로 그 덕분이다. 이제는 어머니가 나와 아이들을 지켜준 것처럼, 나도 어머니를 지켜드리고 싶다.

　사랑하는 어머니, 이 글을 빌어 진심으로 감사드립니다. 당신의 따스한 사랑과 헌신을 기억하며, 나 또한 당신께 진정한 감사와 사랑을 온 마음으로 드립니다.

든든한 나의 아들들

내 인생을 든든하게 지켜주는 기둥 같은 두 아들. 좌청룡 우백호 언제나 나를 지탱해 주고, 힘든 순간에도 묵묵히 곁을 지켜주는 너희를 바라볼 때마다, 마음 깊은 곳에서부터 감사와 사랑이 샘솟는다. 어릴 적부터 너희는 마치 그 역할을 할 운명처럼 내 곁을 든든히 지켜주었고, 이제는 나의 버팀목으로 우뚝 서 있는 너희를 바라보며 나는 깊은 감동과 안도감을 느낀다.

생각해 보면, 너희의 유년 시절은 참 짧고도 빠르게 지나가 버렸다. 그 어린 얼굴에 세상 모든 것을 다 품고 있는 듯이 해맑게 웃던 너희의 모습이 문득문득 떠오른다. 작은 손으로 내 손을 꼭 잡고 나를 바라보던 그 순간들이 아련하게 스쳐 지나갈 때마다, 나는 그 시절의 소중함을 새삼 깨닫게 된다. 너희와 함께하던 그 짧고도 아름다운 순간들이 내게는 얼마나 큰 의미였는지, 시간이 흐를수록 그 시절이 더 그리워진다.

그때는 내가 너희의 곁에서 더 많은 시간을 보낼 수 있었더라면 좋았을 텐데, 생계를 위해 일에 매달려야 했던 내 삶은 너무도 분주했다. 그런 바쁜 일상 속에서 나는 충분히 너희와 함께할 시간을 내지 못했고, 정작 너희가 필요한 순간에 늘 곁에 있어 주지 못했다는 아쉬움이 남아 있다. 그 시절, 나는 그저 열심히 일하고 살며 너희를 위해 더 나은 미래를 준비하는 것이 최선이라고 생각했지만, 이제 와서 돌아보니 함께 누릴 수 있었던 소소한 일상조차 충분히 나누지 못했다는 점이 가슴 한켠에 깊은 후회로 남는다.

아들들아, 너희가 그렇게 강하고 독립적으로 성장할 수 있었던 것은 너희 스스로가 그 상황을 이겨내며 자신을 다져 온 덕분이란 걸 잘 알고 있다. 나는 때때로 너희가 그 어린 나이에 과연 얼마나 많은 것을 감당해 내야 했을지, 그리고 엄마가 없는 순간들 속에서 스스로 얼마나 자립해야 했을지를 생각해 보곤 한다. 너무 일찍 성숙함을 요구받았던 어린 너희의 마음을 떠올리면, 지금도 마음이 무거워진다. 하지만 그 힘들고 고단했던 시간들이 너희를 단단하게 만들어 주었다는 걸 알기에, 엄마로서 내심 고마움과 미안함이 교차한다.

너희가 성인이 되어 자신만의 길을 걸어가기 시작할 때, 나는 새로운 시각으로 너희를 바라보게 되었다. 한층 더 성숙한 눈빛과 자신만의 생각을 가지고, 내 앞에 선 너희의 모습이 이제는 든든한 어른으로 보였다. 나에게는 여전히 소중한 자식이지만, 이제는 삶의 동반자처럼 느껴지기도 한다. 너희가 걸어온 길과 그 속에서 얻은 경험이 이제는 나의 큰 버팀목이 되어 주고 있음을 깨달을 때마다, 나는 너희에게 한없는 자랑스러움과 고마움을 느낀다.

군대에 입대하던 너희의 뒷모습을 아직도 잊을 수 없다. 부모의 품을 떠나 처음으로 스스로 세상에 나아가려는 결심을 보여준 순간이었다. 부모로서 너희의 군 생활을 염려하는 마음도 있었지만, 너희가 그곳에서 보내온 첫 편지를 통해, 나는 안도할 수 있었다. 편지 속 너희의 말에는 군 생활에 대한 불안과 동시에 그것을 이겨내려는 결의가 담겨 있었다. 너희가 부모에 대한 그리움을 억누르며 강해지려는 모습을 엿볼 때마다, 그 짧은 글 속에서도 느껴지는 너희의 굳은 마음이 너무도 대견했고, 내가 상상하지 못한 깊이로 너희가 성장해 있음을 깨달았다.

제대 후 돌아온 너희의 눈빛은 예전보다 훨씬 단단해져 있었다. 군대라는 고된 과정을 거치며 얻은 경험이 너희를 한층 더 성숙하게 만들었고, 이제는 스스로 삶의 방향을 선택할 수 있는 힘이 생겼음을 나는 알 수 있었다. 그 순간 나는 너희가 더 이상 아이가 아닌, 당당히 자신의 길을 걸어가는 어른이라는 사실을 깨달았다.

너희의 존재는 나에게 위로이자 희망이며, 무엇보다도 삶의 큰 의미이다. 좌청룡과 우백호처럼 내 삶을 지켜주는 너희가 있어 나는 언제나 든든하고 행복하다. 비록 내가 부족한 부모였을지라도, 너희의 마음속에 남아 있는 따뜻함과 그 소중한 순간들이 너희에게 조금이라도 위로가 되었기를 바란다. 앞으로도 나는 묵묵히 너희를 지켜보며 기도하고, 너희가 가는 길에 작지만 힘이 되어주고 싶다. 언제나 너희가 평안하고, 건강하고, 무엇보다도 행복하기를 바란다.

아들들아, 나의 든든한 버팀목이 되어 준 너희가 있어서 나는 오늘도 웃으며 하루를 보낸다. 그리고 앞으로의 날들 속에서도, 우리는 서로에게 든든한 힘이 되어 더 많은 추억을 쌓아가기를 바란다.

변치 않는 사랑으로

세월이 흐르며, 내 마음속에 자리한 미안함과 사랑이 점점 더 깊어짐을 느낀다. 우리 딸들이 성장하고 각자의 자리를 잡아가는 모습들을 보며, 지나온 시간 속에 남겨진 나의 빈자리들이 선명하게 떠오른다. 어린 시절 딸들을 곁에 두고 사랑을 충분히 전하지 못한 미안함이 이제야 깊숙이 다가오는 걸 느낀다.

돌아보면, 나는 언제나 바빴다. 가정을 책임지고 동시에 일터에서도 최선을 다해야 했기에 하루하루가 숨 가쁘게 지나갔다. 내게 주어진 역할이 모두를 위한 최선이라 믿었기에, 무조건 열심히 살아가는 것만이 아이들을 위한 길이라고 생각했다. 하지만 그런 치열한 일상이 지나고 나니, 내가 놓친 순간들이 얼마나 소중했는지 비로소 깨닫게 되었다. 아이들이 유년 시절 속에서 소소한 행복을 발견하며 자라나는 순간, 나는 그 순간을 지켜보지 못한 채로 지나쳐버렸다는 아쉬움이 밀려온다.

특히나 그 어린 나이에 아이들에게 너무 일찍 자립심을 요구
했던 것 같다. 딸들은 세상을 배우고 싶은 호기심으로 가득 차
있었을 텐데, 나는 그들에게 스스로를 지키는 법을 너무 일찍
가르치려 했다. 그 어린 마음에 내 기대와 바람을 담았지만,
그것이 아이들에게 무겁게 다가왔을 순간들도 있었을 것이다.
혼자 견뎌야 했을 외로움과 두려움을 생각하면 가슴이 아파온
다. 그때는 나름 최선이라 생각했던 선택들이었지만, 이제는
아이들에게 전해지지 못한 사랑과 온전한 보호의 부족함이 더
욱 뼈저리게 느껴진다.

기억 속에 떠오르는 아이들의 어릴 적 모습들은 언제나 사
랑스럽다. 그 작은 손을 꼭 잡고 길을 걸으며 마주했던 해맑
은 웃음, 새하얗게 빛나던 눈망울, 그리고 그 작은 몸이 나에
게 품어줬던 따뜻함이 아련하다. 돌아가서 그 시절에 함께 머
물 수 있다면, 나는 그저 아이들을 곁에 두고 다정히 안아주고
싶다. 매일 저녁 잠들기 전 아이들의 이야기를 들어주며, 그들
이 안심할 수 있도록, 나의 따뜻함을 전하며 하루를 마무리해
주고 싶다. 그 시절을 지나고 보니, 평범하고 소소했던 순간들
이 참으로 소중하게 느껴진다.

아이들이 한 걸음씩 성장하며 세상을 알아가는 모습을 바라
보면서도 나는 언제나 응원하고 싶었다. 그러나 내 부족함 속
에서도 아이들은 굳세게 자라주었다. 내 곁에 자주 있어 주지

못했음에도, 그들은 그들만의 방법으로 삶을 이겨내며 자신만의 길을 개척해 갔다. 그 과정에서 분명 혼자 눈물을 삼키고, 고독을 견뎌야 했을 것이다. 그런데도 아이들은 누구보다 밝게 빛나며 성장했다. 그들이 보여준 강인함과 스스로 삶을 이끌어가는 모습은 나에게 무한한 감동과 감사를 안겨준다. 딸들이 나에게 보내주는 사랑과 이해가 나를 얼마나 위로했는지, 그들의 존재만으로도 나는 스스로를 조금씩 용서할 수 있게 되었다.

이제는 그들에게서 받은 사랑을 조금이라도 되돌려주고 싶은 마음이 간절하다. 어린 시절 다가가지 못했던 나의 부족함을 채우고, 그들의 곁에서 작은 힘이 되고 싶다. 내가 늘 부족했던 어머니로서의 역할을 조금이나마 보완하고자 한다. 내가 그들의 유년 시절을 충분히 감싸주지 못한 만큼, 지금이라도 따뜻한 사랑을 전하고 싶다. 딸들은 이제 각자의 삶을 살아가는 어른이 되었지만, 나는 언제까지나 그들의 곁에서 든든한 버팀목이 되고 싶다. 언제나 마음 깊이 자리한 사랑과 응원으로 그들을 감싸고 있다는 걸 알아주었으면 좋겠다.

그들이 각자 삶의 자리에서 최선을 다하고 서로를 아끼며 함께 나아가는 모습을 보면 내 마음이 참으로 뿌듯하다. 서로를 이해하고 지지하는 그 모습이야말로 내게는 가장 큰 기쁨이다. 세상 속에서 언제나 함께하는 든든한 가족으로서, 서로에게 힘이 되어주는 모습이 나에게는 참으로 큰 위안이자 행복이다. 그런 그들이 삶의 어려움을 만날 때마다, 언제나 옆에서 묵묵히 지켜주고 싶다는 생각이 든다. 내 품에서 자라난 아이들이 각자의 하늘 아래에서 반짝이고 있다는 사실이 내 삶에 커다란 의미를 부여해 준다.

어쩌면 나는 여전히 완전한 어머니가 아니었을지도 모른다. 내가 자주 아이들 곁에 있지 못하고, 충분히 다정하지 못했던 순간들이 많았으니 말이다. 하지만 내가 그들에게 전하려는 진심만은 변하지 않았다. 삶이 무겁게 다가오는 날에는 내 곁에 남아 있는 따뜻한 추억들이 그들의 마음속에서 작게나마 위로가 되기를 바란다. 그렇게, 언제까지나 나는 그들의 곁에 남아 있으리라 다짐한다.

이제는 나에게 네 명의 별과 같은 아이들이 있다. 이 별들은 각자의 길을 걸어가며 그들만의 빛을 발하고 있다. 그 길이 아무리 멀고 험해도 나는 언제나 그 자리에서, 변함없는 사랑과 응원으로 그들을 지켜볼 것이다. 그들의 존재 자체가 나에게는 무한한 축복이자, 삶을 살아가는 이유가 되어준다.

딸들아, 나는 비록 완벽한 어머니가 아니었지만, 너희가 나에게 준 사랑과 따뜻함은 내 삶에 영원히 남아 있을 것이다. 우리가 함께했던 시간들, 그리고 앞으로 함께할 시간 속에 늘 내 사랑이 깃들어 있다는 걸 기억해 주길 바란다. 세상의 모든 순간 속에서 내가 너희를 응원하고, 너희의 곁에 있다는 사실을 잊지 않길 바라며, 언제나 너희를 위해 기도하고 있다.

가슴에 떠오른 빛나는 네 개의 별

누군가 내게 "이 세상에서 가장 잘한 일이 무엇인가요?"라고 묻는다면, 나는 망설임 없이 "네 명의 아이들을 낳은 일"이라고 답할 것입니다. 그 아이들 덕분에 내 가슴에는 언제나 찬란하게 빛나는 별들이 떠 있으니까요.

결혼 전, 나는 확실히 남자를 보는 눈이 없었습니다. 어린 시절부터 순수함을 지키며 결혼 첫날밤에 내 모든 것을 주겠다고 결심했던 처녀 시절의 나. 하지만 남자를 사귀어 본 경험이 없었던 나는 결혼 상대를 고를 때조차 뚜렷한 기준이나 안목이 부족했습니다. 나에게는 듬직하고 외형적으로 멋진 남자보다 어딘가 모르게 연민을 불러일으키는 사람에게 마음이 가곤 했지요. 강인한 사람보다 왜소하고 측은해 보이는 사람들에게 오히려 보호하고 싶은 감정이 들었던 것 같습니다.

지금 돌이켜보면 그 시절의 나의 결혼 상대 선택이 옳지 않았다는 생각을 자주 하게 됩니다. 사랑의 관점에서 바라봤을 때 내 안에는 많은 희생과 인내가 필요했으니까요. 힘들고 지쳐버린 결혼 생활의 순간들 속에서도 내가 계속해서 살아갈 용기를 얻을 수 있었던 것은, 그 모든 순간 속에서 별처럼 반짝이며 내게 다가온 내 아이들 덕분이었습니다.

첫 번째 아이, 내 첫 번째 별은 나에게 작은 안식처가 되어 주었습니다. 삶의 무게에 지치고 외로울 때마다 그 별은 환한 미소와 따뜻한 온기로 나를 위로하고 힘을 주었지요. 첫 아이를 낳고 처음 그 아이의 얼굴을 마주했던 그 순간의 경이로움과 설렘은 지금까지도 내 마음속에 선명하게 남아 있습니다. 그 아이를 통해 비로소 내가 어머니가 되었음을, 내 삶이 새로운 의미로 가득 채워졌음을 느꼈습니다. 신혼 생활을 시작했던 제주에서 한라산의 맑고 푸른 기운을 담아 태어난 첫 아이는 그렇게 내 인생의 첫 별이 되어 나를 환하게 밝혀 주었습니다.

두 번째 별은 예고 없이 찾아와 나를 놀라게 했습니다. 그때 나는 주변 사람들이 배가 나온 것 같다며 걱정스레 말할 때조차 아무것도 모른 채 살아가고 있었지요. 그러다 병원을 찾아갔더니 의사는 웃으며 "이제 곧 태어날 때가 되었어요"라는 말을 건넸습니다. 예상치 못했던 임신이었기에 내게는 한편으로는 당혹감도 있었지만, 그 아이가 내 품에 안겨지던 순간 느꼈던 감사와 행복은 이루 말할 수 없을 만큼 컸습니다. 제주에서 두 번째 아이가 태어났을 때, 나는 하늘이 내게 준 선물임을 깨닫게 되었고, 내 가슴속에는 두 번째 별이 밝게 빛나기 시작했습니다.

고향인 문경으로 돌아왔을 때, 셋째와 넷째를 차례로 얻었습니다. 당시에는 산아 제한 정책이 있어 셋째를 낳을 때 의료 보험 혜택조차 받을 수 없었지만, 셋째를 품에 안았을 때의 기쁨은 위로 딸 둘을 낳아서인지 그 어떤 어려움도 덮어버릴 만큼 강렬했습니다. 셋째는 내게 특별한 기쁨을 안겨주었고, 아이가 태어난 첫날 밤은 잠조차 이루지 못할 만큼 벅찬 마음으로 가득 찼습니다. 셋째는 내 인생에 세 번째 별이 되어, 나의 일상 속 작은 빛이 되어 주었습니다.

넷째를 임신했을 때, 나의 나이도 꽤 있었고 체력도 약해져 있었지만, 그 아이는 나에게 마지막 선물처럼 다가왔습니다. 넷째를 품었을 때까지도 여러 고비를 넘겨야 했지만, 그 아이는 모든 어려움을 이겨내고 내 품에 안겨 주었고, 나는 새로운 축복으로 네 번째 별을 얻게 되었습니다. 내 인생에 떠오른 네 개의 별들은 그렇게 나를 더욱 단단하게 만들어 주었고, 내 가슴속에 잊을 수 없는 기쁨을 새겨 주었습니다.

하지만 그렇게 소중하게 맞이한 아이들에게 세심한 정성과 사랑을 주기에는 내 삶이 너무나도 바빴습니다. 때때로 학부모 모임이 있을 때 학교에 찾아가 보지도 못하고, 엄마로서 챙기지 못한 것들이 많았지요. 빗속에서 스스로 어떤 방법을 동원해서라도 집으로 무사히 돌아오는 아이들의 모습을 보며,

너무 일찍 그들에게 스스로를 지키며 강하게 살아가라고만 가르친 것은 아닌가 하는 미안함이 가슴 깊이 남아 있습니다.

그러나 지금, 내 별들은 서로를 아끼고, 친구처럼 서로의 마음을 나누며, 소중한 동반자로서 함께 살아가고 있습니다. 먼 훗날 내가 이 세상을 떠나더라도 그들이 서로를 의지하며 함께 지낼 것이라는 믿음이 든든한 위로가 됩니다. 이제 내 가슴 속의 네 개의 별들은 영롱한 빛을 발하며 언제나 나에게 따스함과 기쁨을 전해주고 있습니다. 아이들이 내 인생에 가장 값진 보물이기에 나는 그들에게 항상 감사한 마음을 가지고 살아가고 있습니다.

네 개의 별들은 내 생애 가장 찬란한 순간이었고, 내 가슴속 깊은 곳에 가장 빛나는 보석으로 자리 잡았습니다. 나는 그들이 앞으로도 서로에게 소중한 존재가 되어 주길, 그들의 길이 언제나 사랑과 행복으로 가득하길 간절히 바랍니다.

사랑하는 어머니와의 특별한 하루

    살다 보면 우리는 일상 속에 휩쓸려 소중한 사람들과의 시간을 자주 흘려보내곤 한다. 나 역시도 그랬다. 일과 생활에 치여 바쁘게 살아가면서 사랑하는 어머니와의 시간을 조금씩 잊어가고 있었다. 하지만 나이 드신 어머니가 아프신 곳이 많아지시고, 평생을 안개가 낀 것처럼 흐려있는 눈동자까지 검게 염색하며 세월의 흐름을 정면으로 맞이하는 모습을 보면서 문득 마음이 무거워졌다. 그러던 어느 날, 어머니께서 내게 조심스레 영정사진을 찍고 싶다는 뜻을 내비치셨다. 그 말씀을 들었을 때 내 마음이 뭉클해졌고, 세월이 흘러 어머니의 모습이 조금씩 변해버린 현실이 아프게 다가왔다. 오랜 세월, 나와 가족을 위해 헌신하며 살아오신 어머니를 위해 특별한 하루를 만들어드리고 싶다는 생각이 절로 들었다.

    혼자 스튜디오에 다녀오시게 하는 대신, 내가 함께 가서 어머니와 추억을 만들어 드리고 싶었다. 그렇게 약속한 날, 어머니와 함께 스튜디오에 도착했다. 처음엔 조금 어색해하시는 어머니를 보고 웃음이 나왔다. 그래도 어머니는 내가 옆에 있어서인지 안심하시는 듯 보였다. 헤어와 메이크업을 받는 동안 어머니와 나는 서로의 모습을 바라보며 살짝 달라진 외모에 깔깔 웃기도 하고, 그 모습이 참 귀엽게 느껴졌다. 어머니의 잔잔한 미소 속에서 나도 마음이 따뜻해졌고, 그 순간만큼은 세상의 모든 걱정과 스트레스가 사라지는 듯했다. 어머니와 나누는 이 시간이 무엇보다 소중하고 중요한 것처럼 느껴졌다.

어머니는 고운 한복을 나는 드레스를 입고 천천히 자리를 잡았다. 어머니가 앉으시고, 내가 옆에 다가가 앉아 어머니의 손을 조심스럽게 잡았다. 사진 속에서 어머니는 어릴 적 내게 따뜻한 사랑을 주시던 그 모습 그대로였다. 환하게 웃으시는 어머니의 모습을 보자, 나도 모르게 어린 시절이 떠올랐다. 마치 시간의 흐름이 한순간에 거꾸로 돌아간 듯, 어린 시절 내 곁에 계셨던 어머니의 모습이 눈앞에 선명히 겹쳐졌다. 나를 품에 안고 다독여 주시던 어머니의 온기와 미소가 머릿속에 떠오르며 가슴이 찡해졌다. 그런 어머니와 지금 이렇게 나란히 앉아 사진을 찍고 있다는 사실이 나에게 참으로 벅찬 감동으로 다가왔다.

촬영은 생각보다 순조롭게 진행되었다. 나는 어머니와 손을 맞잡고 함께 환하게 웃으며 여러 포즈를 취했다. 카메라 셔터 소리와 함께 웃음소리가 넘실거렸다. 스튜디오 속에서도 사람들 속에서도 오직 우리 둘만이 존재하는 듯한 그 순간의 감정은 잊을 수 없을 것이다. 어머니와 나는 손을 맞잡고 서로를 바라보았다. 그리고 그날, 나는 다시금 어머니가 얼마나 소중한 존재인지 깨달았다. 어머니는 내 인생의 시작이었고, 나의 근원이었으며, 내 마음의 안식처였다.

촬영을 마치고 스튜디오를 나서며 우리는 함께 따뜻한 식사를 했다. 바쁘게 살아온 일상 속에서는 미처 느끼지 못했던 어머니의 자상한 눈빛과 말투가 다시금 나를 따뜻하게 감싸 안았다. 어머니와 함께한 그 하루는 나에게 있어 삶의 소중한 의미를 다시금 되새기게 하는 시간이었으며, 우리의 유대감이 깊어지는 순간이었다.

며칠 후, 촬영한 사진이 인화되어 집에 도착했다. 어머니는 영정 사진이라며 가슴에 안고 만감이 교차하시는 듯 했고 나는 수필집에 들어갈 겉표지로 최종 선택을 하게 되어 더욱더 의미 있는 특별한 하루를 기억하게 될 것 같다. 그리고 어머니께서 가장 마음에 들어 하시는 사진 한 장을 골라 예쁘게 액자에 넣어 벽에 걸어 두었다. 그 사진 속에서 어머니와 나는 나란히 앉아 행복하게 웃고 있었다. 가끔 삶에 지치고 힘들 때마다 그 사진을 바라보며 마음을 다잡곤 한다. 어머니와 나란히 웃고 있는 모습이 내게 큰 위로와 힘을 주기 때문이다. 그 사진은 단지 액자 속에 담긴 한 장의 사진이 아니라, 어머니와 내가 나눈 사랑과 감사의 시간이 그 안에 고스란히 담겨 있었다.

시간이 지나 어머니와 함께했던 그날의 따뜻한 기억은 마치 내 마음에 오래도록 간직될 추억의 꽃처럼 피어나 있을 것이다. 이제 어머니와 함께하는 순간 하나하나가 더욱 소중하게 다가온다. 어머니의 미소, 자상한 손길, 사랑이 가득 담긴 말 한마디 모두가 내게는 더할 나위 없는 선물이다.

앞으로 내 인생의 여정 속에서 힘든 순간이 찾아올 때마다 어머니와 함께한 그 하루를 떠올리며 다시 일어설 힘을 얻을 것이다. 벽에 걸린 사진 속 어머니와 내가 함께 웃고 있는 모습은 내게 있어 세상 무엇과도 바꿀 수 없는 소중한 보물이며, 내 삶의 커다란 원동력이 될 것이다. 어머니와 함께했던 그 특별한 하루는 내 마음속에 깊이 자리 잡아 평생 잊을 수 없는 추억이 되었고, 나는 그 순간을 떠올릴 때마다 어머니에 대한 감사와 사랑이 더욱 커져감을 느낀다.

나는 이 특별한 하루를 통해 어머니와 함께했던 시간들이 내 인생에서 가장 값진 보물이자, 무엇과도 바꿀 수 없는 소중한 자산임을 다시금 깨달았다. 앞으로도 어머니와 함께하는 모든 순간을 귀하게 여기고 소중히 간직하며, 어머니에 대한 사랑과 감사의 마음을 가슴 깊이 품고 살아가기를 다짐한다.

내 마음의 쉼터

사람은 누구나 자신만의 쉼터를 필요로 한다. 그 쉼터는 고요한 산책길이 될 수도 있고, 어릴 적 자주 가던 아늑한 카페나 해 질 녘 물든 하늘을 바라볼 수 있는 작은 공원이 될 수도 있다. 때로는 누군가의 마음이 내게 그런 쉼터가 되어주기도 한다. 내가 지치고 힘든 순간마다 나의 안식처가 되어준 사람, 나에게 수아는 바로 그런 존재였다.

수아를 처음 만났을 때, 나는 새로운 사람을 만나는 일이 설레면서도 두려웠다. 그럼에도 그녀의 첫인상은 잊을 수 없다. 그녀의 환한 미소는 내 마음속 깊은 곳까지 따뜻하게 비춰주는 작은 햇살 같았고 눈빛은 어딘가 포근했고, 말 한마디 한마디에 깃든 진심과 배려가 내게 자연스러운 편안함을 안겨 주었다. 마치 오래전부터 알고 지낸 사람처럼, 아니 어쩌면 더 오랜 시간 동안 내 곁에 있던 사람처럼 느껴졌던 수아. 내가 힘들 때마다 나를 지탱해 주는 든든한 버팀목이 되었고, 삶의 무게가 버거울 때 찾아갈 수 있는 나만의 쉼터가 되었다.

살다 보면 누구나 지칠 때가 있다. 마음이 번잡해질 때면 문
득 어딘가로 떠나고 싶은 마음이 들기도 한다. 끝이 보이지 않
는 일상에 지칠 때, 이유 없이 가슴이 답답할 때, 그럴 때면 나
는 수아와의 시간을 떠올리곤 한다. 그녀는 내가 흔들릴 때마
다 내 곁에서 묵묵히 날 지켜주었다. 피곤에 지쳐 어깨가 처진
나를 위해 말없이 따뜻한 차 한 잔을 내밀며, 조용히 나를 위
로해 주었다. 작은 미소 하나, 손끝에 전해지는 다정한 온기
하나하나가 그 무엇보다도 커다란 위로가 되었고 말로만 하
는 위로가 아니라, 진심이 담긴 모습은 내 마음을 가만히 어
루만져 주었다.

수아는 언제나 나보다 나를 먼저 생각하는 사람이었다. 바쁜
일상 속에서도 내가 조금이라도 힘들어하면 한발 먼저 나서서
나의 마음을 다독였다. 피곤에 지쳐 있는 날 보면 아무 말 없
이도 내 상태를 헤아리고, 한숨 쉬는 내 옆에서 살며시 손을
내밀어주곤 했다. 그녀의 따뜻한 말이 나에게는 세상의 모든
짐을 내려놓을 수 있게 해주는 위로였고 다정한 손길이, 마치
오래된 친구처럼 나를 감싸 주었고, 그 순간만큼은 세상의 모
든 걱정과 스트레스가 사라지는 듯했다.

어느덧, 수아와 함께한 시간은 내 마음속에 소중한 추억으로
차곡차곡 쌓여 갔다. 그 추억 속의 우리는 언제나 따뜻했고,
그녀의 곁에서 느껴지는 안정감과 편안함은 나에게 평온을

선물했다. 수아는 내게 친구 이상의 존재가 되었다. 그녀와의 시간이 단순한 하루하루가 아니라 내 삶의 커다란 일부가 되었고, 그녀가 준 위로는 내 인생의 중요한 부분으로 자리잡았다.

수아와 함께한 시간들은 나의 일상을 변화시키기 시작했다. 따뜻한 대화와 그녀가 보여준 작은 배려들은 내게 새로운 에너지를 주었다. 그녀는 나에게 하루하루를 살아갈 힘을 주었고, 그 덕분에 나는 조금 더 밝고 긍정적인 사람으로 변할 수 있었다. 그녀의 미소가 내게 새로운 활력이 되었고, 덕분에 나는 세상에 더 따뜻한 눈길을 보내게 되었다. 이제는 그녀가 내게 주었던 그 따스한 마음을 나도 다른 사람에게 나누고 싶다는 생각이 들었다.

그녀가 하는 말 속에는 진심 어린 마음이 담겨 있었고, 나는 그 순간 그녀의 마음이 얼마나 깊고 넓은지 다시 한번 깨닫게 된다. 수아가 나에게 준 사랑과 배려는 단순한 순간의 위로가 아닌, 내 인생의 큰 가르침이 되었다. 나 또한 그녀가 보여준 사랑을 다른 사람들에게도 전하고 싶다는 다짐을 하게 되었다.

수아와 함께한 순간들은 시간이 흘러도 변하지 않을 것이다. 그녀의 따스함과 배려는 내 마음속에 깊이 자리잡아, 앞으로도 오랜 시간 동안 내게 위로와 힘이 되어줄 것이다. 그녀가 내게 남긴 그 소중한 마음은 지금도 여전히 내 안에서 따스하게 빛나고 있다.

수아, 고마워. 너의 따뜻한 마음과 진심이 나에게 큰 의미가 되었고, 그 마음을 잊지 않고 살아가고 싶어 너와 함께한 시간은 나에게 소중한 쉼터였고, 그 쉼터는 언제까지나 내 마음속에서 빛날 것이다. 삶이 힘들고 지칠 때면 나는 언제든지 너와의 추억을 떠올리며 위안을 삼을 것이다. 너와 함께했던 그 날들은 내 마음속에서 영원히 사라지지 않을 소중한 보물로 남아 나의 삶을 지탱해 줄 것이다.

존경과 감사의 마음을 담아

둘째 딸의 결혼으로 저에게도 새로운 가족, 귀한 인연이 생겼습니다. 사돈께서는 서울대학교 치과대학을 졸업하시고, 분당에서 치과병원을 운영하고 계시는 훌륭한 분으로 학문적 깊이와 사회적 존경을 함께 받는 분이십니다. 무엇보다 인품이 좋으시고, 따뜻한 마음을 가지신 분이라 사돈과의 인연은 저에게도 참으로 큰 축복입니다.

사위 역시 아버지의 길을 따라 치과의사로서의 삶을 걷고 있습니다. 사위는 치과대학에서 6년간 장학생으로 공부하며 뛰어난 성적으로 졸업했고, 그 결과 당당히 의사 시험에 합격하여 아버지의 뒤를 이어가게 되었습니다. 훌륭한 부모님의 교육과 지도 아래 자라온 사위는 매사 성실하고 책임감이 강한 모습으로 저희 딸과의 만남에서부터 깊은 인상을 남겼습니다. 그리고 그 만남이 서로의 이해와 신뢰 속에서 결혼으로 이어졌을 때, 저는 진심으로 기뻤고, 두 가문이 한 가족으로 묶이게 된 것을 참으로 영광스럽게 생각했습니다.

결혼 준비 과정에서도 사돈께서는 언제나 배려 깊은 마음을 보여주셨습니다. 첫 상견례 자리에서 사돈께서는 저희에게 "예단이나 폐물, 폐백 같은 형식은 생략하겠습니다. 신혼부부는 저희가 준비한 오피스텔에서 시작하도록 하겠습니다"라고 말씀하셨습니다. 그 순간, 사돈의 진심 어린 배려에 저는 큰 감동을 받았습니다. 결혼은 기쁨의 순간이지만, 준비 과정은 자칫 양가에 큰 부담이 될 수도 있습니다. 하지만 사돈께서는 화려한 겉치레보다는 신혼부부가 차분하게 새로운 삶을 시작할 수 있도록 마음 써주셨습니다. 그 배려 덕분에 저희는 결혼 준비를 순조롭게 진행할 수 있었고, 오롯이 아이들의 행복에 집중할 수 있었습니다.

결혼식 당일, 저는 새벽부터 식장에 도착하여 혼주로서의 준비를 마치고 기다리고 있었습니다. 딸이 차분한 마음으로 신부 화장을 마치고 다가왔을 때, 저는 아이가 새로운 가정을 이루는 기쁨에 가슴이 벅차오르고 그녀의 얼굴에 떠오르는 행복을 보며 마음이 따뜻해졌습니다. 결혼식은 아름다운 진심과 따사로움으로 감동적이었습니다.

결혼 후, 딸과 사위는 사돈께서 마련해주신 오피스텔에서 신혼 생활을 시작했습니다. 경제적인 부담 없이 새로운 가정을 차분히 꾸려가게 해주신 사돈의 깊은 배려는 저희 가족 모두에게 큰 위로와 안도감을 주었습니다. 둘째 딸과 사위가 서로를 아끼며 소박한 생활 속에서 신혼의 기쁨을 나누는 모습을 보며 저 또한 마음이 편안해졌고, 그들에게 물질적 부담 대신 서로의 마음을 나누며 시작할 기회를 주신 사돈께 진심으로 감사했습니다. 부모로서 아이가 편안하고 안정된 환경에서 사랑하는 사람과 함께 새로운 삶을 시작하는 모습을 지켜보는 것, 그것은 저에게 말로 다 표현할 수 없는 기쁨이었습니다.

시간이 지나면서 자연스레 넓고 큰집으로 이사도 하고 이젠 저에게 사랑스러운 두 손녀가 생겼습니다. 큰손녀는 활달하고 밝은 성격으로 주변에 늘 웃음을 선사하고, 작은 손녀는 딸을 닮아 섬세하고 다정한 성격을 지녔습니다. 두 손녀를 지켜보며 매 순간 새롭고 깊은 기쁨을 느낍니다. 아이들이 자라나는 모습을 바라볼 때마다 제 인생이 풍요로워지고 있다는 생각이 들고, 이 소중한 경험들을 가능하게 해주신 사돈께 다시금 감사의 마음을 전하고 싶습니다.

사돈께서는 이미 학문적 성취나 사회적 위치에서도 많은 이들에게 존경받고 계시지만, 제가 진정으로 존경하는 점은 사돈의 진실하고 깊은 인품입니다. 겉으로 보이는 성공이나 명예보다 진심으로 상대를 아끼고 배려하시는 그 따뜻한 마음이야말로 사돈의 가장 큰 자산이라고 생각합니다. 화려한 형식을 앞세우기보다 우리 딸을 진정으로 환영해 주시고 아껴주신 사돈의 모습에서 저는 크나큰 감동을 받았습니다. 그 모습은 제게도 삶의 중요한 가르침이 되었고, 더욱더 넓고 깊은 마음으로 세상을 바라보아야 한다는 깨달음을 얻게 되었습니다.

사돈께서 저희 가족에게 베풀어주신 그 배려와 존중, 그리고 따뜻한 마음은 저뿐만 아니라 제 자녀들에게도 큰 의미로 남았습니다. 그 덕분에 저희 가족은 사돈 가족과 하나 된 것처럼 서로를 존중하고 의지하며 따뜻한 관계를 이어갈 수 있었습니다. 이제는 사돈과 함께 두 가정이 화목하고 평안하게 지낼 수 있기를 진심으로 바랍니다. 사돈께 받은 그 큰 은혜와 사랑을 잊지 않고, 존경하는 마음으로 간직하며 앞으로도 두 가정이 함께 만들어갈 시간들이 더욱더 아름다워지기를 간절히 소망합니다.

이제 저는 자녀들이 가정을 이루어 행복하게 살아가는 모습을 지켜보며 인생의 또 다른 기쁨을 느낍니다. 사돈께서 보여주신 따뜻한 배려는 저희 가족 모두에게 평안과 안정을 선물해 주셨고, 저에게는 진심 어린 감사와 존경의 마음을 간직하게 했습니다. 앞으로도 사돈과 함께 같은 방향을 바라보며 서로를 격려하고 존중하며 살아가고 싶습니다.

삶을 이끄는 가르침

학창 시절, 저는 많은 선생님으로부터 다양한 배움을 얻으며 성장했습니다. 수학 문제를 함께 풀고, 문학의 아름다움을 느끼게 해 주신 분들 때로는 엄격하게, 때로는 친절하게 저를 이끌어 주셨던 선생님들 덕분에 저의 인생에 지식의 토대를 쌓을 수 있었습니다. 그러나 그 많은 분들 중에서도 한 분의 스승님이 저에게는 매우 특별한 분으로 남아 있습니다. 이미 사회에 나와 크고 작은 경험을 쌓아가던 시기, 그분과의 만남은 저에게 새로운 길을 열어 주는 전환점이자, 앞으로의 삶의 방향을 바꾸어 놓는 계기가 되었습니다.

단순히 지식 전달을 넘어 저에게 삶의 지혜와 철학적 깊이를 더해 주신 분이었습니다. 그분의 가르침은 인생의 크고 작은 순간마다 저에게 빛을 비추어 주는 지침이 되어 주었습니다. 삶이 힘겨울 때마다 스승님의 가르침이 떠올랐고, 그 말씀들이 마치 제 삶을 지탱해 주는 기둥과 같았습니다.

특히 기억에 남는 순간은 스승님께서 저에게 "도정(道頂)"이라는 아호를 지어 주셨을 때입니다. 평소 저의 생각과 성향을 깊이 이해해 주시던 스승님이 지어주신 도정 그 이름을 처음 들었을 때의 감동과 떨림은 지금도 잊을 수 없습니다. 그 이름 안에는 완전한 도, 온전한 사랑, 그리고 음양의 조화가 담겨 있었습니다. 마치 스승님께서 저를 위해 준비하신 특별한 선물 같았고, 그 의미를 하나하나 되새기며 새로운 삶의 방향성을 찾게 되었습니다. 단순한 이름 그 이상으로, "도정"이라는 아호는 저에게 자아를 돌아보고, 삶을 더욱 깊이 성찰하며 살아가라는 가르침을 주는 특별한 상징이 되었습니다. 그리고 그 상징이 언제나 저를 바로잡아 주는 지표가 되어 주었고, 인생을 살아가는 데 큰 위로와 지혜를 주었습니다.

스승님의 가르침 중에 사람들과의 관계 속에서 배우고, 실수를 통해 교훈을 얻으며 진정한 성장을 이루어야 한다는 가르침은 삶을 살아가는 데 있어서 큰 힘이 되었습니다. 그분의 이러한 조언 덕분에 저는 사람을 대할 때 더욱 진솔해질 수 있었고, 인생에서 만난 소중한 인연들을 놓치지 않으려 노력하게 되었습니다. 또한, 스승님의 이러한 가르침은 저로 하여금 관계의 소중함을 깨닫게 했고, 주변 사람들과의 관계를 통해 내가 진정으로 성장할 수 있다는 믿음을 심어 주었습니다.

제가 대한문인협회 경기지회에서 지회장으로 활동하며, 동인지 "별빛 드는 창"을 발간하던 때도 스승님은 처음부터 끝까지 몇 번이나 다시 읽어보시고 누구보다 기뻐해 주셨습니다.

마치 자신의 일처럼 진심 어린 축하와 응원을 보내 주셨고, 저를 자랑스러워해 주셨습니다. 스승님께서는 제게 "스승보다 제자가 낫다"는 격려의 말씀을 해 주시며, 환하게 웃어 주셨습니다. 그 미소는 지금도 제 마음속에 선명하게 남아 따뜻함으로 다가오고 있습니다. 스승님의 격려는 그저 격려로 끝나는 것이 아니라, 저에게 앞으로 나아갈 힘과 용기를 주었고, 인생의 큰 동기부여가 되었습니다.

또한, 스승님은 늘 현실적인 사고와 이론적 지식만을 전수하는 데에 그치지 않으시고, 실제로 다양한 상황에서 문제를 해결할 수 있는 사고방식을 길러 주셨습니다. 이를 통해 저는 변화하는 환경 속에서도 두려움 없이 대처할 수 있는 능력을 얻게 되었고, 다양한 도전 앞에서 포기하지 않고 끊임없이 배울 수 있는 용기를 갖게 되었습니다. 스승님의 가르침은 그저 교육의 한 부분이 아니라, 실질적으로 삶을 살아가는 데 있어 중요한 지혜를 주는 것이었습니다.

스승님과의 만남은 제 인생에 있어서 새로운 세상을 열어 주는 열쇠와도 같았습니다. 그분의 가르침은 단순한 배움을 넘어, 제가 앞으로 어떤 삶을 살아야 할지를 제시해 주는 소중한 지침이 되었고, 도정이라는 아호가 의미하듯 저 스스로를 끊임없이 갈고 닦으며 삶을 살아가는 것이 얼마나 중요한지를 깨닫게 되었습니다. 그 깨달음은 저로 하여금 앞으로 배우고 느낀 것을 나누며, 긍정적인 영향을 미치는 사람이 되어야겠다는 다짐을 하게 했습니다.

스승님은 말없이 저를 이끌어 주시는 분이셨습니다. 때로는 작은 울림에서 시작해 큰 격려로 이어지는 그분의 말씀들은 제 마음에 깊이 남아 있었습니다. 그분이 제게 보여주신 따뜻한 사랑과 배려는 제게 깊은 감동이 되었고, 저 또한 그 가르침을 마음속에 새기며 누군가에게 도움이 될 수 있는 사람이 되어야겠다는 다짐을 하게 됩니다.

스승님은 저에게 진정한 나눔과 배려의 가치를 일깨워 주셨고, 사람을 향한 따뜻한 마음이 얼마나 중요한지를 몸소 보여주신 분이셨습니다. 그분의 가르침과 삶의 철학은 제가 앞으로 살아가야 할 방향을 제시해 주었고, 저 또한 그분의 마음을 가슴 깊이 간직하며 살아가고자 합니다. 언젠가 저도 스승님과 같은 따뜻하고 긍정적인 영향을 줄 수 있는 사람이 되기를 간절히 바라며, 그분께서 주신 큰 울림을 마음속에 영원히 간직하고자 합니다.

따뜻한 마음의 선물

몇 해 전, 건강검진에서 여러 개의 혹이 있다는 말을 의사에게 들었을 때 나는 깊은 고민에 빠졌었습니다. 불안한 마음에 의기소침해졌고, 무엇을 해야 할지 몰라 하루하루가 힘겹게 느껴졌습니다.

걱정이 깊어져 갈수록 제 마음은 점점 움츠러들었고, 삶의 활기는 점차 사라져 갔습니다. 어떻게 해야 할지 몰라 한숨만 늘어갔던 그때, 제 소식을 들은 한 분이 계셨습니다. 바로 안수 선생님이셨습니다.

안수 선생님은 제 상황을 누구보다 걱정해 주셨습니다. 직접 제게 필요한 약초를 구하기 위해 산과 들을 누비며 정성을 다해 준비해 주셨습니다. 몸과 마음이 지친 저에게 그 따뜻한 배려와 정성이 얼마나 큰 위로가 되었는지, 그 감동을 글로 표현하기엔 턱없이 부족했고 물질적 지원을 넘어 제 마음 깊숙한 곳에 다가와 위안을 주는 선물이었기 때문입니다.

소식을 들은 며칠 후, 커다란 상자들이 택배로 도착했습니다. 상자를 열어보니 선생님이 정성껏 준비해 보내주신 약초들이 가득 들어 있었습니다. 제 손길이 닿을 때마다 약초에서는 선생님의 따뜻한 마음과 정성이 고스란히 전해졌습니다. 선생님은 약초마다 어떤 효능이 있는지, 어떻게 섭취하면 좋을지에 대해 친절하게 설명서를 써 주셨습니다. 작은 글씨로 꼼꼼하게 적힌 메모는 세심한 배려로 가득 차 있었습니다. 그 모습에서 저는 선생님의 온화한 마음을 느낄 수 있었고, 약초 하나하나가 제게 특별한 위로와 희망을 심어 주는 자연의 선물처럼 느껴졌습니다.

약초만으로도 큰 감동이었는데, 선생님은 그 이후 또 한 번의 소중한 선물을 보내 주셨습니다. 어느 날, 선생님께서는 흑염소보다 몇 배나 효과가 좋다고 하신 특별한 약을 만드셨다며 저와 친정어머니를 위해 직접 만들어 보내주셨습니다. 매번 정성과 시간을 아낌없이 들여 약을 만들어 보내 주셨던 선생님의 마음은 그 어떤 귀한 선물보다 값지고 소중하게 다가왔습니다. 그것은 단순한 약이 아니라, 제게 용기와 희망을 되찾아 주는 특별한 선물이자 따뜻한 마음이 담긴 위로의 손길이었습니다.

선생님의 배려가 없었다면 제 몸과 마음은 한층 더 지쳐갔을 지도 모릅니다. 건강에 대한 불안감을 이겨낼 수 있었던 것도, 다시 일어설 힘을 낼 수 있었던 것도 모두 선생님의 진심 어린 위로와 지지 덕분이었습니다. 덕분에 저는 힘든 시간 속에서도 다시 일어설 용기를 얻었고, 희망을 품고 하루하루를 견뎌낼 수 있었습니다.

안수 선생님을 통해, 저는 이 세상에 여전히 따뜻한 마음을 가진 사람들이 많다는 사실을 깨달았습니다. 선생님께서는 늘 누군가의 아픔을 자기 일처럼 여기고, 자신이 할 수 있는 최선의 정성을 다해 상대를 위로하고 격려하는 분이셨습니다. 다른 사람을 향한 선생님의 진정한 인간애는 저에게 큰 교훈과 영감을 주었고, 나눔과 배려가 주는 아름다움을 알게 해 주었습니다.

선생님이 저를 위해 들이신 정성과 시간을 생각할 때마다 마음이 뭉클해집니다. 바쁜 일상 중에서도 저를 위해 그 모든 시간을 기꺼이 투자하신 선생님의 마음은 제가 결코 잊지 못할 소중한 인생의 배움이 되었습니다. 현대 사회에서는 주변 사람들의 따뜻한 마음을 쉽게 잊고 지낼 때가 많지만, 선생님은 그런 소중한 마음을 일깨워 주셨습니다. 덕분에 저도 앞으로는 주변 사람들에게 따뜻한 손길을 내밀며, 나눔을 실천하는 삶을 살아가고 싶다는 다짐을 하게 되었습니다.

안수 선생님은 단순히 약초를 보내주신 분이 아닙니다. 그는 저에게 진정한 나눔과 배려가 무엇인지, 사람을 향한 따뜻한 마음이 무엇인지를 일깨워 주신 소중한 인연이자, 저의 삶에 귀한 가르침을 주신 분이었습니다. 선생님의 그 마음을 제 안에 잘 간직하고, 저 또한 누군가에게 작은 힘이 될 수 있는 사람으로 살아가고자 합니다.

안수 선생님, 진심으로 감사드립니다. 당신의 따뜻한 마음과 진심 어린 배려 덕분에 저는 다시금 용기를 얻고, 세상이 더욱 따뜻하게 느껴집니다.

그리움과 거리감

어릴 적, 오빠와의 기억은 여전히 따뜻하게 마음속에 남아 있다. 우리 집의 아들들은 유난히 공부를 잘했다. 어머니의 머리를 닮아서였을까? 오빠와 남동생은 학교에서 늘 좋은 성적을 받았다. 오빠는 아침 일찍 학교에 가서 공부하면 머리에 더 잘 들어온다며 밥도 먹지 않고 학교로 향하는 일이 많아 어머니가 손수 싸주신 도시락을 가방에 챙기지 못한 채 서둘러 나가곤 했다. 그러면 어머니는 내게 오빠의 도시락을 전해주라고 부탁하셨다. 처음에는 단순한 심부름이라 생각했지만, 시간이 지나면서 그 일은 내게 중요한 책임이자 소중한 추억이 되었다.

나는 오빠의 교실로 가는 길이 점점 익숙해졌고, 오빠의 친구들이 교실 앞에서 나를 반갑게 맞아주던 모습이 기억난다. 그들은 장난스레 오빠를 챙기는 나를 보며 누나가 왔다고 반겼고, 나는 그들 속에서 묘한 자부심을 느꼈다. 교실 앞에 도착해 도시락을 전해주면, 그 순간 오빠는 늘 듬직했고, 나도 그를 자랑스러워했다. 내 손에 들린 도시락을 받아드는 그의 모습은 지금도 잊히지 않는 한 장면으로 남아 있다.

어린 시절 오빠와 함께 쌓아온 추억들은 지금의 나를 만들어 주었다. 작은 심부름이었지만 그 속에는 형제간의 사랑과 어머니의 따뜻한 마음이 깃들어 있었다. 나보다 두 살 많은 오빠는 학창 시절, 공부도 잘하고 인물도 훌륭해 주변에서 인기가 많았다. 그때는 서로 의지하면서 지내 참 사이가 좋았고, 함께 공부하고 웃고 지내던 그 시간이 그립기도 하다.

그러나 시간이 흐르며 각자 결혼하고 각자의 삶이 바빠지면서 자연스럽게 자주 만나지 못하게 되었고, 지금은 오히려 사이가 서먹서먹하고 조금은 멀게 느껴진다. 우리 사이에 쌓인 오해와 감정이 거리를 두게 만들었고, 나는 오빠의 다른 행동들은 대부분 이해할 수 있지만, 어머니께 무심하거나 서운하게 하는 모습만큼은 용서하기 어려웠다. 어머니는 우리의 관계를 이어주는 소중한 존재인데, 그런 어머니를 향한 무관심이나 상처가 나에겐 큰 아픔으로 다가왔다.

결국 어머니를 둘러싼 언쟁이 우리의 갈등의 시작이었다. 그일 이후로 우리는 남처럼 지내게 되었고, 그 결과는 서로에게 깊은 상처로 남았다. 함께했던 그리움은 이제 애증으로 바뀐 것 같기도 하다. 가족이나 부부 사이란 '칼로 물베기'라 했지만, 여전히 마음은 쉽게 풀리지 않는다.

가끔 오빠와의 옛 추억을 떠올리면 쓸쓸한 미소가 지어진다. 함께 했던 순간들이 떠오를수록, 지금의 서먹함이 더 아쉽게 느껴진다. 가족이라는 이유만으로 오빠가 소중하다는 것을 잊지 않으려 하지만, 마음이 흔들릴 때도 있다. 과연 우리가 다시 예전처럼 가까워질 수 있을까? 그런 의문이 스쳐 지나갈 때마다 가슴이 시리다.

언젠가는 서로의 마음이 풀리기를 바라지만, 그날이 언제 올지는 알 수 없다. 다만, 시간이 흐르면 우리의 삶도 조금씩 달라지고, 마음의 상처도 희미해질 것이라는 희망을 품고 있다. 관계라는 것은 때로 상처를 남기기도 하지만, 동시에 치유의 힘도 가지고 있다는 것을 믿고 싶다. 어머니가 우리에게 남긴 사랑과 가르침을 떠올리며, 언젠가 서로가 먼저 손을 내밀고 따뜻한 미소를 주고받는 날이 오기를 기다린다. 가족이라는 이름이 결국 우리를 다시 이어줄 것이라 믿으며, 그날을 위해 오늘도 마음 깊이 기도한다.

응원의 메시지

내가 기억하는 남동생은 누구보다도 총명하고 성실한 사람이었다. 어린 시절부터 그는 누구보다 빠르게 배우고, 무엇이든지 잘 해내는 모습으로 가족 모두의 자랑이었고, 나 역시 그에게 깊은 자부심을 느꼈다. 고등학교 시절, 그는 학교의 최고 자리를 지켰고, 수석으로 입학하고 수석으로 졸업하는 모습을 보며 우리 가족은 그를 자랑스럽게 여겼다. 남동생은 항상 뛰어난 성적을 유지하며 주변에서 많은 사랑과 존경을 받았다. 그의 인품 또한 그 어떤 것보다 훌륭했으며, 그는 사람들 속에서 언제나 주목받는 존재였다. 그러한 모습을 보며 우리는 그가 가진 재능과 가능성이 미래에 얼마나 큰 빛을 발할지 기대했다. 내가 보기에는 그 누구도 그의 앞날을 막을 수 없을 것 같았다. 그래서 나는 늘 그에게서 남다른 자부심을 느꼈고, 그런 동생을 지켜보며 매우 자랑스러웠다.

하지만 인생은 우리가 계획한 대로 모두 다 이룰 수 있는 건 아닌가 보다 동생은 뛰어난 능력을 지니고 있었지만, 인생의 시련은 그를 쉽게 놓아주지 않았다. 많은 사람들이 그에게 기대하고, 그가 이룰 수 있을 것이라 믿었지만, 현실은 그가 꿈꾸던 길을 쉽게 열어주지 않았다. 여러 가지 어려움들이 그에게 닥쳤고, 그가 겪은 고난은 생각보다 훨씬 강했다. 그럼에도 불구하고 그는 절대로 포기하지 않았고, 묵묵히 고난을 이겨내며 앞으로 나아가고자 했다. 어떤 날은 너무나 힘들어 보였고, 그의 마음속 깊은 곳에서 지쳐가는 모습도 보였다. 하지만 그는 늘 다시 일어나 일상으로 돌아갔다. 힘든 상황 속에서도 그는 꿋꿋하게 가족을 위해 최선을 다하며, 새로운 길을 개척하기 위해 계속해서 노력했다.

지금 그는 다섯 아이를 둔 아버지가 되어, 자신이 꿈꾸던 것을 다 이루지는 못했지만, 가족을 위해 최선을 다하고 있다. 가족을 부양하며 힘든 일을 하고 있지만, 그 또한 행복하고 보람을 느끼고 있다. 나는 그를 보며 대견하기도 하고 마음이 아프기도 하다. 그는 자신이 겪어온 수많은 고난을 생각할 때마다 안쓰럽기도 하지만, 동시에 그런 고난을 이겨내고 계속해서 앞으로 나아가는 그의 모습을 보며 큰 감동을 느낀다. 그가 겪고 있는 어려움은 단순히 불행이 아니라, 그가 더 큰 가능성을 가지고 있음을 알려주는 시험의 과정이 아닐까 하는 생각도 든다. 어쩌면 그 고난들이 그를 더 단단하게 만들고, 더 넓은 세상을 향해 나아갈 힘을 키우고 있는지도 모른다.

그렇게 어려움을 겪고 있는 동생을 보며 나는 늘 마음속 깊이 응원의 메시지를 전하고 싶어진다. "넌 잘할 수 있어. 그리고 우리는 함께 잘 살아갈 거야." 이렇게 그에게 힘이 되는 말을 전하고 싶다. 그가 얼마나 힘든 시간을 보내고 있는지 알기에, 동생이 이 말을 듣고 작은 위로가 되었으면 하는 마음이 든다. 내가 동생에게 해주고 싶은 말은 그것뿐이다. 그가 힘든 상황 속에서도 포기하지 않고, 가족을 위해 묵묵히 최선을 다하는 모습을 보면, 형제인 내가 오히려 많은 것을 배우게 된다. 그의 강한 의지와 굳건한 책임감은 나에게 큰 울림을 주며, 내가 그에게 늘 감사하고 있다는 사실을 새삼 느끼게 한다. 비록 말로는 잘 표현하지 못했지만, 그는 언제나 나의 자랑스러운 동생이다.

동생은 무수히 많은 역경 속에서도 결코 주저앉지 않았다. 오히려 그 역경을 자신의 성장의 밑거름으로 삼고, 그것을 발판으로 삼아 다시 일어나 앞으로 나아가고 있다. 그 모습이 너무나 대견하고 멋지다. 나는 그가 겪고 있는 고난들이 결국 그를 더욱 강하게 만들 것이며, 그가 앞으로 더 빛나는 미래를 만들어 갈 것이라고 믿어 의심치 않는다. 그의 재능과 경험은 분명히 그에게 더 나은 내일을 열어줄 것이며, 그의 강한 의지는 그의 삶을 더욱 풍요롭고 의미 있는 것으로 만들어 줄 것이다. 내가 그를 지켜보면서 느끼는 것은 그가 정말로 훌륭한 사람이고, 그가 앞으로 세상에서 빛나는 존재가 될 것이라는 믿음이다.

사랑하는 동생아, 네가 어떤 어려움에 처하더라도 나는 언제나 네 곁에 있을 거야. 네가 걸어가는 길이 아무리 험난하고 어렵더라도, 나는 너를 응원할 것이고, 네가 다시 일어설 수 있도록 늘 마음으로나마 너를 돕고 있을 거야. 때로는 힘들고 지칠 수 있겠지만, 그럴 때마다 우리 함께했던 기억을 떠올리며 용기를 얻기를 바란다. 너는 나에게 특별한 존재이고, 나는 늘 너를 자랑스럽게 여기고 있단다. 네가 어떤 어려움을 겪고 있든, 내가 네 곁에 항상 있음을 잊지 말아라. 네가 힘들 때마다 나는 너를 믿고, 너에게 필요한 힘을 줄 수 있는 사람이 되어주고 싶다.

함께 헤쳐 나가자, 사랑하는 동생아. 우리는 서로가 서로의 힘이 되어, 더 나은 내일을 향해 나아가자.

따뜻한 기억

내 사랑하는 여동생과 함께한 소중한 하루, 그날은 바쁜 일상 속에서 얼마나 오랜만에 여동생과 진심 어린 시간을 보냈던 날인지 모른다. 여동생은 나보다 훨씬 어른스럽고 든든한 존재다. 언제나 나를 이해해 주고, 나보다 더 어른스럽게 모든 것을 알아서 척척 잘 해낸다.

우리는 일상에서 자주 만나지 못했지만, 얼마 전 프로필 사진을 찍을 기회가 생기면서 오랜만에 함께 시간을 보내기로 했다. 이 기회를 통해 우리는 서로에게 얼마나 소중한 존재인지를 다시 한번 깊이 느낄 수 있었다.

그날, 우리는 함께 헤어 메이크업을 하고, 사진을 찍으며 즐거운 시간을 보냈다. 준비하는 동안 내내 웃음이 끊이지 않았고, 그동안 쌓였던 이야기를 나누면서 서로의 근황을 알게 되었다. 함께 보내는 그 순간은 마치 시간이 멈춘 듯한 기분을 주었고, 나는 오랜만에 동생과 마음껏 즐길 수 있어 행복했다. 이 시간이 얼마나 소중한지 새삼 깨닫게 되었다.

　사진 촬영을 마친 후 동생과 단둘이서 오붓하게 점심을 먹으며 밀린 이야기를 나누었다. 점심을 마친 뒤, 동생네 결혼한 아들 집으로 향했을 때, 동생의 아들 며느리는 이모님 오셨냐며 나를 따뜻하게 맞아주어 마음이 한층 더 따뜻해졌다. 그들의 환대와 배려 속에서 나는 자신도 모르게 편안하고 행복한 기분이 들었다. 동생의 남편은 퇴근 후 저녁을 함께 먹자며 맛있는 음식을 사주겠다고 했고, 아이들은 자랑스럽게 맞이해주는 그들의 눈빛에서 내가 얼마나 중요한 존재인지 느낄 수 있었고, 지난 나의 이야기에도 귀 기울여 주는 그 모습에 마음이 찡해졌다. 그 가족의 따뜻한 환대 속에서 나는 자연스럽게 그들과의 인연이 얼마나 깊고 소중한지를 다시 한번 느꼈다.

　특히 기억에 남는 순간은 집으로 돌아오기 전, 화장실에 다녀온 나에게 가방을 가지고 기다리고 있으면서 몰래 용돈을 넣어준 것이었다. 그 짧은 시간 속에서 동생의 사랑이 고스란히 전해져 나에게 큰 감동을 안겨주었다. 그 작은 배려가 얼마나 큰 의미로 다가왔는지 모른다. 바쁜 일상 속에서 동생과 함께 보낸 그 소중한 하루는 그 어떤 보물보다 값지고, 잊지 못할 순간으로 내 마음속에 남아 있다.

　그 소중한 시간은 이번이 처음이 아니었다. 몇 해 전, 엄마와 여동생과 함께 가까운 바다로 여행을 갔던 기억이 있다. 각자의 삶이 바쁘고, 사는 곳도 달라 셋이 함께 시간을 맞춰 여행을 떠나는 것은 쉽지 않았다. 그럼에도 불구하고 우리는 그 시간을 맞추어 함께 떠날 수 있었고, 그 시간이 너무나 특별했다. 엄마의 건강도 생각해서 멀지 않은 바다로 떠났고, 그날의 바다는 우리 모두에게 소중한 추억을 선물해 주었다.

바닷바람을 맞으며 맛있는 음식을 나누고, 여유롭게 사진을 찍고, 한껏 웃었던 그 시간은 너무나 행복했다. 특히 엄마의 환한 미소를 보니 내 마음도 따뜻해졌다. 그 순간, 나는 엄마가 행복해하는 모습을 보며 그동안 내가 엄마에게 해줄 수 있는 일이 많지 않았다는 사실이 가슴 아프게 다가왔다. 그날의 바다는 마치 내가 어린 시절로 돌아간 듯한 기분을 주었고, 엄마와 여동생과 함께한 모든 순간이 내게는 잊을 수 없는 소중한 한 페이지가 되었다.

세월은 흘러가고, 우리의 삶은 점점 달라지겠지만, 그날 바닷가에서 함께 나눈 웃음과 대화는 오래도록 내 마음속에 남을 것이다. 바쁜 일상 속에서도 이런 소중한 순간을 통해 나는 얼마나 큰 행복과 위안을 느꼈는지를 다시금 깨닫게 되었다. 사랑하는 여동생과 엄마와 함께한 시간들은 내 마음속에서 따스한 기억으로 언제나 간직될 것이다. 그 시간들은 단순한 추억이 아니라, 내 삶에서 가장 큰 힘이 되어준 소중한 선물이었다.

그날 우리가 함께 웃고, 나눈 대화는 그 어떤 시간보다도 소중하고, 그 기억들은 시간이 지나도 여전히 내 마음속에서 따뜻하게 빛날 것이다. 언제나 바쁜 일상 속에서 이런 소중한 순간들이 얼마나 큰 행복을 주는지, 나는 그날의 기억을 통해 다시금 깨달았다.

사랑하는 여동생과 엄마와 함께한 그 따뜻한 시간들은 나에게 큰 위로가 되었고 그들과 함께한 모든 순간은 소중한 기억으로 언제나 내 마음속에 따스히 자리할 것이다.

2부 사랑하는 사람들과의 인연

3부 산다는 건

인연에 대하여

살아가면서 우리는 수많은 사람들과 마주합니다. 그중 일부는 스쳐 지나가지만, 어떤 이들은 우리 삶에 깊은 흔적을 남기며 이어집니다. 인연은 때로 우연처럼 느껴지기도 하고, 때로 운명처럼 다가옵니다. 나의 삶에 닿은 인연들은 크고 작은 흔적으로 남아, 나라는 존재를 더욱 단단히 세워줍니다.

어린 시절, 가족과의 인연은 내 삶의 중요한 뿌리였습니다. 특히 어머니는 나의 가장 든든한 지지자이자 첫 번째 스승이었습니다. 그녀의 끝없는 헌신과 사랑이 없었다면 나는 지금의 나로 살아갈 수 없었을 것입니다. 아버지 또한 병상에서 마지막 순간까지 나에게 인생의 깊은 가르침을 주었습니다. 그의 삶과 사랑을 지켜보며 느꼈던 슬픔과 따뜻함은 지금도 내 마음에 남아, 내 삶을 지탱하는 힘이 되었습니다.

자녀들과의 인연은 부모로서만 느낄 수 있는 특별하고도 깊은 관계입니다. 아이들은 내가 일로 바쁜 와중에도 묵묵히 자라주었고, 내가 줄 수 있었던 것보다 더 큰 사랑과 기쁨을 주었습니다. 그들과 함께하는 순간들은 단순한 부모와 자식 관계를 넘어 서로의 존재가 얼마나 소중한지를 일깨워 줍니다. 자녀들과의 인연은 그들의 삶에도 내 발자취로 남아, 그들이 걸어갈 길에 중요한 이정표가 되리라 믿습니다.

　또한, 친구와 지인들과의 인연은 내 삶을 다채롭고 의미 있게 만들어주는 소중한 관계입니다. 그들은 작은 일상의 이야기부터 인생의 중요한 사건까지 함께 겪으며, 나의 든든한 버팀목이 되어 주었습니다. 가끔은 서로의 고민을 나누고, 서로를 비추며 성장하는 이 과정이 우리의 인연을 더욱 단단하게 만들어 줍니다. 각자의 길을 걷더라도 언제든지 돌아와 의지할 수 있는 마음의 고향 같은 이들의 존재는 내 삶에 따뜻한 위안이 됩니다.

　내 삶의 모든 인연은 장소와 시간, 그리고 순간 속에서 나를 더 풍요롭게 만들어 주었습니다. 고향에서의 어린 시절, 제주도에서의 신혼 생활, 그리고 지금의 일상까지, 각각의 시간과 공간은 내 안에 특별한 이야기를 남겼습니다. 고향의 따뜻한 기억은 세상을 살아가는 내게 힘을 주었고, 제주도의 순간들은 사랑의 의미를 되새기게 했습니다. 모든 장소와 순간 속에서 나는 나 자신을 발견하고, 성장할 수 있었습니다.

3부 산다는 건

인연은 때로 우리가 선택할 수 없는 것처럼 보이지만, 그 인연을 어떻게 이어갈지는 결국 우리의 몫입니다. 좋은 인연은 긍정적인 에너지를 주고, 나쁜 인연은 아픔을 안겨주기도 합니다. 그러나 모든 인연 속에서 소중한 가치를 발견하고, 나 자신을 성장시키는 것이 중요하다고 생각합니다. 인연을 소중히 여기며 그 속에서 배우고 느끼는 모든 것이 내 삶을 더 풍요롭게 만들어 줍니다.

나는 인연이 내 삶에서 얼마나 큰 의미를 가지는지 깨닫고 감사한 마음을 갖습니다. 지나온 인연들, 그리고 앞으로 만날 인연들까지 모두가 나를 한층 더 성장하게 할 것이라 믿습니다. 인연은 작은 씨앗처럼 내 삶에 뿌려져, 내가 마음을 다해 가꾸고 소중히 여길 때 아름다운 꽃을 피우고 열매를 맺을 것입니다.

삶의 여정에서 인연은 단순한 관계를 넘어 나의 성장과 행복에 중요한 역할을 합니다. 앞으로도 내게 찾아올 인연들을 소중히 여기며, 그 안에서 나를 발견하고 성장해 가길 소망합니다. 결국, 우리는 서로의 인연 속에서 살아가며, 그 인연 덕분에 우리의 삶은 더욱 빛나고 풍요로워집니다.

꿈을 향한 끊임 없는 여정

삶 속에서 겪게 되는 고통은 누구에게나 찾아오며, 마치 피할 수 없는 운명처럼 우리의 앞을 가로막곤 합니다. 매일이 힘들고 지치는 일상 속에서도 우리는 그 고통을 완전히 피해 갈 수 없습니다. 그러나 역설적이게도 이 고통은 종종 우리에게 중요한 메시지를 전해주는 통로가 되며, 삶이 던져주는 이러한 시련 속에서 우리는 더 큰 성장을 이루고, 스스로가 더욱 강한 존재임을 깨닫게 됩니다.

이렇게 고통 속에서 빛을 발하는 작은 희망의 순간들은 우리에게 용기를 북돋아 주는 시간이 됩니다. 희망은 그 자체로 강력한 힘을 지니고 있어, 어려움 속에서도 한 발 한 발 앞으로 나아갈 수 있는 동력을 우리에게 제공합니다. 우리는 이 희망을 마음 깊이 품으며 고통을 극복하기 위해 노력하고, 그 과정 속에서 세상에 대한 새로운 설렘과 꿈틀거림을 느낍니다.

3부 산다는 건

비록 처음에는 아주 작은 꿈이었을지라도, 그것이 우리 안에서 자라나며 어느새 아름다운 빛으로 변하게 됩니다.

이러한 성장의 과정에서 나는 나 자신을 돌아보게 되며, 힘든 순간에도 웃음을 잃지 않을 수 있는 용기를 찾으려 애씁니다. 내가 사랑하는 사람들을 위해 더 나은 모습을 보여주고 싶은 마음도 커져만 가며, 비록 고된 하루가 연이어질지라도 내 안에 품은 작은 꿈들이 차츰 커져 가는 것을 느낍니다. 마치 새 생명이 태어나는 것처럼, 고통은 나를 더 성숙하게 만들어 주며, 그 자체로 나를 단단하게 다듬어 가는 기회가 됩니다.

또한, 고통 속에서 우리는 함께할 수 있는 소중한 동료들을 만나게 되며, 서로의 아픔을 나누고 작은 위로와 격려를 통해 힘이 되어주는 관계를 형성하게 됩니다. 누군가의 따뜻한 말 한마디가 큰 위로가 되고, 그들의 손길이 다시 나를 일으켜 세워 줍니다. 이 세상은 고통으로 가득 차 있지만, 그 안에서도 피어나는 희망과 아름다움이 존재하며, 이러한 요소들이 바로 우리가 삶을 살아가는 이유가 아닐까 생각해 봅니다.

이제 나는 그 고통을 두려워하지 않기로 결심했습니다. 오히려 그것을 내 삶의 발판으로 삼아, 새로운 도전의 기회로 받아들이기로 했습니다. 삶은 끊임없이 이어지는 도전의 연속이며, 그 속에서 나는 점점 더 나은 나로 성장할 수 있다는 믿음을 가슴에 새기고 있습니다. 비록 매일이 어렵고 고된 날들이 계속되더라도, 나는 내 꿈을 향해 한 걸음 한 걸음 나아갈 것입니다. 이 고통이 결국 나를 더욱 강하게 만들어 줄 것이기 때문입니다.

삶의 여정은 결코 끝이 없는 길이지만, 나는 이 여정 속에서 매 순간 아름다운 빛을 찾아가기로 다짐했습니다. 내가 꿈꾸는 목표가 이루어지는 그날까지 나는 결코 포기하지 않고 끊임없이 도전할 것입니다.

그러나 현재 나에게 주어진 긴 근무 시간은 때때로 나를 지치게 하며, 하루하루의 체력과 마음의 고비를 실감하게 만듭니다. 한곳에서 9시간, 또 다른 곳에서 13시간 근무하며 양쪽 모두 출근해야 하는 날에는 집으로 돌아가는 것조차 어려워져 출퇴근의 반복 속에 갇혀 있는 느낌을 받습니다. 피곤에 쌓인 채 하루를 마무리하면 아무것도 손에 잡히지 않을 만큼 지칠 때도 있지만, 나는 이 길을 선택한 이유를 분명히 기억하고 있습니다. 내게 주어진 모든 시간과 에너지는 결국 내 꿈을 이루기 위한 과정의 일부이기 때문입니다.

힘든 하루를 보낸 후 거울 속 나의 모습을 바라보면 지친 표정이 어렴풋이 느껴지기도 하지만, 그 속에서도 여전히 꿈을 향해 나아가고자 하는 열망은 결코 식지 않고 계속해서 불타오르고 있습니다. 오히려 이러한 고난 속에서 나는 더욱 강한 의지와 결단력을 느끼며, 나의 목표를 이루기 위해서는 인내와 시간이 필요함을 깊이 이해하게 되었습니다.

3부 산다는 건

오늘도 나는 마음을 다잡고 힘을 내어 일합니다. 언젠가는 이 모든 노력이 결실을 맺으리라는 믿음을 품고 있으며, 하루하루가 지날수록 내 꿈에 조금씩 더 가까워지고 있음을 느낍니다. 이 과정에서 얻어지는 경험과 지식은 나를 더욱 성장하게 만들고, 결국 내가 원하는 삶을 이룰 수 있는 단단한 발판이 되어 줄 것입니다.

이 길이 아무리 험난하고 고된 길일지라도 나는 절대로 포기하지 않을 것입니다. 고통과 어려움 속에서 만나는 작은 기쁨과 성취감이 나에게는 큰 원동력이 되며, 오늘도 새로운 힘을 내어 나의 꿈을 향한 여정을 흔들림 없이 이어가고자 합니다.

나의 삶을 돌아보며

아이들에게 미안한 마음이 가득합니다. 엄마라는 역할을 맡으면서도, 정말로 그 이름에 걸맞은 사랑과 따뜻한 관심을 충분히 주지 못했다는 생각이 자꾸 떠오릅니다. 아이들이 필요로 했던 작은 손길과 위로는 물론, 그저 평범한 일상 속에서의 따뜻한 대화조차 자주 놓쳐버린 것 같습니다. 먹고 사는 걱정에 일터로 매일같이 나가기 바빴고, 일과 생활의 무게에 짓눌려 '엄마'라는 이름으로 살면서 아이들의 마음속 깊은 곳까지 들여다볼 겨를이 없었던 것이 사실입니다.

이제 세월이 흘러, 아이들이 자란 지금에 와서야, 내 마음 한편에 남아 있는 후회와 미안함이 더욱 깊어지는 걸 느낍니다. 그때는 그저 하루하루가 바빠 아이들이 나에게 건네는 작은 질문에도 충분히 답할 여유가 없었고, 저녁마다 따스한 밥 한 끼 함께 먹으며 속이야기를 나누지 못한 채 지나쳐버린 순간들이 떠오릅니다. 아이들이 마음속에 가지고 있을 크고

3부 산다는 건

작은 걱정들을 들어주지 못했던 것, 언제 아팠는지, 속상한 일이 무엇이었는지, 그들의 하루가 어땠는지조차 묻지 못하고 바쁜 일상에 젖어 있었던 내가 못내 미안하기만 합니다. 매일 반복되는 생활의 무게가 아이들과의 소중한 시간을 빼앗아 갔고, 그 시간의 공백이 이제 와서 깊이 아쉽고 무겁게 남아 마음을 울립니다.

사랑하는 아들, 딸아! 정말 미안하고 또 미안하다. 그 시절, 내가 너희에게 진심으로 다가가 이야기 한 마디, 눈길 하나 건네지 못했던 순간들이 너무나 아쉽다. 이제 와 너희 마음을 더 잘 알고 싶고, 너희가 무슨 생각을 했고 무엇을 느꼈는지, 그 어린 시절의 너희를 그리워하며 후회와 미안함으로 가득 찬 마음을 전하고 싶다. 내가 바쁘고 지쳐 있던 시간 동안 너희 또한 마음속으로 얼마나 많은 힘겨운 시간을 보냈을지 생각하면 가슴이 아리고 미안함이 더욱 커진다. 하지만 이제는 너희와의 시간을 놓치지 않겠다는 다짐으로 마음을 다시 다잡아 본다.

너희에게 해줄 수 있는 것이 많지 않더라도, 이 작은 사랑을 하나하나 아끼며 전할 수 있다면, 내가 부족한 엄마이더라도 사랑을 주기 위해 애쓰는 모습을 보여주고 싶다. 과거의 나와는 다른, 더 나은 엄마가 되기 위해, 이제부터라도 너희와의 소중한 순간을 함께 하고 싶다. 나의 사랑을 표현할 수 있는 방법을 찾아가며, 작지만 따뜻한 위로와 사랑을 전하고, 우리 사이에 쌓인 시간의 공백을 메우기 위해 더 노력할 것이다. 내 마음속에 아이들을 향한 미안한 마음이 크기에, 이제는 그 마음을 이젠 후회로 남기지 않고, 더 큰 사랑으로 아이들에게 전하고 싶다.

앞으로는 아이들과의 매 순간을 더욱 소중히 여기며, 우리 사이의 대화를 더욱 진실하게 나눌 것이다. 함께하는 식사 한 끼와 작지만 깊은 대화가 우리 관계를 더욱 돈독하게 해줄 것 이라는 믿음이 나를 다시 용기 내게 한다. 이 모든 것이 나에 게는 또 하나의 새로운 시작이며, 이제는 과거의 후회가 아 닌, 다가오는 시간에 대한 기대와 희망으로 가득 차고 싶다. 아이들이 자라나 자신들의 꿈을 찾아 나아가는 모습을 지켜보 며, 그 길을 언제나 따뜻하게 응원해 줄 수 있는 엄마가 되고 자 한다. 아이들이 스스로의 존재로 인해 더 행복하기를, 그 리고 나 또한 그들 덕분에 조금 더 좋은 사람이 되어가기를 간 절히 바란다.

비록 내게 주어진 시간들이 모두 모자라고 부족했지만, 이 제는 하루하루를 너희와 함께 보내는 기회를 놓치지 않겠다. 아이들과 함께하는 시간 속에서 진정한 사랑과 이해가 서로의 마음속에서 꽃을 피울 수 있기를 간절히 바라며, 오늘도 나는 한 걸음 한 걸음 너희에게 다가가, 그토록 아끼고 사랑하는 나 의 아이들을 마음 깊이 품고 살아가고 싶다.

3부 산다는 건

만일 내가 인생을 다시 산다면

만일 내가 인생을 다시 산다면, 아마 지금보다 훨씬 더 여유롭게, 그리고 진심으로 매 순간을 즐기며 살아가고 싶을 것이다. 그동안 나는 주어진 역할을 다 잘 해내고 싶은 마음에 스스로를 너무 닦달해 왔고, 그러다 보니 삶이란 매일매일이 숙제를 풀듯 무겁게만 느껴졌다. 내 삶의 무게를 홀로 짊어진 채 남들에게 보여줄 좋은 모습, 기대에 부응하는 삶을 살기 위해 애쓰다 보니 진정으로 소중했던 것들을 차츰 잃어버린 느낌이었다. 누려야 할 삶의 작은 기쁨과 즐거움이란, 어느 순간 내 곁에서 서서히 사라져버린 듯하다. 매일같이 반복되는 일상 속에서 삶의 의미를 제대로 찾지 못하고, 단지 하루하루를 버티고 견디기 위해 살아온 날들이 얼마나 많았는지 생각하면 마음 한편이 참 쓸쓸하다.

지금의 나는 하루하루를 잘 버텨내고 있지만, 때때로 힘들고 지친 눈빛을 한 사람들을 볼 때면 왠지 모를 슬픔이 밀려온다.

그들에게도 해주고 싶은 이야기가 있다. "하나의 문이 닫히면 또 다른 문이 열린다"는, 삶의 어려움 속에서도 희망을 놓지 말라는 간단하지만 깊이 있는 진리를 전해주고 싶다. 살아가다 보면 예기치 못한 실패와 실망, 슬픔이 밀려오겠지만 그 순간순간 속에서 새로운 시작의 가능성을 찾으려고 노력한다면 우리는 다시 일어설 수 있고, 더 많은 선택의 기회를 만날 수 있다는 것을 알고 있다. 중요한 것은 이러한 기회를 어떻게 받아들이고 자신의 것으로 만드는가 하는 마음가짐일 것이다.

내가 만일 인생을 다시 산다면, 이제는 눈앞에 놓인 것들을 흘려보내지 않고 진정으로 즐기며 살고 싶다. 더 이상 완벽하게 살아야 한다는 강박에서 벗어나, 그때그때 내게 주어진 작은 일상에서 행복을 찾아내고, 그 안에 나만의 의미를 부여하며, 지금 이 순간을 즐길 줄 아는 삶을 살고 싶다. 아침에 창문을 열어 신선한 공기를 들이마실 때의 상쾌함, 따뜻한 햇살이 얼굴을 감싸줄 때의 포근함, 사랑하는 사람들의 웃음소리가 가득한 공간에서 느껴지는 기쁨, 그리고 하루를 마무리하며 맞이하는 고요한 시간 속에서 진정한 행복을 찾아내고 싶다. 주변에 있는 아름다움을 온전히 느끼고, 내 곁에 있는 사람들과의 소중한 인연을 깊이 새기며, 삶의 순간순간을 더 진실하게 기억하고 싶은 것이다.

사람들과의 만남 속에서 나누는 소소한 대화, 함께 보내는 시간들, 서로의 이야기에 귀 기울이는 소중한 순간들이야말로 진정한 삶의 보물임을 알고, 그 소중함을 하나하나 마음에 담고 싶다. 다시 인생을 살 수 있다면, 더 이상 내 삶을 숙제처럼 느끼지 않고, 매일매일을 감사와 기쁨으로 가득 채우며 살아가는 법을 배우고 싶다. 지금 이 순간 또한 한없이 소중하며, 그 속에서 진정한 행복의 의미를 찾아 나아가는 여정을 시작할 수 있다면 얼마나 좋을까.

인생은 단 한 번뿐이지만, 그 속에서 우리는 수없이 많은 새로운 문을 열고 새로운 가능성을 발견할 수 있다. 실패와 성공, 기쁨과 슬픔, 그 모든 감정을 한데 품고 살아가면서 나 자신을 더 깊이 이해하고, 내가 진정으로 원하는 삶이 무엇인지에 대한 깨달음을 얻고 싶다. 지나간 과거에 얽매이지 않고 다가올 미래를 두려워하지 않으며, 지금 이 순간을 진실하게, 충실하게 살아가는 것이야말로 가장 큰 행복임을 잊지 않으려 한다.

지금 나에게 주어진 시간과 기회가 얼마나 소중한지를 깨달으며, 더 이상 허무하게 흘려보내지 않고, 내 삶을 충만하게 채워갈 수 있는 순간들을 더 많이 만들어 가고 싶다. 매일을 소중히 여기고, 그 속에서 나 자신을 한층 더 성장시키고 온전히 살아가는 기회를 놓치지 않으려 한다. 더 나은 내일을 위해 오늘의 작은 행복을 놓치지 않으며, 조금씩 앞으로 나아가려는 다짐을 마음속 깊이 새겨본다.

만일 내가 인생을 다시 살게 된다면, 그 과정에서 경험하게 될 모든 순간이 나를 더욱 강하게 하고, 풍성하게 만들어 줄 것이라 믿는다. 어떤 고난과 역경이 찾아오더라도, 희망의 끈을 놓지 않고 작은 행복에서부터 시작해 살아갈 수 있다면 그 하루하루가 새로운 기회로 가득 찰 것이라 확신한다. 그렇게 매일매일을 사랑하며 살아가는 삶 속에서, 마침내 내가 찾고자 하는 진정한 행복을 발견할 수 있기를 간절히 바란다.

3부 산다는 건

산다는 건

산다는 것은 마치 매일 매일을 견뎌내기 위해 무거운 짐을 어깨에 지고 살아가는 것처럼 느껴지기도 합니다. 하루가 시작될 때마다 어제의 피로가 고스란히 남아 있는 몸을 다시 일으켜 세우며, 또다시 삶이라는 긴 여정 속으로 한 걸음 내딛어야 하는 것입니다. 그 길이 종종 험난하고, 가끔은 너무 멀리 느껴져도, 우리는 매일 스스로를 다독이며 걸어가야 합니다. 아침 햇살이 눈부시게 비치는 순간에도, 저물어가는 석양 속에서도, 끊임없이 이어지는 일상 속에서 나를 잃지 않기 위해, 그리고 나만의 작은 행복을 찾기 위해 노력합니다.

비록 무겁게 내려앉은 어깨와 피로에 지친 마음으로 살아가지만, 그 과정에서도 나는 나를 놓치지 않기 위해 애씁니다. 날마다 반복되는 일상 속에서 나를 지탱해 주는 작은 행복들이 무엇보다 소중합니다. 누군가 건네는 따뜻한 미소, 하루의 끝자락에 홀로 누리는 고요한 시간, 사랑하는 이의 손길, 친구와의 짧은 대화 속에서 피어나는 웃음, 이 모든 소소한 순간들이 나를 다시 일으켜 세우고 내 삶에 의미를 더해줍니다. 그렇게 나는 매일의 고단함 속에서도 소중한 것들을 품고 살아가며, 내 마음속에 그림처럼 아름다운 풍경을 그려나갑니다.

삶이란 때로는 가혹하고, 고통스러운 순간들로 가득하지만, 그 속에서도 나는 나의 이야기를 채워나갑니다. 힘겹고 고통스러운 날들이 있어도 그 속에서 오히려 더 깊고 풍부한 색을 내 삶에 담아내며, 나만의 그림을 완성해 가는 것입니다. 비록 고난과 시련이 나의 걸음을 더디게 하고 마음을 아프게 할지라도, 그것마저도 내 인생의 일부가 되어 나의 색깔로 스며들고 있습니다. 그렇게 하루하루를 지나며 만들어지는 나의 삶은, 마치 흰 도화지 위에 푸른 하늘과 초록의 들판을 그리고, 노을빛으로 물든 저녁 하늘을 채워 나가는 것과 같습니다.

산다는 것은 결국 나의 삶을 온전히 담아내는 일입니다. 소박하든 화려하든, 나만의 색깔로 하루하루를 가득 채워가며, 내 삶의 모든 순간들이 한 폭의 아름다운 그림으로 완성되어 갑니다. 아침마다 창문을 통해 들이치는 따뜻한 햇살이 방 안을 가득 채울 때, 사랑하는 사람들과의 순간들이 내 안에 고스란히 남아 있을 때, 그 모든 것들이 내 인생의 소중한 부분이 되고, 나의 그림을 더 풍성하게 만들어 줍니다. 그렇게 나는 주어진 삶의 몫을 소중히 여기며, 매일의 일상 속에서 빛나는 순간들을 하나하나 쌓아가고 있는 것입니다.

3부 산다는 건

때로는 힘겨운 시련이 나를 짓누르고, 가슴이 아려오는 순간이 찾아와도, 그 속에서도 삶의 찬란한 조각들을 발견해 나가며 살아갑니다. 내가 살아있음을 온전히 느끼며, 내 삶의 아침이 다시금 환하게 나를 맞이하는 것을 느낍니다. 어둠이 찾아와도 그 안에서 빛을 놓치지 않으려 애쓰고, 작은 희망의 불씨를 지키며 나아가는 마음이 나를 앞으로 이끌어 갑니다. 그 작은 빛은 언제나 나의 길을 비추어주고, 내 삶의 나아갈 방향을 제시해 줍니다.

각자 주어진 인생을 살아가며 우리는 모두 자신만의 이야기를 만들어갑니다. 각자의 길 위에서 마주하는 모든 고난과 기쁨이 나만의 색깔을 더욱 또렷하게 드러나게 하고, 때로는 그 과정이 힘겹고 고되더라도, 결국엔 나만의 그림이 완성될 것을 믿으며 살아갑니다. 하루하루가 쌓여서 하나의 큰 그림이 되고, 그 안에서 내 존재의 의미를 발견하는 것이 바로 산다는 것의 진정한 의미일 것입니다.

나는 나의 삶을 기대하며 오늘도 묵묵히 그 길을 걸어가겠습니다. 내 삶 속에 놓인 모든 순간들을 소중히 여기고, 나만의 특별한 그림을 계속해서 그려나갈 것입니다. 마치 다양한 색깔이 모여 하나의 작품을 이루듯이, 내 삶의 작은 조각들을 소중히 품으며 나의 여정을 이어 나갈 것입니다. 그렇게 한 걸음씩 내딛으며, 언젠가 나의 그림이 완성될 그날을 마음속 깊이 기다리며, 오늘도 한결같이 삶을 사랑하며 살아가겠습니다.

삶의 이유

삶이라는 긴 여정 속에서 세월은 강물처럼 한순간도 멈추지 않고 흐르며, 나 또한 그 흐름에 몸을 맡긴 채 나아가고 있습니다. 지나온 시간들은 모두 추억이 되어 내 마음속 깊숙이 자리 잡았고, 그 추억들은 매일 아침마다 나로 하여금 새로운 하루, 새로운 설렘과 가능성으로 가득 찬 삶을 갈망하게 만듭니다. 어느 한 시절이 지나 또 다른 시절이 찾아오면서, 나는 자연스럽게 지난날의 경험들로부터 무엇이 나를 진정으로 행복하게 하는지에 대해 깊이 탐구하게 되었습니다. 이 탐구의 과정 속에서 나는 내가 진심으로 좋아하고 사랑하는 것이 무엇인지, 내가 결코 잃고 싶지 않은 소중한 것들이 무엇인지를 한층 더 깊이 생각하고 마음에 새기게 됩니다.

내가 지금까지 걸어온 길은 결코 평탄하지 않았습니다. 마치 가파르고 험난한 비탈길을 오르는 것처럼 힘들고 고단한 순간들이 이어졌습니다. 하지만 그 힘든 순간들 속에서도 나는

3부 산다는 건

내 안에 품은 작은 열정과 꿈을 잃지 않고 묵묵히 나아갔습니다. 그 열정이 바로 지금의 나를 있게 하고, 내가 오늘도 다시 일어나 하루를 시작하는 이유입니다. 내 안에 자리 잡은 꿈들과 끝없는 열망은 오로라처럼 찬란하게 내 마음에 빛을 비추며, 내 삶을 더욱 의미 있고 아름답게 만들어 주고 있습니다. 내가 원하는 삶이란 가시밭길일지라도, 그 길을 걸으며 얻는 값진 경험과 깨달음이 나를 한층 더 성장시키며, 스스로에게 의미를 부여해 주는 과정임을 믿습니다.

내일이란 다가오지 않은 시간 속에서 기다림과 설렘이 끊임없이 교차하며, 그 불확실함 속에서 나는 오히려 더 큰 희망을 발견합니다. 매일 아침 눈을 뜰 때마다 맞이하는 새로운 하루는 때로는 멀고 험난하게 느껴질 수 있지만, 그 길 위에서 더 나은 나로 성장하고 있다는 믿음이 나를 다시 힘차게 내딛게 만듭니다. 다가오는 내일에 대한 설렘과 기대감은 내 삶을 지탱해 주는 큰 힘이자, 나아갈 방향을 잃지 않게 하는 나침반이 되어 내 마음을 환하게 밝혀줍니다. 이처럼 희망은 나를 앞으로 나아가게 만드는 힘찬 발돋움이며, 내가 마주하는 난관과 고난을 이겨낼 수 있는 든든한 버팀목이 되어줍니다.

이렇게 일상의 소소한 순간들이 하나둘 쌓여 가며 나의 삶을 온전하게 구성하고 있다는 것을 실감하게 됩니다. 사랑하는 사람의 따뜻한 미소, 오랜 친구와의 포근한 대화, 거리를 물들이는 아름다운 자연의 풍경, 이 모든 순간들이 내게 삶의 깊은 의미를 가르쳐줍니다. 나에게 주어진 하루하루가 소중하고, 그 하루 속에서 발견하는 작은 행복들이 차츰차츰 더 큰 의미로 다가오는 것을 느낍니다. 내가 살아가는 이유는 바로 이처럼 소중한 순간들을 하나씩 쌓아가며 내 삶을 더 깊고 의미 있게 만드는 과정에 있기 때문입니다. 이렇게 쌓여가는 작은 순간들이 하나의 그림이 되어 나의 인생을 그려내고, 마침내 나의 존재를 더욱 빛나고 특별하게 만듭니다.

지금 이 순간에도 나는 내가 살아가야 할 이유를 다시금 되새기며, 앞으로 나아갈 길에 희망의 불씨를 더하고 있습니다. 고난과 기쁨이 얽히고설킨 인생의 여정에서, 나는 내일을 기다리며 그 속에서 내 삶의 진정한 이유와 의미를 하나하나 찾아갈 것입니다. 이루고 싶은 꿈을 향해 한 걸음씩 나아가는 이 여정 속에서, 내가 만나는 사람들과의 인연이 얼마나 소중한지를 다시금 깨닫게 되고, 그 인연들이 나의 이야기를 더욱 풍성하게 만들어 줍니다.

오늘도 그리고 내일도, 나의 삶은 아름답고 빛나는 날들로 가득 차오를 것입니다. 비록 좌절과 어려움이 때로 나를 가로막을지라도, 그 속에서도 나는 나만의 이야기를 묵묵히 이어가며 삶의 의미를 새롭게 써 내려갈 것입니다. 그리고 그 이야기가 나의 삶의 이유로 남아, 앞으로도 계속해서 나를 이끌어 줄 것임을 확신합니다. 매일 쌓여가는 작은 노력들이 모여 나의 존재를 더욱 의미 있게 만들고, 그 과정 속에서 나는 내 삶의 이유를 하나씩 발견하게 될 것입니다.

3부 산다는 건

희망을 그리는 삶

"자식 하나 키우기도 어려운 세상에, 네 명이나 되는 아이들을 낳고 기르다니." 이런 말을 들을 때마다 나는 묘한 감정에 휩싸입니다. 자랑스럽기도 하면서, 한편으로는 책임감이 두렵기도 합니다. 네 명의 자녀를 키우는 과정은 매 순간이 도전이었고, 각기 다른 성격과 개성을 가진 아이들마다 필요로 하는 관심과 돌봄이 다 달라서, 하루하루가 새로운 긴장 속에서 흘러갔습니다. 아이들이 필요로 하는 것을 채워주고자 할 때마다 그들의 기대에 가득 찬 눈빛을 보며, 한편으로는 그 기대가 나를 얼마나 책임감 있게 만드는지 실감하게 되었습니다. 그런 날들이 쌓여 가며 나 자신에게 묻곤 했습니다. "내가 과연 이 아이들에게 충분한 부모가 되어 주고 있는 걸까?"

아이들에게 최선을 다하려는 마음은 항상 있었지만, 현실은 녹록지 않았습니다.

직장을 한군데 다니는 것도 힘든데 두 군데의 직장 생활을 동시에 이어가는 일은 끊임없는 도전이었고 집으로 돌아와 아이들과 얼굴을 마주할 때면 이미 녹초가 되어 있곤 했습니다. 나날이 쌓여가는 피로 속에서도 마음 한편엔 늘 아이들에게 미안함이 남아 있었고, 스스로에게 부족함을 느끼곤 했습니다. 하지만 그런 순간들 속에서 오히려 나 자신을 단련하고, 더욱 강하게 만들어가는 힘을 얻을 수 있었습니다. 고된 시간 속에서도 버틸 수 있었던 것은 내 아이들을 위한 작은 소망과 희망이었고, 그 소망이 오늘도 내 삶을 지탱해 주는 원동력이 되어 줍니다.

내가 또 하나 중요하게 여겼던 것은 "배움의 길"이었습니다. 학문을 통해 스스로를 성장시키고, 내가 관심 있는 분야에서 깊이 있는 지식을 쌓아가는 일은 내게 큰 기쁨이자 성취감을 주었습니다. 도서관에서 머문 시간, 강의실에서 새롭게 깨달음을 얻던 순간들은 그 무엇과도 바꿀 수 없는 내 인생의 보물이 되었습니다. 아이들에게도 그러한 삶의 깊이를 전해주고 싶었고, 내가 걸어온 길이 그들에게 긍정적인 영향으로 남기를 바라는 마음으로 언제나 배우고 또 배우기를 멈추지 않으려 했습니다. 부모로서, 그리고 사람으로서 스스로를 끊임없이 성장시키는 모습을 통해 자녀들에게도 앞으로 자신만의 길을 찾고 나아갈 수 있도록 조용히 응원하고 있었습니다.

내가 선택한 길은 어느 누구도 강요한 것이 아니었습니다. 그러나 나는 스스로에게 떳떳하고 싶었고, 최선을 다해야 마음이 놓였습니다. 나 스스로 책임감을 다하기 위해 걸어온 길은 어느덧 나를 단단하고 성숙하게 만들어 주었으며, 작은 성취감이 쌓여 나를 더욱 단단하게 해 주었습니다. 그렇게 삶을 한 걸음씩 이끌어가며 나만의 방향성을 만들어 가고 있었습니다.

그리고 나는 매일 마음속으로 기도합니다. "신이시여, 건강만을 주소서." 건강이야말로 내가 이 길을 계속 걸어갈 수 있는 필수적인 조건이기에, 늘 건강에 감사하고 소중하게 여기고 있습니다. 건강이 허락된다면, 나는 매일 아침 떠오르는 햇살을 사랑하는 자녀들과 함께 누릴 수 있기를, 나의 하루가 그들과 함께 쌓여가기를 소망합니다. 나의 하루하루가 곧 가족들의 희망이 되기를 바라며, 이 길을 묵묵히 걸어갑니다.

이 모든 것은 내게 주어진 크나큰 축복임을 잘 알고 있습니다. 그리고 나는 이 축복을 소중히 여기며 살아가고자 합니다. 매일의 작은 노력과 헌신이 모여 결국 나와 가족들에게 더 큰 행복으로 되돌아오리라는 믿음을 가슴에 품고, 나는 이 길을 묵묵히, 그리고 감사한 마음으로 걸어갈 것입니다.

소중한 순간들의 기억

"오늘은 내 남은 인생 중 가장 젊은 날이다." 이 다짐으로 매일 아침을 맞이하면서 나는 나날이 나이 들어가는 모습을 느끼고, 하루하루가 지나가는 속도에 놀라곤 한다. 그래서 더욱이 시간이 지나도 지워지지 않을 나만의 기억을 간직하고 싶은 마음이 간절하다. 사라져 버리기 전에 특별한 날들, 눈앞에 스쳐 가는 순간들, 계절의 변화 속에 깃든 아름다움을 기록하고 싶은 마음이 점점 더 커진다. 그런 마음에 이끌려 나는 언제나 카메라를 손에 쥐고 다니며 내 삶의 한 페이지 한 페이지를 담아두고 싶은 갈망에 휩싸이곤 한다. 그것이 새로운 장소로 떠나거나, 특별한 경험을 하게 될 때면 더욱 강렬해진다. 사진을 찍는 일은 내가 겪는 순간들을 나의 언어로 기록하고, 내 삶의 자취를 남기는 하나의 과정이 되었다.

주변 사람들은 가끔씩 나를 향해 "사진 찍는 병에 걸렸다"고 농담처럼 말하기도 한다. 하지만 그 말이 내겐 조금도 불편하지 않다. 그저 가볍게 웃어넘기곤 한다. 사진은 나의 기억을 고스란히 보존하는 중요한 수단이기 때문이다. 일상의 특별한 순간들이 빠르게 지나가고, 시간이 흘러 그 순간들이 희미해지기 전에, 나는 그날의 느낌과 분위기를 사진 속에 담아두고 싶다. 시간이 지나도 선명하게 남아 있는 이미지는 다시 그 날로 돌아갈 수 있게 해주는 나만의 타임머신과 같다. 만약 내가 사진을 남기지 않는다면, 그날의 기억은 먼 시간이 흐른 뒤 희미해지고, 일기 속에 적혀 있는 글자들만으로는 그때의 감정을 되살리기 어려운 일일 것이다.

그렇기에 나는 누가 뭐라 하든 신경 쓰지 않고 반드시 사진으로 남긴다. 친구들과의 소중한 만남, 가족과 함께한 특별한 순간, 홀로 떠난 여행의 낯선 풍경까지. 모든 것이 내 인생에서 중요한 조각이 되어 준다. 내가 남긴 사진 속에서 나는 그 순간을 다시 살아갈 수 있는 열쇠를 쥐고 있다. 그 열쇠를 통해, 나는 마음속 깊이 묻어두었던 감정들을 꺼내고, 잊고 지냈던 따뜻한 기억들을 다시 소환할 수 있다. 때로는 그리운 얼굴들, 행복했던 순간들, 지나가버린 세월 속의 내가 생생히 살아있는 모습으로 다시금 다가오며, 내 마음을 따뜻하게 어루만져 준다.

특히 가족과 함께한 순간들은 내게 더욱 특별하게 다가온다. 아이들이 어렸을 때의 모습, 그들이 처음으로 말을 시작했던 그 순간이나, 비틀거리며 첫발을 내딛던 그 귀한 순간들. 그 순간들의 웃음과 울음, 그리고 그 속에 담긴 진정한 사랑의 감

138

정이 고스란히 사진 속에 남아 있다. 시간이 흘러 아이들이 자라나고, 저마다의 삶을 살아가게 될 때, 그 사진들은 단순한 이미지가 아닌 그들의 성장 이야기가 되어 돌아올 것이다. 미래의 그들이 사진을 마주하며 자신의 어렸을 적을 떠올리고, 그 속에서 부모의 사랑을 느끼게 되길 바라는 마음으로, 나는 그 순간순간을 정성껏 기록하고 있다.

또한, 여행지에서 만난 낯선 풍경들 역시 나에게는 소중한 기억의 조각이다. 이국적인 건물들, 독특한 향이 느껴지는 음식들, 그리고 현지 사람들의 따뜻한 미소까지. 그런 순간들은 나의 시야를 넓혀주고, 세상의 다양한 색깔과 문화를 경험하게 해준다. 카메라 셔터를 누를 때마다, 그 풍경은 내 마음속에 영원히 새겨지는 듯한 기분이 든다. 미래의 내가 그 사진들을 다시 바라보았을 때, 그 순간의 감정이 생생히 되살아날 것이라는 기대감이 나를 더욱 설레게 한다. 여행에서 남기는 사진들은 내게 새로운 에너지를 주고, 그 속에서 얻은 경험과 배움이 내 삶을 풍요롭게 만든다.

사진을 찍을 때마다 느껴지는 행복감은 나에게 있어 큰 힘이 된다. 그날의 나의 감정, 그리고 그 감정들이 사진과 함께 얽혀 하나의 기억으로 남게 된다. 그 기억은 마치 보물처럼 시간이 흘러도 변하지 않는 소중한 나만의 자산이 되어, 내 삶의 여정을 더욱 풍요롭고 깊이 있게 만들어 준다. 세월이 흘러 나이 들어가는 모습이 변해갈지라도, 그 순간순간의 아름다움을 사진으로 남기는 일이야말로 나의 큰 기쁨이자 의미가 되어 주었다. 삶 속의 어느 한 장면도 소홀히 하고 싶지 않다. 왜냐하면 각 순간마다 저마다의 이야기가 깃들어 있고, 그 이야기들이 모여 지금의 나를 이루고 있기 때문이다.

오늘의 나 역시 내 인생 중 가장 젊은 날이라는 생각으로, 또 한 장의 사진을 남기고 싶다. 그 사진은 단순한 이미지가 아니라, 나의 삶의 한 페이지로 남아 내일의 나를 더욱 따뜻하게, 또 앞으로의 날들을 더욱 풍성하게 만들어줄 것이다. 이렇게 소중한 기억을 기록하는 작은 습관이, 언젠가 나를 돌아볼 때 큰 위안과 기쁨이 되어줄 것이라 믿는다. 나는 앞으로도 삶의 조각들을 사진으로 남기고, 그 속에서 나 자신을 찾아가고자 한다. 이 모든 기억이 차곡차곡 쌓여, 나의 이야기를 더욱 풍성하게 만들어줄 것이다. 인생은 그 자체로 아름다운 것이기에, 그 아름다움을 기억 속에 잊지 않고 간직하고 싶다.

인생 여행길에서 너를 만나다

삶이라는 긴 여정에서 나는 너를 만났다. 그 순간은 햇살이 따스하게 내리쬐던 여름날의 기분을 떠올리게 했고, 달빛이 부드럽게 비치는 밤하늘처럼 신비롭고 고요했다. 너와의 만남은 마치 예고 없이 찾아온 선물처럼 내 마음에 행복을 가득 안겨주었고, 이렇게 깊은 인연을 맺을 수 있다는 사실에 진심으로 감사했다. 매일 반복되는 일상 속에서 너와 함께 보내는 시간들이 얼마나 특별하고 귀한지를 깨달으면서, 나는 진정한 기쁨이란 이런 것이 아닐까 하고 생각하게 되었다.

너와 함께하는 나날들은 그저 스쳐 지나가는 시간이 아니라, 내 삶에 선물처럼 다가오는 의미 있는 순간들이다. 너와 나는 서로의 삶 속 빈틈을 조심스럽게 메우며, 인생의 향기를 함께 채워가고 있다. 일상의 소소한 순간들 속에서조차, 우리는 서로의 존재가 얼마나 큰 힘과 위로가 되는지를 알아가며, 한 걸음 한 걸음 더 가까워지고 있다. 너의 따뜻한 미소는

3부 산다는 건

나에게 긍정의 에너지를 불어넣어 주고, 너의 한 마디 한 마디는 내 마음에 깊이 울려 퍼지며 따뜻한 흔적을 남긴다. 우리의 기억들은 그렇게 하나하나 쌓여가고, 그와 함께한 모든 순간들은 내 삶의 소중한 기록이 되어, 언제나 마음속에서 화사하게 꽃을 피운다.

너와 함께 걷는 이 길은 내 꿈과 열정으로 가득 채워져 있다. 이 삶의 여정 속에서 서로의 영혼을 느끼며 매일 새로운 그림을 그려나가는 과정이, 나에게는 하나의 큰 기쁨이다. 때로는 어려운 일들이 찾아오기도 하지만, 서로의 손을 잡고 걸어가는 그 길 위에서는 어떤 난관도 대수롭지 않게 느껴진다. 우리는 모든 순간을 소중히 여기며, 작고 평범한 일들에서도 감사함을 배우고 있다. 이러한 시간들이 더해질수록, 나는 인생이라는 길이 얼마나 소중한지를 깨닫고, 그 길 위에서 너와 함께하는 것이 더없이 감사하고 행복하다.

우리의 일상 속에는 특별한 순간들이 숨어 있다. 아침에 눈을 뜨며 너의 얼굴을 마주하는 그 설렘, 함께 나누는 따스한 차 한 잔의 여유로움, 평범한 길을 걸으며 주고받는 소소한 이야기들... 그런 순간들이 모여 우리에게 진정한 행복이 무엇인지 알게 해주었다. 일상 속 작은 기쁨들이 차곡차곡 쌓여가며 우리는 더 깊이 연결되어 가고, 서로에 대한 믿음과 애정이 점점 깊어지면서 삶의 의미도 더욱 풍성해져 간다.

나는 오늘이 어제보다 더 행복하고, 내일은 오늘보다 더 큰 기쁨으로 채워질 수 있기를 바란다. 그렇게 나는 나의 모든 순간이 끝나는 그날까지, 삶을 빛나는 사랑과 감사로 가득 채우고 싶다. 너와 함께라면 어느 순간도 그저 지나쳐버리고 싶지 않다. 그 모든 경험들이 나를 더욱 단단하게 하고, 나의 삶을 풍요롭게 만들어준다.

너를 만난 것은 나의 인생 여정에서 더없이 큰 축복이며, 우리의 만남은 단순한 인연이 아닌 서로의 삶을 한층 더 의미 있게 만들어주는 특별한 사랑이다. 우리는 함께 이 여정을 걸으며, 서로에게 더 큰 힘이 되고, 삶의 진정한 행복을 나누고 있다. 너와 함께하며 우리는 서로의 꿈을 지지하고, 목표를 응원하며, 함께 성장하는 소중한 존재가 되기를 바란다. 너와 함께하는 매 순간은 나에게 잊지 못할 추억이 되어, 이 길을 걸어온 우리의 발자국이 되기를 간절히 소망한다.

서로의 웃음과 눈물이 얽혀 있는 우리의 시간이, 그 속에서 서로의 마음을 이해하고 존중하는 사랑으로 빛나기를 기원한다. 우리의 사랑이 깊어질수록, 이 인생 여정의 아름다움 또한 더욱 풍성해질 것이다.

목소리로 전하는 시의 향기

　시의 향기를 담아 목소리로 사람들에게 깊은 울림을 전할 수 있는 시낭송가로 성장하길 진심으로 바라며, 시낭송가로서 첫 발을 내딛는 소중한 순간을 축하드립니다. 새롭게 문을 연 서재에서 시작된 이 여정은 제 삶의 의미 있는 한 부분이 되었고, 시 속에 깃든 감정을 목소리를 통해 전할 수 있는 이 과정 자체가 소중한 선물과도 같았습니다. 보내주신 따뜻한 축하 메시지를 읽으면서, 그동안 내가 걸어온 여정과 배운 많은 경험들이 다시금 머릿속에 떠오르고, 마음속 깊은 곳에서부터 감사와 기쁨의 미소가 피어오릅니다.

　시낭송을 처음 시작했을 때에는 경상도 사투리가 묻어나는 나의 목소리가 자칫 어색하게 들리지는 않을까 고민이 많았습니다. 그 사투리가 시 속의 감정을 제대로 표현하지 못할까 봐 걱정도 되었지요. 그러나 시간이 흐르며 점차 나만의 구수하고 정겨운 매력을 담은 목소리 그 자체로 사람들에게 특별한 감동을 줄 수 있음을 느끼게 되었습니다. 나의 소박하고 자연스러운 억양이 오히려 시를 듣는 이들의 마음속에 따뜻한 울림을 남기고, 시의 본질을 진솔하게 전달할 수 있다는 자신감을 얻게 된 순간부터 내 목소리와 사투리도 자연스럽게 여겨졌습니다.

시를 낭송할 때마다, 시 속에 녹아있는 감정과 아름다움을 한 줄 한 줄 음미하며 전하고자 노력했습니다. 낭송을 할 때면 나도 모르게 그 시의 흐름에 완전히 몰입하게 되어 시간이 멈춘 듯한 느낌을 받곤 했습니다. 시와 하나가 되어 호흡하는 그 순간들은 마치 제 안에 잠재되어 있던 감정들이 깨어나는 것 같았고, 그 시의 정서가 제 마음 깊숙이 스며들어 자연스럽게 목소리로 전해지는 그 모든 과정이 경이롭고 벅찬 경험이었습니다. 그 안에서 제가 느낀 행복과 즐거움은 말로는 다 표현할 수 없을 만큼 큰 기쁨을 주었고, 시를 향한 저의 애정과 몰입은 시간이 갈수록 더욱 깊어져 갔습니다.

이제는 그 소중한 경험들을 내 가슴 속에만 담아두기보다는, 더 많은 사람들과 나누고자 하는 열망이 내 마음속에 강하게 자리잡고 있습니다. 시낭송을 통해 제가 느낀 감정들이 나를 넘어서 다른 이들의 마음속에도 전해질 수 있다면, 그리고 그로 인해 누군가가 시의 아름다움을 새롭게 발견하게 된다면, 그보다 더 큰 기쁨은 없을 것입니다. 특히나 저의 목소리가 사람들의 마음속 깊은 곳에 닿아 작은 울림을 남기고, 삶의 한 순간에 따뜻한 위로와 영감을 전할 수 있다면, 그것만으로도

3부 산다는 건

시낭송가로서의 여정이 충분히 값지다고 느낄 것입니다.

　시낭송의 여정에서 가장 큰 깨달음 중 하나는 시간이 흐름에 따라 나의 목소리가 점점 자연스럽게 변화하고, 그 안에 담긴 감정과 느낌들이 깊이를 더해 간다는 사실이었습니다. 경상도 사투리가 묻어 있는 나의 목소리가 단지 지역적인 억양을 넘어서, 사람들에게 특별한 정서와 감동을 전달할 수 있다는 점에서 자신감을 갖게 되었고, 그로 인해 시의 매력을 한층 더 깊이 느끼게 되었습니다. 이제는 그 아름다움을 나 혼자 느끼는 것이 아니라, 더 넓은 세상과 함께 나누고 싶은 마음이 점점 커져갑니다.

　앞으로 시낭송을 통해 더 많은 사람들에게 시의 감동과 아름다움을 전달할 기회가 주어지기를, 또한 나의 목소리로 전하는 그 감정이 다른 사람들의 마음속 깊은 곳까지 스며들기를 진심으로 바랍니다. 시낭송을 통해 얻게 된 감동은 단지 나만의 것이 아니라 다른 이들과 함께 나눌 수 있는 소중한 가치라는 것을 깊이 깨닫고 있으며, 이 순간들이 내 인생 속에서 영원히 아름다운 기억으로 남아있기를 진심으로 바랍니다.

봄날에 피어나는 그리움

아름다운 봄날, 따사로운 햇살이 온 세상을 비추고, 햇살 아래서 반짝이는 꽃잎들이 한껏 피어나는 풍경 속에서 문득 내 가슴 깊은 곳에 자리 잡은 그리움이 떠오른다. 가지마다 흐드러지게 피어난 꽃들이 마치 다정한 손짓처럼 나를 부르고, 바람에 살랑이는 꽃잎들은 그 시절의 기억을 되살려 내 마음을 흔들어 놓는다. 봄의 따뜻한 기운이 온몸을 감싸며, 향기로운 바람이 내게 스쳐 갈 때마다 그 바람을 타고 내 마음속으로 그대가 스며드는 듯한 아련한 기분이 든다. 그 순간, 내 가슴속에 감춰 두었던 그리움은 봄날의 햇살처럼 한 겹 더 선명해져 가슴 속을 따뜻하게 채우며 깊어져 간다.

어느 날 불현듯이 떠오른 그리움은 오래전, 함께 나눴던 찬란했던 시간들을 다시금 기억하게 한다. 그 시간이 마치 꿈결처럼 스쳐 지나갔음을 새삼 느끼며, 나를 닮은 듯한 그대에 대한 마음은 시간이 흘렀어도 변함없이 내 안에 흐르고 있다.

3부 산다는 건

그때는 알지 못했던, 다 표현하지 못했던 사랑이 내 안에 여전히 남아 있어, 그 사랑을 다 품어 전하고 싶은 마음이 사무치게 든다. 비록 지금은 말로 표현할 수 없는 감정들이 남아 있다 하더라도, 그 속에 담긴 무언의 약속과 소망들이 여전히 내 안에서 반짝이고 있다.

그 시절의 미소와 다정한 말들, 사소한 순간순간마다 함께 나눈 수많은 감정들이 빛나는 보석처럼 내 마음속에서 여전히 아름다운 기억으로 남아 있다. 지나간 시간 속에서 얻었던 소중한 순간들은, 그때는 미처 깨닫지 못했지만, 이제 와서 돌아보면 얼마나 값지고 빛나는 추억이었는지 깨닫게 된다. 사랑과 그리움은 그렇게 시간 속에서 더 깊어지고, 나는 그 속에 담긴 추억 속에서 다시금 새로운 의미를 찾는다. 그것은 단순한 기억이 아닌 나를 이루는 중요한 일부분으로, 내 안에 살아 있는 이야기가 되어 나를 끊임없이 성장시킨다.

어느새 오랜 시간이 흘렀고, 그 시간 동안 쌓여온 아름다운 기억들과 아련한 추억들이 종종 허공을 맴도는 날이 있다. 그런 날이면 문득 그 사람의 하루가 궁금해진다. 나와 같은 따뜻한 봄날을 맞이하며 어디선가 그도 이 순간을 느끼고 있을까, 그리고 혹시 그리움 속에서 내 생각을 한 번쯤 떠올리지는 않을까 하는 마음이 문득 피어오른다. 이 봄날의 따뜻한 햇살을 맞이하며, 그도 나와 같은 마음으로 우리 사이의 시간들을 되새기고 있을지, 그리움에 잠긴 내 마음이 그에게 닿아 공감될 수 있을지 생각해 보며 나도 모르게 가슴이 설렌다. 동시에 그리움은 한층 더 깊어져, 바람 속에 섞여 어디론가 향해가는 마음을 느끼며 애틋함이 더해진다.

봄은 매년 다시 찾아온다. 시들었던 꽃들도 다시 피어나고, 겨우내 잠들어 있던 새싹들이 소리 없이 고개를 들 듯, 내 마음속 깊이 묵혀 있던 그리움도 다시금 피어오른다. 그리움은 추억의 향기와 함께 찾아와, 아주 가끔 그리운 사랑을 다시금 떠올리게 만든다. 그 시절에 대한 아련한 기억들이 나를 부드럽게 감싸고, 그리움 속에서 사랑의 아름다움을 다시 느끼며 잠시 그 시절로 돌아가는 행복을 만끽하게 된다. 비록 그것이 잠시의 순간일지라도, 그리움의 한 자락을 붙잡고 기억 속의 그곳에 머물러 있는 동안 나는 그 추억 속에서 온전한 평온함을 느낀다.

그리움이 주는 아름다움은 항상 따뜻하다. 그 속에서 느낀 감정들이 지나간 시간 속에서 소중한 순간들을 다시금 되새기게 하고, 그 시절의 내가 얼마나 행복했는지를 깨닫게 한다. 나의 마음속에 자리한 그리움은 과거의 어느 한순간을 단순히 기억하는 것을 넘어, 그때의 나를 돌아보고 현재의 나를 바라보게 해 준다. 그 시간들이 나를 이루고 있고, 그 안에 깃든 사랑이 나를 한층 더 풍요롭고 깊게 만들어 주었음을 깨닫는 과정은 나를 성장시킨다.

지금 이 아름다운 봄날에, 그리움과 사랑을 다시 한번 되새기며 나는 나 자신을 돌아본다. 지나온 시간 속에서 얻었던

3부 산다는 건

깨달음과 마음에 새겨진 흔적들, 그 모든 것들이 결국은 지금의 나를 이루는 소중한 조각들이라는 걸 느낀다. 그 흔적들이 이 봄과 함께 다시금 새로워지고 피어나길 소망하며, 그리움 속에서 나 자신을 재발견하고 그 사랑을 품은 채 앞으로 나아가고 싶은 마음이 커져만 간다. 봄날에 피어나는 그리움과 사랑은 결국 나를 더욱 넓고 깊은 사람으로 만들어 주는 소중한 존재임을, 그리고 그것이 지금의 나를 이루는 기둥임을 다시금 깨닫게 된다.

이렇게 소중한 봄날, 그리움의 감정을 간직하며 그날을 회상하는 나는 그리움과 함께 또 한 번 성장해 나아간다.

꿈을 키우며 남은 기억

꿈을 품고 살아가며 마음속에 깊이 새겨진 추억, 그중에서도 가장 기억에 남는 것은 고향에서 어린이집과 학원을 운영하며 수많은 아이들과 함께했던 시간들입니다. 당시 저는 매일 새벽같이 출근하여 해가 저물 때까지 아이들을 보살피고 가르치며 분주히 하루를 보냈습니다. 그 작은 손길 하나하나가 제 손을 따라오고, 매일 조금씩 새로운 것을 배우고 익혀가는 모습을 볼 때마다 제 가슴은 벅차오르고, 하루하루가 감사함으로 가득했습니다. 아이들의 밝은 눈빛과 웃음, 때론 눈물로 가득했던 순간들은 시간이 지나도 여전히 제 마음속 깊이 남아 있습니다.

하지만 그 시절은 결코 보람과 행복으로만 채워져 있지 않았습니다. 아이들을 진심으로 돌보고자 했던 제 마음과는 달리, 현실적인 어려움은 점점 더 큰 무게로 다가왔습니다. 매일 필요한 운영비와 교재비, 아이들을 위해 더욱 나은 환경을 마련하기 위한 작은 노력들은 모든 것이 적절한 비용 지불에 달려 있었습니다. 그럼에도 불구하고, 일부 부모들은 학원비를 미루며 기약 없는 약속만 남겨 놓고는 결국 지키지 않았습니다. 어떤 부모들은 시간이 지나도 아예 연락이 두절되고, 제 간절한 요청에도 무심히 응대하는 모습에 쓸쓸함이 제 마음 깊이 자리 잡았습니다.

특히 어느 부모가 생각납니다. 그녀는 두 딸을 학원에 보내며 "원장님, 우리 남편 친구라서 마음이 놓여요"라며 친근하게 인사를 건넸습니다. 그 말 한마디에 마음이 놓였던 제 잘못이었을까요. 그 이후로 그 아이들의 학원비는 차곡차곡 쌓여가기만 했고, 미뤄진 약속들은 점점 희미해져 갔습니다. 수확철이 다가오면 줄 테니 조금만 기다려 달라고, 일이 마무리되면 갚을 테니 믿어 달라는 말들을 반복하며 지내온 시간이 어느새 1년, 2년이 되어가면서 결국 그 학원비는 다시 돌려받을 수 없는 돈이 되었습니다. 제가 용기를 내어 학원비 이야기를 꺼내면 오히려 그 부모는 "다른 집들도 밀려 있는데, 그 집들 돈을 다 받으면 줄게요"라며 당당하게 말하곤 했습니다. 그녀가 던진 그 말 한마디, 그 무심한 태도 속에 제 가슴은 싸늘해졌습니다. 세상에 화장실 갈 때 마음과 올 때 마음이 다르다는 속담이 절로 떠오를 만큼, 그들은 약속이 지켜지지 않는 것에 대한 미안함이 조금도 없어 보였고, 그런 그들의 모습에서 저는 깊은 상처를 받았습니다.

그러나 그것이 끝이 아니었습니다. 학원을 운영하며 다양한 외상값을 경험하게 되면서, 점점 사람을 믿는 일이 두려워졌습니다. "조금만 기다려 달라"는 부탁에 인간적인 연민과 이해로 기다려주곤 했지만, 그것이 결국 저에게 돌아오는 것은 배신감과 씁쓸함이었습니다. 미뤄진 학원비를 모두 받았다면 서울에 집 한 채를 샀을 것 같다는 생각이 들 정도로, 손실은 눈덩이처럼 불어나고 있었습니다. 그로 인해 제 마음은 점점 무겁고 지쳐 갔지만, 그런 상황 속에서도 아이들에게 최선을 다하고자 했던 마음만은 결코 포기할 수 없었습니다.

그럼에도 불구하고, 제 마음을 지탱해 준 것은 아이들이 주는 순수한 기쁨이었습니다. 매일같이 학원에 와서 밝게 웃으며 인사하고, 조금씩 성장해 나가는 아이들의 모습은 제게 그어떤 보상보다 값진 위로와 희망을 주었습니다. 그 아이들의 진지한 눈빛과 작은 손길들은 단순한 금전적 손실을 넘어서는 귀한 가르침이었고, 그들과 함께했던 순간들이야말로 제가 그모든 어려움을 견뎌낼 수 있었던 이유였습니다.

지금은 많이 시간이 흘렀고, 당시의 그 아이들은 이미 성장하여 각자의 길을 걷고 있겠지만, 그 시절의 기억들은 여전히 제 마음속 깊은 곳에 따스한 추억으로 남아 있습니다. 그 시절의 경험은 저에게 많은 것을 가르쳐 주었고, 앞으로도 인생의 길에서 제가 더욱 강하고 깊은 사람이 될 수 있도록 만들어 줄 것임을 믿습니다.

3부 산다는 건

사랑과 추억이 깃든 고향

　문경은 우리 가족 모두의 뿌리이자, 세대마다 이어지는 사랑
과 기억이 고스란히 담겨 있는 특별한 고향입니다. 내 고향 문
경은 어머니의 고향일 뿐만 아니라, 이제는 내 아이들의 마음
속에 고스란히 새겨져 있는 곳이기도 합니다. 그곳은 푸른 산
과 맑은 물이 어우러져 마치 자연의 품속에 안긴 듯한 평화로
운 공간이며, 문경의 아름다운 풍경은 언제나 내 마음에 잔잔
한 위로를 건네주고, 그곳을 떠올릴 때마다 가슴 속 그리움은
더욱 깊어만 갑니다. 문경의 땅은 그 자체로 한 폭의 그림처
럼 평화롭고 고요하며, 내 마음 깊은 곳에서 오래된 기억들을
불러일으킵니다. 그곳은 단순한 고향이 아니라, 우리 가족의
역사가 고스란히 깃든 곳이기에 더욱 특별하게 다가옵니다.

　어릴 적, 어머니와 함께 걷던 문경의 산길과 들판을 떠올려
봅니다. 문경의 그 산길을 오르내리며 들리던 발자국 소리와,
바람에 실려 코끝에 닿았던 풀 내음, 그리고 저녁노을이 물들

며 황금빛으로 변해가던 하늘은 지금도 내 기억 속에서 생생하게 되살아납니다. 그 시절, 나는 세상에 대한 순수한 꿈과 희망으로 가득 찬 어린아이였고, 어머니의 따뜻한 손을 잡고 걷는 순간순간이 내 마음속에 깊은 온기로 남아 있습니다. 문경은 그 당시 내게 그리움과 동시에 가족의 역사가 담긴 곳이며, 나와 우리 아이들, 그리고 어머니까지 이어지는 시간의 흐름 속에 자리 잡은 사랑의 고향입니다. 문경을 떠올릴 때마다, 어린 시절의 나와 지금의 내가 겹쳐지는 것 같습니다. 그곳은 나에게 단순한 고향 이상의 의미를 지닌 곳이기 때문에, 시간이 지나도 여전히 내 마음의 중심에 자리 잡고 있습니다.

이제는 내 아이들과 함께 가끔 그곳을 찾습니다. 아이들의 호기심 가득한 눈빛이 내 어린 시절의 눈빛과 겹쳐져, 그 시절의 나를 다시 만난 듯한 기분이 듭니다. 아이들이 문경의 아름다움을 보며 즐거워하고, 그 자연 속에서 뛰어다니는 모습을 보면, 내 어린 시절의 그 행복한 기억이 떠오르며 마음이 뭉클해집니다. 문경의 사계절은 늘 다채롭고 새롭습니다. 봄에는 벚꽃이 만개해 마치 하늘 아래 꽃구름이 드리운 듯하고, 여름이면 푸른 산들이 활기를 더해 시원한 바람이 불어옵니다. 가을엔 온 산을 단풍이 물들이고, 겨울이 되면 온 세상이 눈으로 덮여 고요한 풍경이 펼쳐집니다. 아이들은 그 자연의 아름다움에 감탄하며 이곳저곳을 뛰어다니고, 나는 그 모습을 바라보며 어머니와 함께 보냈던 시간들이 떠오릅니다. 그 당시, 어머니의 손을 잡고 산길을 걷던 기억이 마음 깊은 곳에서 따뜻함으로 솟아나며, 그 시절의 내 어린 나이가 그리워지기도

3부 산다는 건

합니다. 문경은 단순한 고향이 아니라, 어머니의 사랑이 스며들어 있고, 가족 모두가 함께 쌓아온 추억들이 뿌리처럼 얽혀 있는 곳입니다. 그 이름을 부를 때마다 가슴이 먹먹해지면서도 편안해지는, 언제나 돌아가고 싶은 곳입니다.

아이들의 웃음소리가 문경의 하늘 아래 울려 퍼지는 것을 들을 때마다, 이곳이 우리 가족의 진정한 뿌리라는 걸 느낍니다. 그곳에서 나눈 기억들은 시간이 흘러도 변치 않고, 이곳에서의 행복한 순간들은 언제나 내 마음속에서 살아 숨 쉬고 있습니다. 문경은 우리 가족의 이야기가 고스란히 깃들어 있는 소중한 땅이며, 어머니가 그러했듯이, 나 역시 앞으로 아이들에게 문경의 아름다움과 따뜻함을 전하고 싶습니다. 그곳에서 더 많은 추억을 쌓고, 내 아이들이 그 자연 속에서 사랑과 평화를 느끼며 자라나길 바랍니다. 문경, 나의 뿌리이자 사랑하는 고향, 그리고 우리 가족의 이야기로 가득 채워질 영원한 안식처입니다. 이곳은 언제나 돌아가고 싶은, 내 삶의 중심이자 내 아이들에게도 영원히 기억될 고향입니다. 문경에서 나눈 모든 순간들이 고이 간직되어, 시간이 흘러도 변하지 않는 사랑의 흔적으로 남을 것입니다.

행복을 위한 세 가지 원칙

인생은 순간순간의 선택과 경험들로 가득 차 있습니다. 이러한 과정 속에서 우리는 끊임없이 행복을 추구하지만, 때로는 그 중요한 가치를 쉽게 잊고 지나치기도 합니다. 스스로에게 물어보면, 내가 진정 행복을 느끼는 순간은 어떤 순간일까를 생각하게 됩니다. 그리고 긴 여정 속에서 깨닫는 것은 진정한 행복이란 내가 그 순간을 어떻게 맞이하고, 어떻게 수용하며 받아들이는지에 달려있다는 사실입니다. 그래서 나는 인생을 살아가며 행복을 위해 지켜야 할 세 가지 원칙을 떠올립니다. 이 원칙들을 마음 깊이 새기고 실천한다면, 우리는 더 많은 행복과 더욱 의미 있는 삶을 누릴 수 있을 것입니다.

첫 번째 원칙은 "메멘토모리"입니다. 이는 '죽음을 기억하라'는 뜻으로, 인생에서 무엇보다 중요한 원칙 중 하나입니다. 죽음을 떠올리는 것은 우리의 삶이 얼마나 소중한 순간들로 이루어져 있는지를 다시금 일깨워 줍니다. 죽음이라는

3부 산다는 건

숙명을 받아들일 때, 우리는 더 겸손해지며, 평소 당연하게 여겼던 일상 속에서 소중한 가치를 발견하게 됩니다. 우리는 일상의 바쁜 흐름 속에서 이 진리를 자주 잊어버리지만, 죽음을 기억하는 것이야말로 우리가 가진 삶의 유한성을 인식하게 해줍니다. 그리하여 주어진 시간 속에서 모든 순간을 감사히 여길 수 있게 됩니다. 죽음은 단지 두려운 개념이 아니라, 오히려 우리가 삶의 본질을 더욱 깊이 이해하고, 매 순간을 소중히 여기도록 해주는 중요한 계기입니다. 죽음을 기억하며 살아갈 때 우리는 진정으로 가치 있는 것이 무엇인지 명확히 깨닫게 되며, 그로 인해 하루하루를 더욱 충실하게 살아가게 됩니다.

두 번째 원칙은 "카르페디엠"입니다. 이는 '현재를 즐기라'는 의미로, 우리는 흔히 미래의 성공이나 계획에 매몰되어 지금 이 순간의 중요성을 잊고 지나치곤 합니다. 많은 사람들이 더 나은 미래를 위해 현재를 희생하지만, 결국 그로 인해 지금이라는 소중한 시간을 놓치고 맙니다. 나는 일상의 작은 행복을 놓치지 않기 위해 노력하고, 작고 사소한 것들 속에서 기쁨을 찾으려 합니다. 아름다운 자연을 마주할 때 잠시 멈추어 서고, 소중한 사람들과의 대화에서 따스함을 느끼며, 작은 일에도 감사한 마음을 품으려 노력합니다. 하루하루의 순간을 진정으로 즐기며 살아갈 때, 그것이 모여 내 삶을 더 풍요롭고 의미 있게 만들어 줍니다. 삶은 결코 저 멀리 미래에 있는 것이 아니며, 지금 이 순간 우리가 어떻게 살아가느냐에 따라 우리 삶의 진정한 가치와 풍요로움이 결정됩니다.

세 번째 원칙은 "아모르파티"입니다. '자신의 운명을 사랑하라'는 이 말은, 우리 각자에게 주어진 삶과 운명을 받아들이고, 그 속에서 나만의 이야기를 만들어 가라는 의미를 담고 있습니다. 인생은 결코 평탄하지 않으며, 때로는 예기치 못한 시련과 고난이 우리를 덮쳐 오기도 합니다. 하지만 이러한 모든 순간들을 온전히 받아들이고, 그 속에서 성장할 수 있는 기회를 찾는 것이야말로 진정한 행복입니다. 자신의 운명을 사랑하고 받아들이는 순간, 우리는 비로소 마음의 평화와 진정한 행복을 찾을 수 있습니다. 고난과 시련을 마주할 때 그것이 나를 짓누르기보다는, 더 강한 존재로 거듭나게 하는 소중한 밑거름이라는 사실을 잊지 않으려 합니다. 어려운 시간을 통해 우리는 스스로를 발견하고, 진정한 나를 만나는 기회를 갖게 됩니다. 그렇게 살아갈 때, 우리는 궁극적으로 더 큰 행복을 느낄 수 있게 될 것입니다.

이 세 가지 원칙인 "메멘토모리", "카르페디엠", "아모르파티"는 각자 독립된 의미를 지니지만 서로 깊이 연결되어 있으며, 나의 삶을 더욱 풍요롭고 의미 있게 만들어 줍니다. 죽음을 기억하며 현재를 소중히 여기고, 나에게 주어진 운명을 사랑하며 수용할 때, 우리는 진정한 행복을 경험할 수 있습니다. 이 책을 읽는 많은 분들이 이 원칙들을 마음 깊이 새기고, 삶속에서 실천하며 살아가기를 바랍니다. 우리 모두가 각자의 삶 속에서 진정한 행복을 발견하고, 그 행복이 다른 이들에게도 전달될 수 있기를 기원합니다.

3부 산다는 건

4부 마음의 위로

작은 영혼을 살린 하루

어린이집에서의 일상은 언제나 분주하고 예기치 않은 사건들로 가득 차 있다. 그중에서 기억에 남는 건 며칠간 아파서 결근했던 유아가 연말연시 모임에 가야 하는 할머니 손에 이끌려 어린이집에 데려와 졌을 때, 그 아이를 보며 안쓰러운 마음이 들었다. 아이를 맡아줄 사람이 없다며 할머니가 데려왔는데 그 할머니의 얼굴에서는 애절함이 느껴졌다. 아이는 몸이 연약하고 아파 보였으며, 그런 아이를 데려와서 맡기고 가는 할머니의 눈빛은 절박함과 걱정으로 가득 차 있었다. 그때, 나는 그 아이를 돌보는 책임감이 무겁게 느껴졌다. 아침부터 아이를 돌보며 하루를 보낸 후, 저녁 시간이 다가오자 선생님들은 모두 퇴근하고 몇몇 남아 있는 아이들은 내가 마지막까지 책임을 져야 하는 상황이었다. 그 아이들을 돌보는 일을 하면서 그들이 나에게 얼마나 많은 의지를 하고 있음을 알기에 나는 늘 "오늘 하루, 이 아이들에게 조금 더 따뜻한 손길을 전해주자"라는 기도를 하게 된다

당시 나는 24시간 어린이집을 운영하고 있었는데, 여러 아이들이 각기 다른 사연을 가지고 있었다. 늦은 밤이나 새벽까지도 혹은 아예 데리고 같이 잠을 자며 나와 함께 하고 있는 아이들은 이혼한 부부의 자녀나 고등부 영어 과외를 하는 엄마의 아기, 차에 화분을 싣고 이곳저곳 찾아다니며 꽃을 파는 아버지의 아이까지, 각자 저마다의 이야기를 가지고 있는 그런 아이들과 함께하며 365일 아이들의 일상을 책임지고 같이 살다시피 했다. 그 과정 속에서 아이들과의 유대는 깊어졌고, 그들의 기쁨과 슬픔을 나누며 보람을 느끼기도 했다. 그러나 그날은 그 무엇과도 비교할 수 없는 긴박한 순간이 다가왔다.

그날 밤, 내가 아이들을 돌보던 중, 갑자기 한 아이가 소리쳤다. "선생님, 아기가 토해요!"라는 소리에 나는 급히 달려가 보았다. 그때 눈앞에 믿을 수 없는 상황을 목격하게 되었다. 그 아이는 단순히 토하는 것만이 아니라 입에는 거품을 물고 있었고, 입술은 새파래져 있는 그 모습을 보자 심장이 철렁 내려앉는 기분이었다. 그렇게 눈앞에서 생명이 꺼져가는 장면을 목격한다는 것은 그 어떤 공포보다도 두려운 일이었다. 그러나 그 순간, 나는 절대로 아이를 놓칠 수 없다는 생각을 하며 그 아이의 생명을 지키기 위해 무엇이든 해야 한다는 생각이 들었다. 머릿속에서는 응급처치하는 여러 방법들이 떠오르고 마침 함께 있던 딸에게 119에 전화를 하라고 소리쳤다. 그 순간이 얼마나 긴박했는지 지금도 생각만 해도 아찔한 생각이 든다. 나는 모든 힘을 다해 아이를 살리기 위해 최선을 다했다.

4부 마음의 위로

그렇게 시간이 흐른 후, 놀랍게도 아이가 갑자기 콜록하며 기침을 하자 입 안에서 밥 덩어리 하나가 툭하며 튀어나왔다. 며칠 전부터 아이가 고열로 계속 아팠고, 그날 퇴근하는 선생님이 급하게 밥을 먹여 주었기에 기도가 막힌 것 같았다. 밥 덩어리가 나오자 아이의 얼굴에 화색이 돌며 숨을 쉬기 시작하는 모습이 보였다. 몇 초만 늦었더라도 상황은 바뀔 수 있었겠다라는 생각에 미치자 마음속으로 벅차오르는 감정을 억제할 수 없었다. "살아나 줘서 고맙다"고 말하며, 그 아이의 작은 생명이 살아나기까지의 긴박했던 순간이 너무도 소중하게 느껴졌다.

숨을 돌리고 나서야 문밖에서 119의 싸이렌 소리가 점점 가까워지고 있다는 걸 들었다. 그 소리가 들리자 내 마음은 긴장감에서 벗어남과 동시에 안도감이 스며들었다. 그날의 경험은 나에게 목숨이 위급할 땐 결국은 곁에 있는 사람이 그 생명을 살려야 한다는 중요한 교훈을 얻었다. 아이의 생명을 지킬 수 있었던 특별한 그날, 나는 생명의 소중함을 다시 한번 느끼게 되었다.

그날 이후, 어린이집에서의 하루하루가 얼마나 중요한지, 그리고 아이들의 생명이 얼마나 소중한지를 깊이 깨달았다. 나는 아이들의 삶을 지키고, 그들의 안전과 행복을 위해 최선을 다해야겠다는 다짐을 했다. 그 아이의 작은 생명이 살아나는 모습을 보고 나서는, 내 역할과 책임에 대해 다시금 생각하게 되었고, 그 책임감을 가슴 깊이 새기게 되었다. 이 사건은 내 마음속에 깊이 새겨졌으며, 어린이집에서의 모든 순간이 얼마나 소중한지를 다시 한번 되새기게 해주었다. 아이들과의 일상 속에서 매일매일 감사한 마음을 느끼며, 그들의 안전과 행복을 지키기 위해 더 많이 사랑하고, 더 많이 관심을 기울여야겠다는 결심을 하게 되었다. 앞으로는 이런 순간이 다시 오지 않기를 바라며, 나는 아이들에게 더 많은 정성과 관심 어린 사랑을 쏟기로 마음먹었던 그날이 어렴풋이 머릿속으로 떠오르자 가슴을 쓸어내리며 안도의 긴 한숨을 내쉬어본다.

4부 마음의 위로

성찰 속에서 피어난 배움

　운영하던 어린이집을 정리하고 요양원에 처음 근무를 시작했던 날, 그날의 기억은 아직도 생생하게 떠오른다. 그곳은 이상하리만치 하루가 멀다 하고 사건 사고가 많이 일어나는 곳이었다. 어르신들이 자주 돌아가시고, 다치고, 심지어 화재가 나는 일도 있었으며, 요양사들이 감옥에 가는 일까지 일선에서 눈으로 보며 경험한 나로서는 그 극한의 상황 속에 일하면서 많은 것을 배우게 되었다. 당시 나는 낮에는 어린이집에서 일하고, 야간에는 요양원에서 근무를 하며 한곳에서 5년을 보내게 되었다. 그 모든 시간이 지나고 나니, 스스로 나 자신이 나름 대단한 사람이라는 생각이 들었다.

　요양원에서 수많은 죽음을 지켜보았다. 처음에는 그 죽음들이 나에게 큰 충격으로 다가왔다. 특히, 어느 어르신은 가족에 대한 그리움과 외로움에 힘들어하시며 끝내 마지막 숨을 거두셨고, 그 모습을 보면서 인생의 덧없음과 함께 내가 살아가는 삶의 의미를 깊이 생각하게 되었다. 그러나 그중에서도 가장 가슴 아픈 일은 그곳을 운영하던 원장님이 감당할 수 없으리 만치 힘이 드셨는지 스스로 생을 마감하셨다는 사실이다. 그 분은 나와 비슷한 또래였고, 군 장교로 생활을 하던 중 요양 원이 한창 떠오르고 있다는 소식을 접한 후 고향의 자갈밭을 팔아 요양원을 시작했다 한다. 그러나 그와 운때가 맞지 않았 는지, 사건사고는 끊이지 않았고, 그런 상황 속에서도 원장님 은 끊임없이 그 고통을 참아가며 요양원을 지키려 애쓰셨다.

그 당시, 원장님은 누군가에게 자신의 속내를 털어놓고 싶 어 하셨던 것 같았다. 서너 번 전화가 와서 시간이 되면 이야 기 좀 나누자고 하셨지만, 그때마다 나는 바쁜 일상에 쫓겨 응 해 주지 못했다. 멀리 있거나 다른 일에 쫓겨 그분의 말을 깊 이 있게 듣지 못한 것이 지금도 후회로 남아 있다.

어느 때인가 야간 근무를 하고 있는데 처음 보는 분이 빵을 사 들고 오시며, 원장님이 "전 선생님한테 가서 인생을 배워 오라고 보내셨다" 하셨던 날도 기억에 남는다. 당시 나는 부인 께 따뜻한 인사도 건네지 못하고 그냥 지나쳐 버렸다. 또, 중 학생쯤 되어 보이는 남자아이가 봉사 활동을 하겠다며 밤늦은 시간에 내 곁에서 서성였던 일도 있었다. 그 아이의 눈빛 속에 서 간절한 무언가를 느낄 수 있었고, 그 순간에도 나는 바쁘다 는 이유로 그 아이에게 용기를 주지 못했다.

지금 와서 그때의 일들을 되돌아보면 모든 순간이 후회로 남 는다. 만사 제쳐두고 원장님의 이야기를 들어주었어야 했고,

4부 마음의 위로

부인이 왔을 때 다정하게 손을 잡고 따뜻한 말을 건넸어야 했으며, 그 아들에게는 격려의 말을 전했어야 했다. 그러나 나는 그때 무심코 지나쳤고 아무것도 해주지 못했다. 지금까지도 그분의 마음을 헤아리지 못한 것에 대한 미안함이 여전히 가슴에 남아 있다. 만약 내가 원장님과 그 가족들에게 더 많은 관심을 기울였다면, 그들의 고통을 조금이나마 덜어줄 수 있었을지도 모른다는 생각이 자주 떠오르곤 했다.

그렇게 작고하신 원장님이 하늘나라로 떠나시기 전, 내 꿈에 그분이 나타났다. "선생님은 잘 살고 계시는군요." 하며 인사를 건네셨다. 그런 꿈은 난생 처음이었다. 꿈속에서 원장님은 편안한 모습으로 나에게 미소를 지으셨고, 그 모습은 평화롭고 차분했다. 나는 그 꿈에서 원장님이 "괜찮다"는 위로의 메시지를 전하고 싶으셨던 것 같다는 생각이 들었다. 그러나 여전히 나는 그분의 고통을 충분히 이해하지 못한 나 자신을 질책하며 자책했다. 꿈에서의 그 따뜻한 인사는 나에게 많은 위로를 주었지만, 현실에서는 여전히 후회가 가득했다.

요양원에서의 첫 근무는 나에게 삶과 죽음의 무게를 깨닫게 해준 중요한 시간이었으며, 원장님의 선택과 그 가족들의 모습은 나에게 잊을 수 없는 깊은 여운을 남겼다. 그곳에서 나는 수많은 감정의 소용돌이에 휘말리며 성장했고, 그 경험들은 내가 삶을 바라보는 시각을 확장시켜 주었다. 이제 나는 더 이상 바쁜 일상 속에서 주변 사람들의 고통을 지나치지 않겠다고 다짐한다. 사람들의 소중함과 고통을 이해하고, 더 많은 사랑과 관심을 쏟기로 결심했다. 요양원에서의 경험은 순수한 직업을 넘어, 내 삶의 중요한 가치로 자리 잡았고, 원장님과 그 가족들이 내게 남긴 소중한 기억은 앞으로의 내 삶에 더욱 큰 힘이 될 것이다.

이제 나는 모든 순간에 더 많은 의미를 부여하며 살아가고자 한다. 그들이 남긴 가르침을 바탕으로, 나는 더 나은 사람으로 성장하고, 그들이 느낀 아픔과 고통을 조금이나마 덜어줄 수 있는 사람이 되기를 간절히 바란다.

고요한 저녁의 위로

하루의 끝에 고요함이 찾아올 때마다 내 마음속 깊은 곳에서 부드럽게 일어나는 울림. 밤낮으로 두 가지 일을 병행하며 매일을 바쁘게 살아가다 보면, 집에 머무는 날이 거의 없어서 집이라는 공간이 더 특별하게 느껴지기도 한다. 그런 내가 드물게 야간 근무가 없는 저녁에 집에 돌아오면 그동안의 긴 하루가 끝나고 마치 내 마음도 세상의 끝자락에 놓인 것처럼 홀가분해지며, 세상은 고요하고 온화한 공간으로 변한다.

하늘을 붉게 물들이던 노을은 서서히 저물어가고 저 멀리 깊고 푸른빛이 하늘과 땅을 이어주는 시간대가 다가오는 그 순간마다 내 마음속에는 평온함이 스며든다. 하루 종일 분주히 흘러가던 수많은 생각과 감정들은 점차 저물어가는 햇살과 함께 흐려지며, 저녁이 다가오는 고요한 시간 속에서 비로소 나는 내가 진정으로 누구인지, 무엇을 원하는지에 대한 물음과 마주하게 된다.

저녁의 고요함 속에서, 창밖을 바라보며 스며드는 바람을 느끼고 나무들이 흔들리며 자연스럽게 리듬을 타는 모습을 보면 그동안 시끄럽고 복잡한 일상에서 잊고 지냈던 것들이 되돌아오는 느낌을 받는다. 평소엔 잘 들리지 않던 도시의 소리마저 잦아들고, 마치 모든 것이 잠시 멈춘 듯한 고요함 속에서, 나는 자연스레 내 마음의 평화를 찾아간다. 그 순간, 나에게는 모든 걱정과 고민이 사라지기를 바라는 마음이 절로 생기며, 이 고요한 시간은 나를 감싸 안아 주는 따뜻한 손길처럼, 무엇보다도 소중하고 그리운 존재로 남는다

저녁의 잔잔한 빛과 바람 속에서 내 마음 깊은 곳에서는 작은 울림이 시작된다. 그런 울림은 평소에 내가 지나쳤던 작은 것들 하늘에 떠 있는 구름 한 줄기나 창 너머로 들려오는 새소리에도 마음을 기울이게 만든다. 그런 작은 것들에서 느껴지는 차분한 파동은, 하루 종일 복잡하고 시끄럽게 얽혔던 생각들을 차근차근 가라앉히며, 내가 진정으로 소중하게 여기는 것들에 집중을 하게 해준다. 고요 속에서 점점 더 마음이 정화되고, 마음의 혼잡함이 풀리면서 나는 다시 내 삶의 목적과 방향을 돌아보게 된다.

저녁의 고요함이 내게 전하는 위로는, 말로 표현할 수 없을 만큼 강력하다. 바쁜 일상 속에서 나는 자주 자신을 돌보지 못하고 지나쳤지만, 이 고요한 시간 속에서 나 자신에게 잠시나마 온전히 집중할 수 있다. 그동안 바쁘게 지나쳤던 시간들은, 이제 이 고요한 순간에 멈추어 내가 숨을 고르고 내일을 준비

4부 마음의 위로

하는 시간으로 변한다. 저녁의 고요함은 나에게 잠시의 안식을 주고, 그 안식 속에서 나는 내일을 위한 새로운 에너지를 충전한다. 바쁘고 지친 하루 끝에 찾아오는 이 위로의 시간 속에서, 나는 다시 삶의 기대와 꿈을 품을 수 있는 힘을 얻는다.

이 고요한 시간은 단순히 하루의 끝을 의미하는 것이 아니다. 그것은 내일을 위한 준비의 시간이자, 나만의 소중한 시간이기도 하다. 고요 속에서 나는 하루를 돌아보고, 그 안에서 나를 돌보며, 삶의 의미를 되새기게 된다. 이 평온한 저녁의 시간 속에서, 나는 내일을 더 강하게 맞이할 수 있는 에너지를 얻고, 또다시 고요와 위로 속에서 나의 삶이 점점 더 충만해지고 있음을 느낀다. 고요한 저녁이 주는 위로는, 하루의 고단함을 풀어주는 힘이자, 나 자신을 다시 돌아보게 해주는 중요한 시간이며, 이 시간 속에서 나는 또 다른 하루를 살아갈 준비를 한다.

희망으로 맞서는 여정

최근 들어 주변에 암으로 투병 중인 사람들을 자주 접하게 되면서 내 마음은 점점 더 무거워지고, 때로는 절망감에 휩싸이기도 한다. 가까운 친척, 친구들, 그리고 이웃까지도 암이라는 질병과 치열하게 싸우고 있는 모습을 보며, 나 역시 깊은 슬픔을 함께 나누고 때로는 무력함에 빠져들곤 한다. 일상 속에서 누리는 소소한 행복과 평온이 얼마나 쉽게 깨질 수 있는지, 암이라는 질병을 통해 다시금 절감하게 된다. 이러한 경험은 나로 하여금 우리가 가지고 있는 것들의 소중함을 잊지 않도록 가르쳐 준다. 암은 단지 개인의 문제가 아니라, 그를 둘러싼 가족과 친구, 그리고 나아가 사회 전체에 걸쳐 함께 싸워야 할 과제로 다가오며, 생명에 대한 가치를 새롭게 생각하게 만든다.

암이라는 질병은 단지 몸을 무너뜨리는 데 그치지 않고 마음의 상태에도 깊은 상처를 남긴다. 그러나 그 와중에도 희망을

4부 마음의 위로

놓지 않고 끝까지 맞서 싸우는 환자들의 모습을 지켜보면, 그들의 불굴의 의지에서 큰 용기와 영감을 얻는다. 병원에서 치료를 받고 나오는 사람들의 눈빛 속에는 분명 두려움과 고통이 깃들어 있지만, 동시에 그 속에서 살아내고자 하는 간절한 의지도 엿볼 수 있다. 그들이 맞서고 있는 고통의 깊이와 복잡함을 이해할 수는 없겠지만, 적어도 그들의 투쟁이 헛되지 않기를 바라며, 그들의 곁에서 힘이 되어주고 응원하고 싶다.

몇 년 전, 나는 단순한 건강검진 차 병원을 방문했을 때, 의사로부터 '혹이 여러 개 보인다'는 말을 듣고 심장이 멎을 듯한 충격을 받았다. 암이라는 직접적인 진단을 받은 것은 아니었지만, 내 건강에 대한 경고와도 같은 그 말을 들었을 때의 감정은 지금도 생생히 기억난다. 그 순간, 나는 내가 지금까지 얼마나 무심하게 건강을 방치하며 살아왔는지를 반성하게 되었다. 시간이 지날수록 나는 그 경험이 단지 두려움에서 끝나는 것이 아니라 나의 삶을 되돌아보고 앞으로의 길을 바꿔 나가는 중요한 계기였다는 것을 깨닫게 되었다.

그 후로 나는 건강에 대한 책임감을 가지게 되었고, 스스로의 삶에 작은 변화들을 가져오기 시작했다. 처음에는 사소한 것부터 바꿔보자는 생각으로 식습관을 개선하고 규칙적인 운동을 시작했다. 예전에는 무심코 지나쳤던 일상의 사소한 결정들이 이제는 나의 삶을 지탱하는 중요한 선택으로 느껴지기 시작했다. 하루 30분씩 걷는 것으로 시작한 운동은 어느덧 매일 아침 1시간씩 조깅을 하는 습관으로 발전했다. 단순한 신체활동이었지만, 그 과정 속에서 나는 나 자신의 한계를 넘어서고 더 강해질 수 있다는 것을 체감했다. 이런 작은 노력들이 내 건강과 삶을 지키기 위한 커다란 변화를 만들어 나가는 원동력이 되었다.

우리는 모두 자신에게 주어진 삶을 가치 있게 가꾸고 살아가는 것이 얼마나 소중한지 알면서도, 때로는 바쁜 일상에 쫓겨 그 소중함을 잊고 살아간다. 하지만 암이라는 질병은 그 소중한 가치를 재인식하게 해준다. 그것은 단지 불행으로만 다가오는 것이 아니라, 우리의 삶을 되돌아보고 더 나은 길을 찾게 하는 하나의 계기가 될 수 있다. 암은 우리에게 건강한 삶을 위한 결단을 촉구하며, 매일의 선택이 얼마나 중요한지 상기시켜 준다. 우리는 암과 같은 질병을 두려움으로만 받아들일 것이 아니라, 그것을 통해 건강과 행복에 대해 진지하게 돌아보고, 하루하루를 소중히 살아가는 삶의 자세를 다시금 다져야 한다.

암이라는 단어는 여전히 나를 두렵게 만들지만, 나는 그 두려움이 나를 가둬버리는 감정으로 끝나지 않기를 바란다. 그보다는 그것이 나를 더 강하고 긍정적인 사람으로 변화시키는 원동력이 되기를, 나아가 나의 삶을 더 풍요롭게 가꾸는 계기가 되기를 간절히 바란다. 우리는 모두 암이라는 무거운 주제를 마주하고 있을 때, 절망에 빠지기보다는 희망을 향해 손을 뻗을 수 있어야 한다. 그리고 나 자신을 돌아보고, 주변의 사랑하는 이들에게 마음을 열어, 함께 서로를 지지하고 응원

할 수 있는 여정을 만들어 가고자 한다. 암이라는 길고 어두
운 터널 끝에 분명 희망의 빛이 기다리고 있음을 믿으며, 우리
모두가 이 어려운 여정을 함께 견뎌내고 이겨내기를 바란다.

삶의 갈림길에서 나를 만나다

삶은 매 순간 갈림길에 서 있는 나를 마주하는 과정이다. 우리는 매일 익숙하고 안락한 길을 선택할지, 아니면 미지의 세계로 나아가는 새로운 길을 탐색할지 고민하며, 수많은 선택 앞에 선다. 익숙한 길은 마음의 안정을 주고 편안함을 느끼게 하지만, 동시에 내면의 진정한 갈망을 외면하게 하며, 어쩌면 자신이 원하는 삶이 아닌 타인의 기대에 맞춘 삶을 살게 만들 수도 있다. 반대로 미지의 길은 불안과 두려움을 주지만, 그 두려움 속에 숨어 있는 설렘과 희망이 새로운 가능성의 문을 열어주는 것이다. 그리고 그런 순간에, 나는 잠시 발걸음을 멈추고 깊이 숨을 들이쉰다. 이 잠깐의 여유가 나에게 스스로를 돌아볼 시간을 주며, 고요하게 현재를 마주하고 나의 마음을 차분히 들여다보는 힘을 선사한다. 지금 나의 선택이 내일의 나를 형성하고, 삶의 방향을 결정하며, 나의 이야기를 만들어가는 것이다.

4부 마음의 위로

나의 삶의 여정에서 선택의 갈림길은 단순히 앞으로 나아가기 위한 방편이 아니라, 내가 진정으로 원하는 것이 무엇인지, 무엇을 위해 살아가고 있는지를 성찰하게 해주는 순간이다. 오늘 내가 내딛는 작은 한 걸음은 내일의 나를 변화시키고, 내 삶의 새로운 궤적을 그려 나간다. 매번 주저하며 망설이는 순간들이 있었지만, 그럼에도 불구하고 나는 용기를 내어 한 발짝 내디뎠다. 그 길이 나를 어디로 이끌지는 알 수 없지만, 그럼에도 불구하고 그 선택이 내 삶에 새로운 색깔을 더해 주고, 그 과정에서 나는 매 순간 조금씩 성장한다. 낯설고 불안하게 느껴지는 길도 시간이 지나면 익숙해지고, 익숙해진 그 길은 다시금 나에게 안정감을 주며, 나는 그 속에서 새로운 경험을 쌓아간다. 그 경험들은 나의 삶을 더욱 다채롭고 풍성하게 채워주며, 내 마음을 더욱 깊고 넓게 만들어준다.

삶은 끝없이 이어지는 선택의 연속이며, 선택을 통해 나는 끊임없이 변화하고 성장한다. 선택의 과정에서 나의 내면을 들여다보며, 내가 진정 원하는 것과 나의 가치를 다시금 발견하게 된다. 때로는 잘못된 선택을 해서 후회를 하기도 하지만, 그런 순간들도 결국 나에게 소중한 배움과 깨달음을 준다. 모든 선택이 완벽할 수는 없겠지만, 그 속에서 나는 나 자신을 이해하는 법을 배우고, 내면의 목소리에 더 귀 기울이며 삶의 진정한 방향을 찾아가려 한다. 이러한 선택의 순간들은 나에게 나 자신을 더 깊이 이해할 기회를 주고, 나만의 길을 만들어 가는 소중한 시간이 된다.

나는 내 삶에서 스스로의 길을 선택하고자 하는 강한 의지를 가지고 있다. 이 길은 단지 눈앞의 결정만을 의미하지 않으며, 내 삶의 본질과 맞닿아 있는 여정이다. 매번 선택을 할 때마다, 나는 내 삶의 일부를 떼어내어 새로운 길 위에 놓으며, 그 길은 나의 이야기가 되어 간다. 그 이야기는 오직 나만이 걸어온 길이며, 나의 발자취와 함께 남게 된다. 그런 선택들이 모여 만들어진 나만의 인생은 고유한 의미를 가지며, 나 자신에게 있어 가장 소중한 존재가 된다. 그 안에는 나의 기쁨과 슬픔, 설렘과 두려움, 그리고 그 모든 감정이 담겨 있다.

삶은 매 순간 우리에게 새로운 기회를 주고, 각 선택이 모여 인생의 큰 그림을 완성해 간다. 내가 걸어온 길, 앞으로 걸어갈 길, 그리고 내가 걸어가며 남긴 흔적들이 모두 모여서 나만의 이야기가 되고, 그 이야기는 시간이 흘러도 나의 존재를 증명하는 가장 소중한 기록이 된다. 갈림길에서 내딛는 한 걸음 한 걸음이 쌓여 나만의 인생을 만들어 가는 이 과정 속에서, 나는 끊임없이 나를 발견하고 또 다른 나로 변화한다.

삶의 갈림길에서 나를 만나는 이 순간은 언제나 나를 변화시키고, 성장하게 만드는 새로운 시작점이 된다. 선택하는 순간마다 나는 조금 더 나다워지고, 내 마음의 소리에 더 가까이 다가가며 살아가고자 한다. 물론 그 길이 언제나 순탄하고 밝은 것은 아닐 것이다. 때로는 험난한 길도 있고, 예상치 못한 어려움이 닥치기도 한다. 그럼에도 불구하고 나는 그 여정을 멈추지 않을 것이다. 선택 속에서 나 자신이 누구인지,

4부 마음의 위로

진정한 나의 모습이 무엇인지를 발견하며 살아갈 것이고, 삶의 갈림길에서 나를 만나게 될 때마다 나는 더 넓은 시야와 더 깊은 이해를 가진 나로 변화할 것이다.

　이러한 여정 속에서 나는 더 풍요로운 나를 발견하고, 나의 인생을 더욱 깊고 의미 있게 만들어 갈 것이다.

미리 써보는 마지막 인사
(영원으로 향하는 길목에서)

마지막 인사를 나누는 지금, 해가 천천히 저물어가는 순간을 가만히 지켜봅니다. 붉은빛으로 땅을 물들인 노을이 서서히 사라질 때, 모든 것이 차분히 가라앉아가는 듯한 시간 속에서, 세상은 마치 내게 그동안 함께했던 모든 순간에 대한 작별 인사를 건네는 듯 조용히 감싸 안아 줍니다. 고요한 풍경 속에 스며드는 차가운 바람이 내 뺨을 스치며 지나가자, 마음속 깊은 곳에서는 미처 깨닫지 못했던 이별의 예감이 속삭이듯 울려 퍼집니다. 지금 내 앞에 놓인 이 순간은 삶이라는 긴 여정의 끝자락에 서 있는 시간, 모든 것이 정적에 잠기며 천천히 흘러가는 이 시간이 내 마음을 고요히 흔듭니다.

이 고요한 시간 속에서 마음 한 켠에 쌓여 있던 작은 떨림과 함께 이별의 슬픔이 차오릅니다. 더불어 지나온 시간들, 사랑하는 사람들과 함께했던 소중한 순간들이 선명하게 떠오릅니다. 어두운 밤길을 걸을 때 손을 잡아주었던 따뜻한 손길,

4부 마음의 위로

고단한 날이면 말없이 내 옆에 앉아 있던 그 존재들, 나의 웃음소리에 미소로 화답해 주던 얼굴들이 하나둘씩 마음속에 그려집니다. 비록 시간이 흘러 그들이 곁에 있지 않더라도, 그들과 함께했던 모든 순간들은 나의 삶을 빛나게 했고, 그 빛이 모여 오늘의 나를 만들어 주었습니다.

함께 웃고 울며 나누었던 감정과 시간이 하나하나 되살아납니다. 작은 기쁨과 슬픔을 함께 나누고, 서로의 고통을 위로하며 함께 걸었던 그 모든 순간들, 삶의 고단함 속에서도 나를 감싸 안아 준 그 따뜻한 온기들이 내 마음속에서 소중히 반짝입니다. 이들의 사랑은 나에게 무한한 위로와 용기를 주었고, 내가 힘겨워할 때마다 길잡이 같은 존재가 되어주었습니다. 그들과의 추억을 떠올리며 감사함과 사랑이 넘치도록 솟아나는 것을 느낍니다. 이 모든 사랑과 추억이 지금 나에게 더없이 소중한 유산으로 자리 잡고 있습니다.

이제는 모든 것을 내려놓고, 미련 없이 새로운 여행을 준비할 시간임을 스스로에게 조용히 속삭입니다. 이루고자 했던 수많은 꿈과 소망이 여전히 내 가슴 속에 아련하게 남아 있지만, 이제는 그 모든 것을 놓아줄 때가 되었습니다. 긴 여정을 걸어오면서 스쳐 지나갔던 소중한 기억들을 소중히 품은 채로, 나는 그 기억들을 바람에 띄워 보내며 고요한 평화 속으로 물러나려 합니다. 바람에 실려 떠다니는 그리움 속에서 내 얼굴에는 차분한 미소가 번집니다. 이별의 순간에 밀려오는 애틋함과 슬픔을 느끼더라도, 나는 지금까지 함께해온 사람들과 쌓아온 추억을 가슴 깊이 간직하며 마음을 다잡아 봅니다.

 마지막 숨을 들이쉬며, 나의 긴 여정에 마침표를 찍는 순간
이 찾아오면 그동안 살아오며 겪었던 수많은 기쁨과 슬픔, 사
랑과 아픔들이 마음속에 하나하나 새겨지고, 그 모든 경험들
이 나의 존재를 완성해 줬음을 깨닫습니다. 나의 이야기가 끝
나더라도, 내가 남긴 사랑과 기억들이 이 세상에 작은 흔적으
로 남아, 내 곁에 있던 이들의 삶 속에서 아름답게 이어지기를
간절히 바랍니다. 나의 흔적은 이들의 삶 속에서 여전히 숨쉬
고 있을 것입니다. 그들과의 추억 속에서 나는 여전히 그들과
함께할 것이며, 그들이 떠올릴 때마다 내 사랑이 그들의 마음
에 따스함으로 전해지길 바랍니다.

 영원으로 향하는 이 길목에서, 나는 내 삶의 이야기가 사랑
하는 사람들의 기억 속에서 살아남아 그들의 삶에 작지만 밝은
빛으로 존재하길 바랍니다. 떠나는 지금 이 순간에도, 내 사
랑과 그리움이 그들에게 작은 위안과 따뜻함으로 남아 그들의
삶 속에서 피어날 수 있기를 기도합니다. 이별의 순간이 아쉬
움으로 가득하지만, 나의 마지막 인사는 미소와 함께 남겨지
기를 소망합니다. 지금까지 쌓아온 사랑과 감사가 이 마지막
인사에 고스란히 담겨, 내 이야기가 영원히 그들의 마음속에
닿기를 바라며, 나는 이 길목에서 차분히 안녕을 고하렵니다.

4부 마음의 위로

마지막 길을 함께하며

아버지와 함께했던 마지막 순간은 내 삶에서 잊지 못할 하나의 장면으로 남아 있습니다. 그날은 평범한 어느 날처럼 시작되었지만, 어머니에게서 걸려 온 전화 한 통이 모든 것을 바꿔 놓았습니다. 아버지의 건강이 극도로 악화되어 병원에서 마지막 시간을 준비해야 한다는 소식이었습니다. 코로나 시국으로 인해 면회가 자유롭지 못한 상황에서 병원 측에서는 마지막 임종을 지켜볼 기회를 주겠다고 했습니다. 그 소식을 듣자마자 출근을 하지 않고 병원으로 달려갔습니다. 가는 길 내내 마음속에는 불안과 안타까움, 그리고 어떤 말로도 설명할 수 없는 감정들이 복잡하게 얽혀 있었습니다.

병실에 도착하니 아버지는 산소마스크를 낀 채 깊이 눈을 감고 계셨고, 숨소리는 무겁고 가빠 보였습니다. 어머니는 아버지의 곁에 앉아 계셨고, 그 곁에 제가 앉았습니다. 그후 하나둘 형제들이 도착하기 시작하고 조용한 병실은 오로지 아버지의 거친 숨소리와 의료기기의 일정한 소리만이 가득 메우고 있었습니다. 어머니의 얼굴에도 가슴 속 깊은 슬픔이 묻어났습니다. 그 순간, 우리 가족은 아무런 말도 하지 못하고 서로의 존재만으로 위안을 삼았습니다. 아버지께서는 생의 마지막 순간까지도 우리 가족과 함께하려는 마음을 간직하고 계신 듯, 힘겹게 숨을 이어가고 계셨습니다.

저는 아버지의 손을 조심스럽게 잡았습니다. 야위고 힘없이 축 처진 손, 내가 어린 시절 나를 따뜻하게 감싸 주던 바로 그 손이었습니다. 떠올리고 싶은 말들이 많았지만, 그 순간만큼은 어떤 말도 입 밖으로 쉽게 나올 수가 없었습니다. 아버지에게 하고 싶었던 수많은 이야기가 머릿속을 맴돌았지만, 그저 담담한 마음으로 조용히 속삭였습니다. "아버지, 그동안 고생 많으셨어요." 제 말에 아버지는 힘겨운 몸을 조금 움직이며 약간의 힘을 모아 고개를 끄덕이셨습니다. 그 작은 반응 하나만으로도 큰 위로와 사랑을 느낄 수 있었습니다.

그렇게 시간이 지나고 동생은 병실에 늦게서야 도착했습니다. 한자리에 모두 모인 우리는 각자 아버지에게 마지막 인사를 건넸습니다. 동생 또한 속울음을 삼키며 아버지의 손을 잡았고, 한동안 아무 말도 없이 서로의 마음을 나눴습니다. 우리 가족 모두가 아버지 곁에서 그분의 마지막 순간을 함께 하고 있음을 느끼는 그 시간은 참으로 소중하고도 먹먹했습니다.

우리는 긴 시간이 흘러도 쉽게 병실을 떠날 수 없었습니다.

어머니는 필요한 물건을 가지러 잠시 병실을 나가셨고, 동생도 잠깐 자리를 비우게 되었습니다. 병실에는 이제 아버지와 저, 단 둘만이 남았습니다. 그 순간이 오히려 아버지와 나에게 더 깊은 대화를 할 수 있는 시간으로 다가왔습니다. 저는 조용히 아버지의 손을 꼭 잡고, 마음속 깊이 담아 두었던 감사의 마음을 전했습니다. "아버지, 항상 내 곁에서 힘이 되어 주셔서 감사해요." 사랑해요 아버지는 눈은 감은 채 귀만 들리는지 힘겹게 고개만 끄덕이셨습니다 안타까움과 사랑이 담겨 있는 아버지의 진심을 느끼며 마음이 먹먹해졌습니다.

아버지와의 단 둘만의 시간 동안, 나는 어린 시절의 기억을 하나씩 떠올렸습니다. 아버지가 개구리를 잡아 뒷다리를 구워서 먹여 주었을 때 입을 벌리고 받아먹던 어린 시절, 그리고 성인이 된 후에도 무조건적인 지지와 사랑으로 든든히 받쳐 주셨던 그 모든 순간들이 고요한 병실에서 하나하나 필름처럼 흘러갔습니다.

점점 아버지의 숨이 더욱 잦아들기 시작했고 나는 아버지의 손을 더욱 꽉 잡으며 마지막 순간까지 그 곁을 지켰습니다. 머릿속에는 아버지께서 더 이상 고통 없이 평안한 곳에서 안식을 찾기를 바라는 간절한 기도만 떠올랐습니다. 마치 모든 시간이 멈춘 듯, 그렇게 우리는 조용히 이별을 받아들이고 있었습니다.

마지막으로 아버지께 마음속으로 말을 걸었습니다.

"아버지, 좋은 곳으로 가세요. 그곳에서는 이제 아프지 마시고, 편히 쉬세요." 그렇게 저는 아버지와 조용히, 그러나 담담하게 이별을 했습니다. 병실 안의 고요함 속에서 아버지의 존재를 마지막으로 마음에 새기며, 아버지가 주신 모든 사랑을 평생 가슴속에 간직할 것을 다짐했습니다.

아버지의 평생 직장이었던 탄광 그곳은 가족을 위해 땀 흘리며 희망을 쌓아 올린 삶의 터전이었지만, 동시에 몸과 마음을 갉아먹는 고통의 시작이기도 했습니다. 아버지의 강인한 몸은 광부의 숙명인 진폐증이라는 질병 앞에서 점차 약해져 갔고 숨을 내쉴 때마다 느껴지는 고통을 견디며, 병원에서의 긴 생활을 묵묵히 버텨내셨습니다.

그러나 진폐증은 단순히 한 가지 질병으로 끝나지 않았고 그로 인해 발생한 수많은 합병증으로 끝내는 급성 백혈병이라는 무거운 짐으로 병실의 하얀 천장 아래에서 고통을 참으며 한없는 시간을 보내던 아버지의 병상일지는 그의 마지막 기록이 되었습니다.

4부 마음의 위로

그리움속에 피어난 삶의 빛

삶이라는 여정은 때로는 너무도 벅차고 무겁게 느껴져, 그 순간들을 견디기 어려울 때가 있습니다. 매일 반복되는 일상 속에서 마주하는 크고 작은 일들, 다양한 사람들과 얽히고설킨 관계, 그리고 이유도 모른 채 마음속을 눌러오는 복잡한 감정들이 우리를 지치게 만듭니다. 이러한 삶의 무게에 눌려 있을 때면 불현듯 떠오르는 이들이 있습니다. 이젠 더 이상 이 세상에 존재하지 않는, 저 먼 곳으로 떠나버린 친구들과 지인들입니다. 그들의 부재가 나의 현재에 깊은 울림을 남기며 그리움을 안겨주지만, 역설적으로 그들은 여전히 나의 마음속에서 묵묵히 나를 위로하고 지탱해 주는 존재로 남아 있습니다.

그들은 이미 이 땅을 떠났음에도 불구하고, 내 가슴 속 한편에서 여전히 살아 숨 쉬고 있습니다. 그들이 남긴 자리에는 깊은 그리움과 함께 그들과 함께했던 소중한 순간들이 아름답게 빛나며 자리잡고 있습니다. 떠난 이들의 기억은 마치 오랜 벗처럼 나에게 다가와, 그들에게서 배웠던 삶의 진정한 의미와 가치를 다시금 떠올리게 하고, 내가 더 나은 사람으로 살아가야 할 이유를 상기시켜 줍니다.

삶의 무게에 눌려 지치고 힘겨울 때마다, 그들이 내 곁에 남기고 간 웃음과 따스한 미소가 떠오릅니다. 그들과 함께 보냈던 시간 속에 스며든 소소한 순간들과 지나간 추억들은 오늘의 나를 붙잡아 주고, 내 삶에 기댈 수 있는 든든한 버팀목이 되어줍니다. 그들의 기억은 때로 나에게 힘을 실어주며, 나로 하여금 길을 잃지 않도록 이끌어줍니다. 그들과 함께했던 시간들이 어느덧 내 삶의 일부분이 되어, 그들로부터 받은 위로와 사랑이 오늘의 나를 견디게 해주는 소중한 힘이 되었습니다.

이따금씩 그들의 존재를 떠올릴 때면 나 자신에게 스스로 묻곤 합니다. "과연 이 문제가 그렇게도 힘든 것일까?" 세상을 떠난 그들의 시선에서 보았을 때, 내가 마주하는 어려움이 무의미해 보일 때도 있지만, 그보다는 오히려 그들이 이루지 못한 꿈과 희망을 대신 이어받아 더 열정적으로 살아가야 한다는 마음이 커지기도 합니다. 그들이 이 세상에서 겪었던 아픔과 고통에 비하면 내가 경험하는 삶의 어려움은 조금 더 가벼울지도 모른다는 깨달음은, 오히려 나의 문제를 조금 더 작게 느끼게 해줍니다.

그들이 남긴 소중한 기억들은 나로 하여금 매 순간을 더 귀중하게 여기고, 매일의 일상을 더 진심으로 살아가도록 다짐

4부 마음의 위로

하게 만듭니다. 그들은 나에게 삶이 얼마나 짧고 유한한지를 일깨워 주었기에, 나 또한 나에게 주어진 시간을 더욱 소중하게 쓰고자 마음먹게 되었습니다. 그들이 원하던 행복과 평화를 내 삶 속에서 대신 이어가며, 나도 그들이 꿈꾸던 세상과 어우러져 더욱 의미 있는 삶을 살고자 하는 강한 다짐을 하게 됩니다.

이러한 기억들 속에서 얻는 위로와 안식은 단순히 지나간 추억이 아니라 지금도 내 곁에서 살아 숨쉬는 감동으로 다가옵니다. 그들과 함께한 시간, 그들의 존재가 오늘도 나의 삶에 작은 빛이 되어 나의 길을 비추어 주며, 내가 살아갈 이유와 원동력이 되고 있습니다. 그들은 이미 이곳에 없지만, 그들이 남긴 흔적과 기억은 나에게 앞으로 나아갈 용기와 삶의 소중함을 잊지 않게 해줍니다.

가끔씩 그들이 여전히 나와 함께하는 듯한 느낌을 받곤 합니다. 그들의 목소리가 내 마음속 깊은 곳에서 울려 퍼지고, 그들이 남겨준 따스한 온기가 나를 포근히 감싸는 것 같은 느낌이 들 때도 있습니다. 그들의 존재를 잊지 않고 간직하는 것이 나에게는 소중한 의무처럼 느껴지며, 그들을 기억하는 것은 나를 더 깊은 곳으로 이끌어주고 삶을 보다 진지하고 성숙하게 바라보게 해 줍니다. 그들이 남긴 흔적을 되새기며, 나는 그들이 떠난 자리에 남겨진 나의 삶을 더 아름답게 가꾸어가고 싶습니다.

마지막으로, 그들의 기억 속에서 나 자신을 다독이며, 이제는 온전히 나의 길을 걸어가야 한다고 다짐해 봅니다. 그들이 남겨준 빈자리가 여전히 가슴 한편에 남아 있지만, 나는 그들의 존재를 마음속 깊이 새기며 앞으로 나아갈 것입니다. 그들의 기억은 언제나 나의 삶에 변치 않는 빛이 되어, 내가 걷는 길을 한결 밝게 비추어 줄 것입니다.

4부 마음의 위로

생과 사의 경계에서

　나는 오랜 시간 동안 사회복지사 자격증을 가지고 있었고, 낮에는 어린이집에서 아이들과 함께 시간을 보내며, 밤에는 요양사로 근무를 하면서 어르신들의 돌봄을 맡아 왔다. 처음에는 낯설고 힘든 일들이 많았지만, 시간이 지나면서 요양원에서 보낸 시간들은 나의 일상이 되었고, 점차 그들 하나하나와 인연이 쌓이며 서로의 삶을 공유하는 의미 있는 시간이 되었다. 그 과정에서 웃음을 주고받기도 했고, 때로는 각자의 사연 속에서 안타까움과 눈물을 함께 나누기도 했다. 그러나 그 중에서도 잊을 수 없는, 나의 마음에 깊이 남아 있는 경험이 있다. 그것은 아직도 생생하게 기억나며, 때로는 나를 괴롭히기도 하는 기억이다.

　어느 날 밤, 시계는 자정을 향해 가고 있었다. 나는 평소처럼 라운딩을 돌며 어르신들의 상태를 점검하고 있었다. 요양원의 밤은 대개 고요하고 차분했다. 어르신들은 잠들어 계셨고, 직원들은 조용히 업무를 수행하고 있었다. 나는 주위를 둘러보며 라운딩을 마무리하려고 했다. 그런데 그 순간, 왠지 모를 불안감이 마음 한구석에 밀려왔다. 이 불안감은 설명하기 어려운 감각이었고, 이유 없이 마음을 흔들어 놓았다.

그때 내 눈에 거실 한쪽 구석에 앉아 계신 어르신이 보였다. 휠체어에 앉아 계셨던 그분은 다른 때와는 달리 묘하게 경직된 표정으로 앉아 계셨다. 나는 무슨 일인지 알아보려고 그분에게 다가갔다. "어르신, 괜찮으세요?"라고 묻기 위해 입을 열려던 그 순간, 눈앞에 펼쳐진 광경에 나의 말이 목에 걸려 더 이상 이어지지 않았다. 그분은 휠체어에 앉은 채로 스스로 목을 매셨다.

순간 모든 것이 정지된 것만 같았다. 놀람과 공포가 나를 덮치며 숨조차 제대로 쉴 수 없었다. 하지만 곧 정신을 가다듬고, 급히 다가가 그분의 목에 걸린 끈을 풀어드렸다. 다행히도 그분은 완전히 의식을 잃지 않으셨고, 천천히 눈을 뜨셨다. 내가 혼란스러운 표정으로 서 있는 사이, 이미 가족과 구급대원이 불려 왔고, 상황은 급박하게 돌아가고 있었다. 그분의 가족들이 도착하면서 그 어르신의 눈빛은 어딘가 더욱 고통에 젖어 보였고, 나는 그분의 그 슬픈 눈빛을 결코 잊을 수 없었다.

그 순간 구급대원은 가족들에게 심폐소생술을 해야 할지 물었다. 하지만 가족들은 아무런 대답을 하지 않았고, 그저 무거운 침묵 속에서 고개를 숙인 채 바닥만 바라보고 있었다. 나는 그 무거운 침묵 속에서 그들의 선택을 지켜보는 것 외에는 할 수 있는 일이 없었다. 가족의 침묵은 무언의 말을 해주는 듯했고, 나는 그 속에서 생과 사의 경계에 선 그 어르신의 운명을 함께 바라볼 수밖에 없었다.

시간이 지나면서 그 어르신은 우리 곁을 떠나가셨다. 나는 그 어르신의 마지막 순간을 지켜보며, 이 일의 무게와 내가 목격한 것들이 나의 마음을 무겁게 만들었다. 그날 밤의 사건은 내가 그동안 요양사로서 경험해 온 일들과는 차원이 다른, 말로 표현할 수 없는 깊은 인상을 남겼다. 삶과 죽음이 눈앞에서 교차하는 순간을 지켜보는 것은 마치 한 사람의 인생 전체를 조용히 반추하게 되는 느낌이었다. 그리고 그 순간 나는 자연스레 생과 죽음에 대한 깊은 고민에 빠지게 되었다. 우리는 언젠가 모두 이런 순간을 맞이하게 될 것이고, 그때 우리는 어떤 선택을 할 것인가? 그날 밤의 경험은 나에게 이러한 근본적인 질문을 던지게 만들었다.

그 일이 있고 얼마 후, 한 사회복지사가 내게 다가와서 그날의 사건을 CCTV로 확인했다고 말했다. "선생님, 빨리 발견해서 정말 다행이에요. 만약 늦게 발견했다면 근무 태만으로 신고당할 뻔했어요." 그의 말은 그날 밤의 비극적인 사건에 대한 나의 감정을 일순간 얼어붙게 만들었다. 그의 말 속에서 나는 생명과 죽음이라는 중대한 상황을 앞에 두고도 단지 책임과 규율만을 중시하는 냉정함을 느낄 수 있었다. 그는 인성보다는 규율을, 인간의 감정보다는 근무에 대한 법적 책임을 먼저 생각하는 듯 보였다. 이 대화는 내게 씁쓸한 감정을 남겼고, 복지사로서의 일에 대해 다시금 생각하게 만들었다.

그 어르신의 마지막 순간은 내가 요양사로서 겪은 가장 강렬한 경험이었고, 그로 인해 나는 생명과 죽음의 경계에서 내가 어떤 존재로 남을 것인가에 대한 고민을 더 깊이 하게 되었다. 내가 그분을 발견하고 어떻게든 돕게 되었다는 사실은 나에게 안도감을 주기도 했지만, 동시에 그분의 가족과 구급대원의 태도, 그리고 그 상황에서 느꼈던 무기력함은 나를 오랫동안 괴롭혔다. 나는 그 일을 겪으며 복지사로서의 책임감뿐만 아니라 인간으로서의 따뜻함과 연민의 중요성을 다시금 깨달았다. 사람의 마음속 깊은 곳에는 각자의 아픔과 상처가 있으며, 우리는 서로를 이해하고 공감하는 것이 얼마나 중요한지를 절실히 느끼게 되었다.

그 사건 이후, 나는 더욱더 사람의 감정과 존엄성을 중시하는 요양사가 되고자 노력했다. 어르신들 한 분 한 분의 이야기에 귀를 기울이고, 그들의 하루가 더 따뜻하고 의미 있는 시간이 되도록 최선을 다하게 되었다. 밤낮으로 바쁘게 돌아가는 요양원의 일상 속에서도 나는 그들이 진정한 삶의 마지막을 존중받고, 편안하게 보낼 수 있도록 작은 배려와 따뜻한 마음을 아끼지 않기로 다짐했다.

이제는 시간이 지나 그날의 기억이 조금씩 희미해지고 있지만, 여전히 그 사건은 나의 마음속 깊은 곳에 남아 있다.

4부 마음의 위로

그날 나는 단순히 요양사로서의 업무를 수행한 것이 아니라, 한 사람의 마지막 순간을 지켜본 목격자로서 삶과 죽음의 의미를 다시금 새기게 되었다. 앞으로의 생활 속에서도 나는 그날의 기억을 잊지 않고, 언제나 어르신들의 마지막 길을 따뜻하게 지켜주고 싶다. 생과 사의 경계에 서 있었던 그 밤, 그 어르신의 고통스러운 눈빛과 침묵 속에서 바라보던 가족들의 모습은 나에게 이 일이 얼마나 깊고 무거운 의미를 지니는지를 깨닫게 해 주었다.

이 경험은 나에게 단순한 사건이 아니라, 복지사로서의 나의 존재 의미에 대해 깊이 고민하게 만드는 계기가 되었고 사람들의 마음속에는 각자의 아픔과 상처가 있으며, 우리는 서로를 이해하고 공감하는 것이 얼마나 중요한지를 깨달았다. 내일은 또 어떤 이야기가 펼쳐질지 모르지만, 그날의 기억은 결코 잊지 못할 것이다.

생명에 대한 새로운 깨달음

인생의 여정 속에서 우리는 크고 작은 많은 사건들을 경험하며 살아가고 있습니다. 이 여정 속에서 기억에 남는 순간들은 하나같이 강렬한 인상을 남기며 우리를 변화시키곤 합니다. 그중에서도 나에게 깊은 울림을 준 순간은 한 생명을 구해냈던 일이었습니다. 어느 날 평소와 다름없이 아이들을 돌보고 있는데 갑자기 작은 아이가 음식을 잘못 삼켰는지 예상치 못한 일에 모두가 당황했고, 아이는 숨을 쉬지 못해 점차 얼굴이 창백해져 갔습니다. 그 상황 속에서 느꼈던 공포와 긴박함은 말로 표현할 수 없을 정도였습니다. 나는 본능적으로 아이에게 달려가 그의 목을 막고 있던 음식 덩어리를 빼내기 위해 최선을 다했고, 다행히 적절한 응급조치를 통해 아이는 다시 숨을 쉴 수 있게 되었습니다. 숨을 다시 쉬기 시작한 아이의 얼굴에 점차 생기가 돌아오는 모습을 보는 순간, 나는 비로소 안도할 수 있었습니다. 그리고 그 아이의 부모님이 고마움과 안도감을 표현하는 모습을 보면서 생명이 얼마나 소중한 것인지,

4부 마음의 위로

그리고 위기 속에서도 끝까지 희망을 잃지 않는 마음이 얼마나 중요한지를 깊이 느끼게 되었습니다. 그 이후로, 생명을 지켜내는 것이 얼마나 큰 의미를 지니는지 깨달으며 모든 생명은 보호받고 존중받아야 한다는 강한 신념을 가지게 되었습니다.

아이를 살려낸 후의 해방감과 벅찬 감정은 정말로 이루 말할 수 없을 정도였고, 그 순간 나는 마치 운명처럼 내게 주어진 특별한 사명을 이룬 듯한 기분이 들었습니다. 그러나 그 후에 맞닥뜨리게 된 또 다른 경험은, 나의 그 확고했던 신념에 의문을 던지는 계기가 되었습니다. 요양원에서 첫 근무를 하던 날, 90세 어르신의 마지막 순간을 지켜보게 되었습니다. 어르신은 아침부터 상태가 좋지 않으셨고, 가족들은 그의 병상 주위에 둘러앉아 있었습니다. 시간이 흐르면서 어르신의 상태는 점점 더 악화되었고, 그의 숨은 점차 가늘어지기 시작했습니다. 당시 나는 어르신에게 최대한의 도움을 주고자 심폐소생술과 인공호흡을 시도했지만, 점점 고요해져 가는 공기 속에서 긴장감만 고조되었습니다. 주위를 둘러보니 가족들은 담담하게 상황을 받아들이고 있었고, 그들의 표정을 보면서 나는 그들이 진정으로 원하는 것이 무엇인지 조금씩 느낄 수 있었습니다. 단순히 슬퍼하는 것이 아닌, 오랜 시간 동안 고통 속에서 견뎌온 어르신이 이제는 평화롭게 떠나기를 바라는 마음이 그들의 눈빛 속에 담겨 있었습니다.

그때 처음으로 나는 생명을 유지하는 것이 항상 최선이 아니라는 사실을 깨닫게 되었습니다. 생명은 분명히 소중하지만,

모든 생명이 반드시 지속되어야 하는 것은 아닐 수 있으며, 인간에게는 삶을 마무리할 권리와 자유가 있을지도 모른다는 생각이 들었습니다. 어르신의 가족들은 그가 이제 더 이상 고통 속에 있지 않기를, 그리고 평온한 상태로 마지막 길을 떠나기를 간절히 바라고 있었습니다. 그들의 눈물에는 이별의 슬픔과 동시에 오랜 시간 쌓아온 사랑과 진심 어린 배려가 고스란히 녹아 있었습니다. 그 사랑 속에서, 나는 죽음이 단순히 생명의 끝이 아니라는 것을 깊이 이해하기 시작했습니다.

그날 이후로 나는 생명과 죽음의 의미를 다시 생각하게 되었습니다. 때로는 끈질기게 삶을 이어가는 것보다 자신의 뜻대로 평온한 마무리를 맞이하는 것이 더 나을 수도 있다는 생각이 들었습니다. 우리는 각자의 삶을 각자의 방식으로 살아가듯, 죽음 또한 각자가 스스로 선택하는 방식에 따라 맞이할 권리가 있다고 여겨졌습니다. 생명을 지키기 위해 끊임없이 싸우는 것이 항상 옳은 것은 아니며, 때로는 평온하게 생을 마감하는 것이 더 아름답고 자연스러운 선택일 수 있다는 사실을 알게 되었습니다. 생명은 물론 매우 귀중하지만, 우리가 반드시 생명을 영원히 지속시키려는 강박에서 벗어날 필요가 있으며, 그와 함께 죽음을 바라보는 나의 관점 역시 예전과는 크게 달라졌습니다.

이 경험은 나의 마음에 깊은 상처와 함께 커다란 깨달음을 안겨 주었습니다. 생명에 대한 내 생각은 변하였고, 이제는 나 자신과 타인이 죽음을 맞이할 때 더 많은 사랑과 이해를

4부 마음의 위로

바탕으로 준비해야겠다는 마음을 가지게 되었습니다. 우리 모두 언젠가 죽음을 맞이할 순간을 피할 수 없기에, 그 순간을 두려워하지 않고, 죽음의 과정에서 각자의 선택을 존중할 필요가 있음을 깨달았습니다. 모두가 같은 길을 걸어갈 수는 없으며, 각자가 나아가야 할 길이 다를 수 있다는 사실을 받아들이는 것이야말로 진정한 사랑과 연민이 아닐까 하는 생각을 하게 되었습니다.

모든 죽어가는 생명을 무조건 살려야 한다는 내 믿음이 어쩌면 다소 편협했을 수 있다는 생각이 듭니다. 생명은 소중하고 존중받아야 하지만, 그것이 언제까지나 지속되어야 한다는 법은 없다는 깨달음과 함께, 생명을 마무리할 방식은 각자의 몫이라는 것을 인정하는 것이 진정한 배려와 연민이 아닐까요? 생명과 죽음의 경계에서 우리는 서로의 선택을 존중하고, 그 길을 함께 걸어가는 사회를 만들어야 할 책임이 있다고 느낍니다. 그렇게 할 때 우리는 더 따뜻하고 이해심 깊은 세상을 만들어갈 수 있을 것입니다.

아름다운 마무리

삶의 여정을 마감하는 날이 오면, 나는 그동안 걸어온 길을 되돌아보며, 지나온 시간들이 내게 어떤 의미였는지 되새길 것입니다. 내가 사랑했던 사람들, 나와 함께했던 순간들, 그리고 내가 이겨낸 고난과 그로 인해 배운 교훈들이 모두 내 삶의 중요한 발자취로 남아 있습니다. 그때, 나는 내가 그 모든 경험을 통해 성장하고, 삶의 진정한 가치를 깨닫게 되었음을 감사하게 느낄 것입니다. 사랑했던 사람들과의 기억은 나의 존재를 정의하고, 그들의 사랑은 나의 삶에 깊이를 더했습니다. 어려운 시간들을 지나며 내가 얻은 교훈은 내가 앞으로 나아갈 힘이 되었고, 그 모든 것이 지금의 나를 만든 소중한 조각임을 알게 되었습니다.

내가 살고 있는 이 순간이 얼마나 소중한지를 잊지 않기 위해, 나는 매일 하루하루를 소중히 여기며 살아가려고 합니다. 사람들은 종종 인생의 끝을 생각하며 그 의미를 되새깁니다.

4부 마음의 위로

그러나 진정한 아름다움은 끝이 아니라, 그 끝에 이르기까지의 여정에 담겨 있다고 믿습니다. 내가 살아온 매 순간, 내가 누려온 사랑과 웃음, 그리고 잠시의 고통은 모두 내 삶을 아름답게 만드는 소중한 순간들이었습니다. 그리고 나는 그 모든 순간을 하나하나 기억하며, 내가 얼마나 행복하고 감사한 삶을 살아왔는지 되새깁니다.

나의 삶이 끝나는 그 순간, 내가 가장 먼저 떠올릴 것은 아마도 사랑하는 가족과 친구들일 것입니다. 그들과 함께 나눈 순간들은 어떤 말로도 표현할 수 없는 깊은 감동과 기쁨을 안겨주었습니다. 이 세상에서 가장 중요한 것은 결국 사람들과의 관계임을 깨닫게 될 것입니다. 우리가 서로에게 준 사랑과 배려, 그리고 서로를 존중하는 마음은 삶의 끝자락에서 더욱 빛을 발하게 됩니다. 그들과 함께했던 시간들은 내가 살아온 인생의 가장 큰 선물이고, 그 선물이 내 가슴속 깊이 새겨져 마지막 순간까지 나를 지탱해 줄 것입니다.

아름다운 마무리는 단순히 마지막 순간을 의미하지 않습니다. 그것은 매일의 일상 속에서 어떻게 마무리할 것인가에 대한 깊은 성찰입니다. 하루를 마감하면서 나는 그날의 작은 일들에 감사하며, 내가 경험한 소소한 행복들을 마음에 새깁니다. 사랑하는 사람들과 나눈 대화, 함께 웃었던 순간들, 그리고 일상 속에서 느낀 기쁨은 나에게 진정한 행복을 선사했습니다. 그 모든 것이 내가 살아온 인생의 아름다움을 정의하는 중요한 요소들이었습니다.

마지막 순간에 다가갈수록, 나는 더 이상 과거의 아쉬움이나 후회를 떠올리지 않게 될 것입니다. 대신, 나는 그동안 내가 사랑했던 사람들과 함께한 시간들을 소중하게 여기며, 그 시간이 나에게 얼마나 큰 의미였는지를 깨닫게 될 것입니다. 우리는 살아가는 동안 많은 이별과 아픔을 겪지만, 그 모든 것은 우리가 진정으로 사랑하고 소중히 여긴 것들을 떠올리게 만듭니다. 그리고 마지막 숨을 쉬기 전, 나는 삶의 모든 순간이 헛되지 않았음을 깨달을 것입니다. 그때 나는 미소를 지으며, 내가 지나온 길에 대해 감사하고, 내 삶의 아름다운 마무리를 받아들이게 될 것입니다.

인생의 여정은 마치 긴 여행처럼, 다양한 길을 만나는 과정입니다. 그 길 위에서 우리는 수많은 사람들을 만나고, 다양한 경험을 쌓습니다. 때로는 사랑을 나누기도 하고, 때로는 이별을 경험하기도 합니다. 그 모든 여정 속에서 우리는 '아름다운 마무리'라는 개념을 떠올리게 됩니다. 그것은 단지 삶의 끝을 의미하는 것이 아니라, 우리가 걸어온 길을 어떻게 의미 있게 마무리할 것인가에 대한 깊은 성찰입니다. 그래서 우리는 매일의 일상 속에서 '아름다운 마무리'를 추구해야 하며, 그것이 바로 진정한 행복으로 이어지는 길이라고 믿습니다.

결국 아름다운 마무리는 우리가 어떻게 살아왔는지에 대한 반영입니다. 우리가 최선을 다해 살아왔고, 사랑하고, 나누었으며, 소중한 것들을 지켜왔던 그 모든 것들이 마지막 순간에 우리를 미소 짓게 할 것입니다. 매일매일 최선을 다해

4부 마음의 위로

살아가며, 내가 사랑하는 사람들에게 마음을 전하고, 나의 존재를 소중히 여기는 것, 그것이 바로 아름다운 마무리를 위한 첫걸음입니다. 그리고 그런 삶을 살았다면, 마지막 순간에 나는 후회 없이 미소 지으며, 나의 여정을 마무리할 수 있을 것입니다.

그날이 오면, 나는 나 자신에게 물을 것입니다. "나는 나의 삶을 아름답게 마무리했는가?" 그 질문에 당당히 대답할 수 있도록, 오늘도 나는 소중한 순간들을 하나하나 채워가며, 내 삶을 아름답게 만들어 가고 있습니다.

삶의 마지막 여정

요양원에서 근무하다 보면 정말 많은 것들을 느끼고 배우게 된다. 하루하루가 지나가는 동안, 다양한 사람들과의 만남과 그들의 이야기는 나에게 깊은 인상을 남긴다. 특히 이곳에서 '웰다잉'이라는 개념에 대해 자주 생각하게 된다. 웰다잉, 즉 아름다운 마무리는 단순히 삶의 끝을 준비하는 것이 아니라, 그 마지막 순간을 어떻게 맞이할 것인지에 대한 깊은 성찰을 요구하는 개념이다. 이는 단지 죽음을 준비하는 것에 그치지 않고, 남은 시간을 어떻게 더욱 의미 있고 가치 있게 보낼지를 고민하는 과정이기도 하다.

우리는 종종 죽음을 두려워한다. 그것은 알 수 없는 세계에 대한 두려움이자, 소중한 삶이 끝나는 것에 대한 상실감 때문일 것이다. 그러나 죽음은 인간의 삶에서 피할 수 없는 자연스러운 일부이다. 누구나 언젠가는 맞이해야 할 순간임을 깨닫고, 우리는 그 마지막 순간을 어떻게 준비할 것인가에 대해

4부 마음의 위로

진지하게 생각할 필요가 있다. 웰다잉은 그저 생의 끝을 준비하는 것이 아니라, 우리의 남은 시간 동안 어떻게 후회 없이 의미 있는 삶을 살아갈 수 있을지에 대한 고민이 담겨 있다.

내가 일하는 요양원에서는, 많은 어르신들이 삶의 마지막을 어떻게 맞이할 것인지에 대해 진지하게 고민하고, 그들의 생각과 감정을 나누려 한다. 그들 중 일부는 육체적인 고통 속에서 힘겨운 싸움을 벌이고 있지만, 그 과정 속에서도 그들은 여전히 소중한 순간들을 만들어 가려 애쓴다. 사랑하는 사람들과의 진심 어린 대화, 서로의 얼굴에 피어나는 미소와 그 속에 담긴 눈물, 그런 작은 순간 속에서 진정한 행복을 찾으려는 그들의 모습은 나에게 큰 감동을 준다. 그들의 이야기는 그 자체로 나에게도 잊을 수 없는 교훈을 남긴다.

매일의 작은 순간들이 모여 결국 우리의 삶을 구성한다는 사실을 우리는 종종 잊고 살아간다. 그러므로 삶의 마지막 장을 맞이할 때, 후회 없이, 그리고 감사의 마음으로 마무리할 수 있다면 그것이야말로 진정한 웰다잉이 아닐까 싶다. 내가 이곳에서 경험하는 어르신들의 모습은 나에게도 많은 깨달음을 주며, 삶의 의미를 되새기게 만든다. 우리는 바쁘게 살아가면서 때로는 삶의 의미를 잊고, 그저 하루하루를 살아간다. 하지만 때때로 멈추고, 나 자신을 돌아보며 주위를 돌아볼 필요가 있다. 그렇게 할 때, 우리는 진정으로 소중한 것들을 발견할 수 있다.

어르신들의 삶의 이야기를 듣다 보면, 그들은 각자 다양한 배경과 사연을 가지고 있지만, 공통적으로 인생의 마지막 순간을 어떻게 보낼 것인가에 대한 깊은 고민을 하고 있다는 것을 알 수 있다. 그들은 모두 각자의 방식으로, 사랑하는 사람들과의 관계를 돌아보며, 이루고 싶은 마지막 소망을 품고 있다. 이 이야기들은 나에게 큰 의미를 준다. 결국, 삶이란 서로를 향한 관계의 집합체임을 깨닫게 되며, 우리는 서로에게서 많은 것을 배우고, 또한 서로에게 큰 영향을 미친다는 사실을 실감하게 된다.

"삶의 아름다움은 끝에서 더욱 빛난다"는 말처럼, 우리는 죽음을 통해 삶의 가치를 더 깊이 이해할 수 있다. 웰다잉은 단순히 죽음을 준비하는 것에 그치지 않는다. 그것은 매일매일을 더 소중히 여기고, 주변의 사랑하는 사람들과 함께 의미 있는 시간을 보내는 과정이다. 이곳에서의 경험을 통해 나는 매일을 더욱 감사하며 살고 싶다는 다짐을 하게 된다. 삶의 마지막을 맞이하는 방법은 결국 그동안 살아온 방식, 서로와의 관계에서 드러나는 것이다.

또한, 나는 요양원에서의 일상이 단순한 일의 반복이 아니라, 각자의 삶에 소중한 가치를 더하는 경험임을 깨닫는다. 나의 작은 행동들이 어르신들에게 큰 위안이 될 수 있다는 사실을 알게 되었고, 그것이 내가 이 일을 하는 이유이자 나에게도 큰 힘이 된다. 어르신들이 나에게 보여주는 사랑과 감사의 표현은 말로 다 표현할 수 없을 만큼 깊고 따뜻하다. 그들이

4부 마음의 위로

주는 감정은 나에게 단순한 직업을 넘어서, 나의 존재와 삶의 의미를 더욱 되새기게 만든다.

결국, 우리가 남기는 것은 물질적인 것이 아니라, 서로 간의 사랑과 우리가 함께 만든 소중한 기억들이다. 오늘도 나는 이 소중한 삶을 살아가며, 웰다잉의 의미를 되새긴다. 웰다잉은 단지 삶의 마지막을 준비하는 것이 아니다. 그것은 매 순간을 온전히 살아가며, 사랑하는 사람들과의 소중한 시간을 나누고, 진정한 대화를 나누고, 함께 기억을 만들어 가는 것이다. 그렇게 할 때, 우리는 각자의 삶을 아름답고 의미 있게 마무리할 수 있을 것이다.

존재의 의미

인간의 삶은 수많은 시작과 끝으로 이루어져 있다. 우리는 매일 아침 새로운 하루를 맞이하며, 저녁이 오면 그날을 마무리한다. 이처럼 반복되는 일상 속에서 우리는 삶의 의미를 찾고, 소중한 순간들을 쌓아가며 살아간다. 그러나 이 끝없는 순환을 살아가면서, 우리는 한 가지 중요한 사실을 잊지 말아야 한다. 바로 죽음이라는 존재가 우리의 삶에 깊은 의미를 부여하고 있다는 것이다. 죽음은 피할 수 없는 현실이며, 그 존재를 이해하고 받아들이는 것만큼 삶의 깊이를 이해하는 데 중요한 일은 없다.

내 주변에서 겪었던 여러 죽음들은 나에게 충격을 주었고, 특히 아버지의 임종을 지켰던 그 순간은 나의 삶에서 가장 깊은 의미를 지닌 시간 중 하나로 남아 있다. 아버지를 보며 느꼈던 괴로움과 그분의 따뜻한 사랑을 다시 한번 온전히 느낄 수 있었던 시간은, 죽음이 다가오더라도 우리의 사랑은 결코

4부 마음의 위로

끝나지 않으며, 오히려 죽음을 맞이하는 그 순간조차도 우리가 함께한 시간들이 이어진다는 사실을 깨닫게 해주었다. 그 아픔과 슬픔 속에서, 나는 죽음이 우리가 살아왔던 모든 순간을 더욱 가치 있게 만드는 요소임을 알게 되었다.

삶과 죽음은 서로 분리될 수 없는, 하나의 동전처럼 연결된 두 개의 존재이다. 우리가 태어날 때부터 죽음을 향해 나아가며, 그 과정 속에서 우리는 관계를 맺고, 경험을 쌓아가며 살아간다. 죽음을 생각하며, 우리는 오히려 그 순간에 무엇을 남길 것인지, 어떤 사람으로 살아갈 것인지를 깊이 고민하게 된다. 죽음이 존재함으로써, 우리는 삶의 소중함을 다시 한번 깨닫게 되고, 그 깨달음을 통해 현재를 더욱 의미 있게 살아갈 수 있다. 사랑하는 사람과의 이별, 소중한 것들의 상실은 고통스럽고 아프지만, 그 아픔을 통해 우리는 더 깊은 이해와 공감을 얻게 된다. 그리고 결국 우리는 서로의 존재가 얼마나 중요한지를, 삶과 죽음이라는 큰 주제 속에서 실감하며 살아간다.

우리는 죽음을 두려워할 것이 아니라, 오히려 삶을 더욱 풍요롭게 만들어주는 중요한 요소로 받아들여야 한다. 죽음이란 삶의 끝이 아니라, 우리가 살아온 모든 시간과 관계를 되새기고, 그로 인해 더 깊이 감사하며 살아갈 수 있는 기회를 제공해 준다. 우리는 매일매일 삶을 살아가며, 그 순간마다 선택을 한다. 삶의 의미를 되새기고, 그 선택들이 결국 우리에게 무엇을 남길 것인지를 생각하는 것이다. 삶은 끊임없는 선택의 연속이다. 그리고 그 선택들은 우리가 사랑하는 사람들과 나누는 시간, 작은 기쁨, 고통 속에서도 희망을 잃지 않는 태도 등을 통해 그 의미를 더해간다.

우리가 사랑하는 이들과 보내는 시간, 우리의 삶에 스며드는 작은 기쁨의 순간들, 고통 속에서도 희망을 잃지 않으려는 의지는 결국 우리가 이 세상에 존재하는 이유가 된다. 죽음은 결코 삶의 끝이 아니며, 그 대신 우리가 사랑했던 모든 순간들을 되새기고, 그 사랑을 지속할 수 있는 기회를 준다. 죽음이 우리에게 주는 가장 큰 선물은 바로 이 모든 순간들을 다시 한번 더듬으며, 그 속에서 삶의 의미와 가치를 깨닫게 해준다는 것이다. 결국, 삶과 죽음은 서로에게 깊은 의미를 부여하고, 서로를 이해하는 과정 속에서 우리 삶을 더욱 빛나게 해주는 존재들임을 우리는 잊지 말아야 한다. 삶과 죽음이 함께 어우러져, 우리가 살아가는 이 순간들을 더욱 소중하고 의미 있게 만들어준다는 사실을 기억하며, 오늘을 살아가야 한다.

4부 마음의 위로

내가 만난 모든 풍경은
행복이었다

5부 새로운 시작

내가 만난 모든 풍경은 행복이었다

푸른 하늘 아래 따스한 햇살이 비치고, 꽃들이 바람에 살랑이며 춤을 추는 순간, 내 마음은 잠시 모든 걱정을 내려놓고 가벼워진다. 마치 세상이 나에게 속삭이 듯 "이곳에, 이 순간에 존재하는 너 자신을 사랑하고 감사하라." 자연 속에서 몸과 마음이 하나가 되는 듯한 그 기분은 내가 살아 있다는 사실을 다시금 깨닫게 한다. 자연의 생명력은 내 안에 쌓인 무거운 짐을 부드럽게 지워주고, 잊고 지냈던 작은 기쁨들을 떠올리게 한다. 평범한 일상 속에서 찾아낸 소소한 행복은 내 마음을 따뜻하게 감싸주며 오늘도 앞으로 나아갈 힘을 준다. 그렇게 나는 아주 작은 순간 속에서 삶의 의미를 되찾는다.

살아오며 수많은 사람들을 만나고, 그들과의 크고 작은 인연이 내 삶을 풍요롭게 만들어왔다. 각기 다른 성격과 이야기를 가진 사람들은 저마다의 방식으로 내게 다가왔고, 그들이 들려준 이야기는 내게 깊은 울림을 주거나 나 자신을 되돌아보는 계기가 되었다. 그러한 만남들은 소중한 추억으로 남아 나의 삶 속에 단단히 자리 잡았다. 어느 날 그들과 함께했던 시간을 떠올리며 그리움에 젖기도 하고, 그리운 얼굴을 떠올리며 미소 짓기도 한다. 사람들과 나눈 순간들은 나의 행복을 잇는 실타래가 되어 내 마음 깊은 곳에서 나를 감싸고 있다. 그들의 흔적은 이제 내 삶의 일부가 되어 나와 함께 살아 숨 쉬고 있다.

자연의 아름다운 풍경 속에서 나는 내 자신을 발견했다. 자연의 장엄함과 생명력은 단지 외적인 경관이 아닌, 나의 내면에 간직된 소중한 보물이 되었다. 세상은 나에게 꿈과 희망을 일깨워주고, 과거의 기억들을 소중히 품게 하며 오늘을 살아가게 한다. 내가 만난 풍경들과 사람들과의 기억은 그 무엇보다도 귀중한 보물이다. 그들이 있었기에 나는 더 나은 방향으로 걸어갈 수 있었고, 앞으로도 그러할 것이다. 내가 사랑했던 사람들, 마주한 사계절의 풍경들은 모두 나의 삶을 더 풍요롭고 의미 있게 만들어주었다. 나의 삶은 작은 순간들이 빚어낸 행복들로 가득 차 있다.

가끔은 인생이란 빈손으로 와서 빈손으로 떠나는 길이라는 무상의 깨달음이 스쳐간다. 그런 생각이 떠오를 때마다, 내가 만난 인연들은 세월이 흘러도 여전히 내 안에 남아 있다는 사실에 감사한다. 사랑하는 사람과의 이별은 언제나 슬프고 외롭지만, 그들의 흔적은 내 마음속에 살아 있다. 그들과 함께했던 시간은 나에게 소중한 깨달음과 위로를 주었다. 그들은 이제 내 곁에 없지만, 그들의 기억은 내 삶의 일부로

5부 새로운 시작

남아 나를 살아가게 한다.

나는 욕심 없이 살아왔다. 삶에서 많은 것들을 내려놓으며 가벼운 마음으로 하루하루를 살아가려고 노력했다. 나에게 소유는 중요하지 않았다. 형제들에게 재산을 나누어주고, 학원 운영 중 원비를 받지 못해도 그것에 연연하지 않았다. 중요한 것은 내가 해야 할 일을 충실히 해나가는 것이었다. 그래서 내 삶은 늘 쉽지 않았지만, 그 속에서도 최선을 다했다.

30대에는 어린이집과 학원을 운영하며 치열한 일상을 보냈다. 낮에는 어린이집, 저녁에는 학원, 그리고 아이들과 학업까지 병행하며 숨 쉴 틈 없이 바쁘게 지냈다. 출산 전날까지 수업을 하고, 일주일 후 다시 일터로 돌아가던 시절도 있었다. 그런 시간이 아련한 추억으로 남은 지금, 그때의 고된 노력들이 오늘의 나를 만들어주었다고 믿는다.

어디서 그런 힘이 나왔을까? 그것은 아마도 주어진 상황을 헤쳐나가야 한다는 책임감에서 비롯된 것이었을 것이다. 긍정적인 마음과 감사함을 잃지 않으려는 태도는 나를 지탱해주는 힘이 되었다. 많은 이들이 내 건강을 걱정했지만, 나는 내적인 강인함으로 모든 것을 버텨내며 살아왔다. 이제 아이들은 성장해 자신의 길을 걸어가고, 나는 원하는 공부를 마치고 안정된 시기를 맞이하고 있다.

한가로운 날에는 호숫가를 거닐거나 단풍 든 숲속에서 시간

216

을 보내며 자연이 주는 위로를 만끽한다. 그 순간마다 나는 속으로 이렇게 중얼거린다. "이곳이 천국이 아닐까?" 지금 이 순간이 내 삶의 황금기임을 느끼며 감사한다.

내가 살아가며 만난 모든 사람들과 사계절의 풍경들은 나를 행복으로 이끌었다. 글을 쓰거나 고요한 자연 속에 서 있을 때, 나는 내가 살아있음을 느낀다. 힘든 시간도, 행복한 만남도, 자연의 풍경도 모두 내가 살아 있기에 누릴 수 있는 선물이다. 그래서 내 인생을 돌아볼 때마다 나는 확신한다. 내가 만난 모든 풍경은 곧 행복이었다고.

오늘 밤도 겨울의 깊은 고요 속에서 나는 여전히 그 행복을 되새긴다.

나를 찾아서

바람의 언덕에 서면, 푸른 하늘과 맞닿아 자유롭게 흩날리는 바람이 나에게 무언가를 속삭이는 듯 들린다. 그 속삭임은 단순한 자연의 소리가 아니라, 오랜 시간 동안 잊고 있던 내 마음의 언어를 불러일으킨다. 언덕 위에서 가만히 서서 눈을 감으면, 바람의 결에 따라 잃어버렸던 꿈과 그 꿈을 이루고자 했던 열정이 서서히 되살아난다. 바람은 나의 곁을 떠도는 낯익은 친구처럼, 오래전 깊이 감춰두었던 기억들을 조심스레 꺼내 보여준다. 한때 불안과 걱정에 묻혀 잊고 지냈던 나의 꿈이 이 바람 속에서 다시금 피어오르며, 앞으로 나아갈 용기와 희망을 불어넣어 주는 것만 같다. 바람은 내 안에 잠들어 있던 에너지를 일깨우고, 내가 잊고 있던 가능성을 다시 찾게 한다. 그렇게 바람 속에서 나를 재발견하는 기쁨을 느끼며, 내 마음은 고요하지만 강렬한 평화를 찾아간다.

그 바람 사이로 스치는 풀잎의 소리는 마치 어릴 적 할머니 무릎에 앉아 들었던 옛이야기 같다. 그 소리는 조용하지만 생생하고, 오랜 세월의 흔적을 간직한 이야기가 풀잎의 속삭임과 함께 내 마음을 어루만진다. 그 소리 속에는 자연에 대한 경외와 삶에 대한 애정이 스며들어 있으며, 내 안의 어두운 구석을 비추는 따스한 빛이 되어 준다. 그 빛은 내 마음속에 감춰둔 슬픔과 상처들을 부드럽게 녹여주며, 내게 잊고 있었던 삶의 아름다움을 다시금 일깨운다. 따스하게 내리쬐는 햇살은 마치 나의 감정을 감싸 안으며, 내 안의 깊이 자리한 그늘과 상처들을 부드럽게 녹여준다. 햇살이 나에게 다가와 위로의 손길을 건네는 것처럼, 나는 바람과 햇살의 따뜻한 포옹 속에서 삶의 작은 걱정들을 잊으며, 그 순간을 온전히 느끼게 된다. 이 모든 것은 자연이 주는 선물처럼, 나를 더욱 깊이 있게 바라보게 한다.

언덕에서 내려다보는 세상은 끝없이 펼쳐진 푸른 바다와 같다. 저 멀리까지 이어진 풍경은 한없이 자유롭고도 그리움이 가득하다. 걸어온 길이 비록 흔적을 남기지 않았지만, 그 길 위에서 수많은 기억과 순간들이 흩날리는 듯하다. 바람에 흩어져 사라진 발자국들은 마치 과거의 나를 기억 속으로 이끌어가는 실타래와도 같다. 그 발자국들을 따라 걸어가며, 나는 내가 놓쳐버린 순간들을 다시 찾으려 한다. 바람과 함께 그 길을 천천히 되돌아가며 잃어버린 나를 만나고, 마음속 깊이 품고 있던 꿈과 소망들을 다시금 꺼내본다. 그 꿈들은 비록 희미해졌지만, 이곳 바람의 언덕에서 다시 선명해지며 나에게

5부 새로운 시작

다가온다. 마치 바람이 나를 기억 속으로 이끌어주듯, 나는 내 안의 진정한 나를 찾기 위한 여정을 계속한다. 이 길을 걸으며 나는 내 꿈의 의미를 다시 되새기고, 그것이 나의 삶에서 얼마나 중요한 부분인지를 느낀다.

이곳에서 느끼는 바람은 따스한 위로의 손길이다. 바람은 마치 희망의 노래를 부르며 내 마음을 다독여 주고, 아직 걸어야 할 길이 남아 있음을 상기시켜 준다. 그 바람은 내게 삶이 끝이 아니라는 메시지를 전하며, 앞으로 나아갈 힘을 북돋아 준다. 언덕의 정점에 서서 자연과 하나가 되어 숨을 깊게 들이마시면, 나 역시 자연의 일부라는 사실을 느낄 수 있다. 그 순간 내 안에 깃든 두려움과 의심이 바람에 실려 흩어지며, 대신 자유와 영원의 약속 같은 평온이 밀려온다. 바람과 햇살의 포근한 손길 속에서 나는 그동안 잊고 지낸 내 본래의 모습을 마주하게 되고, 그 모습은 내가 여전히 꿈꾸고 있다는 것을 상기시킨다. 이 언덕 위에서 나는 무한한 자연의 품 안에서 비로소 자유를 마주하게 된다.

가끔 문득 저 푸른 하늘의 울림 소리가 그리워질 때면, 나도 모르게 이 언덕을 떠올리게 된다. 삶이 무겁게 느껴지고 마음이 답답해질 때마다 나는 다시 이곳으로 돌아와 바람과 햇살 속에서 위로받고 싶어진다. 길을 따라 하늘과 맞닿은 곳을 향해 걸어가다 보면, 사라진 줄 알았던 소중한 순간들이 다시금 내 앞에 나타나고, 일상 속에 묻혀 잊고 지낸 행복들이 하나둘씩 고개를 내민다. 그 소소하지만 따뜻한 순간들이 나에게 삶의 가치를 상기시키고, 새로운 의미를 부여해 준다.
나는 그 순간들을 다시 안아주며, 삶의 여정을 더욱 충실히 살
아갈 용기를 얻는다. 이 언덕에서 나는 내가 진정으로 원하는
삶의 방향을 다시 찾고, 더 이상 두려움 없이 그 길을 걸어가
기로 결심한다.

　길의 끝에서 잠시 멈춰 섰을 때, 나는 지나온 시간을 되돌아
보며 삶의 의미를 깨닫는 순간을 맞이하게 된다. 살아가는 것
이 단순한 생존이 아닌, 나 자신을 찾아가는 여정이라는 사실
을, 이 언덕 위에서 다시금 배운다. 언젠가 이곳에 다시 오게
될 때, 나는 더 풍부한 경험과 기억을 품고 또다시 바람과 대
화하며 내면의 소리에 귀를 기울이게 될 것이다. 그때는 이제
내가 어떤 길을 걸어야 할지에 대한 확신과 평화가 내 마음을
채우고 있을 것이다.

내 삶의 나무 한 그루

어느 날, 나는 세월의 흔적이 고스란히 묻어 있는 나무 한 그루를 바라보며 깊은 생각에 잠겼다. 그 나무는 가지가 굵고 힘차게 뻗어 있으며, 잎사귀들은 풍성하고 무성하게 자라 있었다. 나무의 모습을 보며 느껴지는 고요함 속에서 나는 그 나무가 얼마나 오랜 시간 동안 이 자리를 지켜왔을지 상상해 보았다. 아마도 이 나무는 수십 년, 아니 어쩌면 수백 년 동안 이 땅에 뿌리를 내리고 서 있었을 것이다. 수많은 계절을 지나며, 그 자리를 떠날 수 없었던 그 나무를 바라보며 문득 내 마음속에 '나도 저 나무처럼 살아가고 있구나'라는 생각이 스며들었다. 나무는 폭풍과 비바람을 맞으며 굳건히 자리를 지키고 있었고, 그 자리에서 단단히 뿌리내리며 끊임없이 자라왔다. 나 역시 내 삶에서 여러 가지 시련과 역경을 겪으며 성장해 왔고, 마치 그 나무처럼 세월 속에서 뿌리내리며 살아가고 있다는 느낌이 들었다.

나무의 뿌리는 마치 내 삶의 흔적과도 같다. 그것은 눈에 보이지 않지만, 땅속 깊숙이 뿌리내린 그 뿌리들이 없었다면, 그 나무는 그렇게 오랜 세월 동안 똑바로 설 수 없었을 것이다. 마찬가지로, 나도 내 삶의 모든 경험이 나의 뿌리가 되어 지금의 나를 만들어주었다. 내가 걸어온 길, 겪었던 실패와 좌절, 기쁨과 성취, 그 모든 것들이 내 안에 깊이 뿌리내려 있고, 그것들이 나를 더욱 단단하고 강하게 만들어 주었다. 나무가 비바람 속에서 고난을 견디며 자라듯이, 나 역시 수많은 도전과 고난을 이겨내며 성장해 왔다. 세상은 그 나무에게 여러 가지 어려움을 던지지만, 그 어려움 속에서도 나무는 꾸준히 자라나듯이, 나도 내 인생의 많은 역경을 겪으며 조금씩 성장하고 있다.

하지만 나무가 언제나 고통과 어려움 속에서만 자라지는 것은 아니다. 때때로 비가 내리는 날, 나무는 촉촉한 흙 속에서 영양분을 흡수하며 자신의 몸을 기르고, 맑은 날에는 따사로운 햇살을 만끽하며 가지를 넓혀간다. 나도 삶에서 기쁨과 행복의 순간들을 맞이하며 살아간다. 사랑하는 사람들과 함께하는 시간, 일상 속에서 발견하는 작은 기쁨들, 목표를 이루었을 때의 성취감과 자부심은 나의 삶을 더욱 풍요롭고 의미 있게 만든다. 그 행복한 순간들은 나에게 영양분이 되어, 나를 더 강하고 건강하게 만들어 준다. 나무가 세월 속에서 모든 계절을 받아들이며 자라듯, 나도 내 삶에 찾아오는 모든 순간들을 받아들이며 나의 삶을 조금씩 넓혀가고 있다.

5부 새로운 시작

때때로 나는 그런 생각을 하며 그 나무를 가만히 바라본다. 그 나무는 아무 말도 하지 않지만, 그 나무의 줄기와 잎사귀 속에는 오랜 세월의 흔적이 그대로 담겨 있다. 상처 난 자국, 구부러진 가지, 그리고 무성하게 자라난 잎사귀들까지, 그 모든 것이 그 나무의 이야기다. 나 역시 내 안에 수많은 이야기를 품고 있다. 가끔씩 내면의 이야기를 꺼내 들여다보면, 나를 아프게 했던 순간들이 떠오르기도 하고, 그 순간들이 지나고 나면 반대로 행복했던 기억들이 나에게 미소를 짓게 한다. 그 모든 이야기는 내 삶의 일부로 나에게 위로가 되기도 하고, 때로는 새로운 결심을 하게 만드는 힘이 된다. 나무의 침묵 속에서 나는 깊은 위안을 얻는다.

아름드리 나무가 그늘을 드리우며 사람들에게 쉼을 제공하듯, 나도 내 삶에서 누군가에게 힘이 되고 위로가 되는 존재가 되고 싶다. 나무가 깊은 뿌리를 내려 그 자리를 굳건히 지키는 모습은 참으로 강인해 보인다. 아무리 강한 폭풍이 불어와도, 그 자리에서 흔들리지 않는 나무의 의지를 닮고 싶다. 나 또한 인생의 폭풍우 속에서도 흔들리지 않고 견고하게 서 있는 존재가 되기를 바란다. 나무가 굵고 강한 줄기를 바탕으로 살아가듯이, 나도 내 삶에서 더 깊은 뿌리를 내려가며, 보다 강하고 단단한 존재가 되고 싶다.

시간이 흐르면 나무는 더욱 깊이 뻗어나가고, 그 나무는 누군가의 기억 속에 오래도록 남을 것이다. 누군가는 이곳을 지나가며 그 나무의 무성한 가지를 바라보며 위로를 얻을지도 모른다. 나도 내 삶을 더욱 풍요롭고 의미 있게 만들고 싶다. 나의 나무처럼, 나도 더 많은 계절을 맞이하며 세월의 깊이를 경험하고, 나의 그리움과 희망을 품고 살아가고 싶다. 나의 삶의 나무는 자연물 이상의 존재로, 내가 살아온 시간, 내 삶의 흔적, 그리고 앞으로 나아가야 할 길을 상징하고 있다. 나는 그 나무처럼 흔들리지 않고 단단하게 뿌리내리며, 사랑과 지혜를 간직한 채 살아가는 삶을 꿈꾼다.

나를 사랑하는 법

그동안 내가 겪어온 수많은 시련과 어려움들이 떠오릅니다. 고통스러운 순간 속에서 나는 자주 나 자신을 놓치고, 타인의 기대나 세상의 기준에 맞추려 애쓰며 휘둘리곤 했습니다. 하지만 이제는 내 마음 깊은 곳에 숨겨져 있던 상처들과 차분히 마주하고, 그 상처를 위로하며 나 자신을 진정으로 사랑하는 방법을 조금씩 배워가고 있습니다. 내 가슴에 손을 얹고 "참 많이 힘들었지, 잘 견뎌줘서 고맙다"라고 속삭이는 순간, 내 마음 깊은 곳에서부터 큰 위로가 밀려옵니다. 이 작은 다짐과 위로가 내 내면에 긍정적 변화를 일으켜줄 거라는 믿음이 나에게 용기를 줍니다.

인생의 여정에서 우리는 종종 예상치 못한 시련과 마주하게 됩니다. 때로는 그 무게에 지쳐 힘이 빠지기도 하고, 때로는 불안과 두려움 속에서 방황하기도 합니다. 그럴 때마다 나 자신을 잃지 않으려, 나를 사랑하는 마음을 잊지 않으려 애썼습니다. 그동안 겪어온 고난과 시련들이 나를 단단하게 만들었고, 나의 성장을 돕는 밑거름이 되었다는 사실을 깨달을 때, 나는 비로소 나에게 "고생했어, 정말 수고 많았어"라고 말할 수 있게 되었습니다. 힘든 시간을 견뎌낸 나에게 따뜻한 칭찬을 건네는 것이야말로 그 어떤 것보다도 나에게 큰 힘과 위로가 됩니다.

어떤 날은 나 자신에게 지나치게 가혹했던 적도 있었습니다. 과거의 실수나 부족함에만 집중하며 나를 비난했던 그 시간들이 나를 더욱 힘들게 만들었습니다. 그러나 이제는 내 모든 경험을 포괄적으로 받아들이고, 스스로에게 "잘했어"라는 말을 건네며 그간의 노력을 인정하고 격려하는 것이 필요하다는 것을 깨닫게 되었습니다. 힘들었던 순간들이 나를 더욱 성장하게 했고, 그 과정을 통해 조금씩 나 자신을 사랑하는 법을 배우고 있습니다.

마음속에서 자신을 다독이는 작은 변화는 정말 중요합니다. 스스로에게 따뜻한 말과 격려를 건네는 것이 바로 나를 사랑하는 첫걸음임을 깨달았습니다. 이제는 나라는 존재를 소중히 여기고, 내 감정과 생각을 존중하며 긍정적으로 받아들이기로 결심합니다. 나의 감정 하나하나, 내 생각 하나하나가 중요한 의미를 지니며, 이를 존중하는 것이야말로 진정한 자기 사랑의 시작임을 알게 되었습니다.

앞으로 나는 내 가슴을 따뜻하게 쓰다듬으며, 나 자신을 사랑하는 법을 계속 배워나갈 것입니다. 인생에 힘든 날이 찾아와도, 그 순간을 이겨낼 수 있는 힘은 내 안에 있다는 것을 결코 잊지 않을 것입니다. 나의 마음은 나에게 가장 큰 친구이자 동반자이며, 이 친구를 잘 돌보는 것이야말로 내가 진정으로 나를 사랑하는 길임을 알았습니다. 이제 나는 나 자신에게 더 관대해지기로 결심하고, 내 마음을 보듬고 돌보는 것이 얼마나 중요한지를 깊이 깨달았습니다. 이 길은 분명 쉽지 않겠지만, 나 자신을 사랑하는 여정은 나에게 무한한 가능성과 희망을 줄 것입니다.

이제 나는 나를 사랑하는 법을 배우며, 앞으로의 삶을 더욱 충만하고 의미 있게 살아가고자 합니다.

내 삶의 흔적

나는 용인에서 살아가고 있지만 내 마음속 진정한 고향은 언제나 경상북도 문경으로 자리잡고 있다. 문경은 단순한 지리적 위치를 넘어서 나의 뿌리가 깊이 박혀 있는 곳이며, 나의 유년 시절을 품었던 곳이기도 하다. 어린 시절을 시작으로 초·중·고등학교 시절에 이르기까지 언제나 나의 일상과 꿈이 함께하던 소중한 곳이었고, 내가 바라던 모든 것들이 가득했던 기억의 한켠을 이루고 있다.

주변을 감싸던 푸른 산과 넓게 펼쳐진 들판, 사계절의 변화 속에서 내게 새로움을 선사해 주었던 그 시절의 풍경은 아직도 내 기억 속에 생생하게 남아 있으며, 때때로 눈을 감으면 그 시절의 소리와 냄새가 온몸으로 스며드는 듯하다. 그곳은 내가 자라며 꿈을 꾸었던 소중한 무대였고, 어릴 적 동네 친구들과 함께 뛰놀고 여름밤 반딧불을 좇아 들판을 달리던 순간들, 첫눈이 내리던 겨울 아침의 차가운 공기, 들판에서

5부 새로운 시작

피어난 작은 야생화를 발견하며 기뻐했던 모든 순간이 여전히 나를 따뜻하게 감싸고 있다. 이 기억들은 지금의 나를 만든 소중한 밑거름이 되었다.

시간이 흘러 대학 진학을 위해 대구로 떠났을 때 문경을 떠나 새로운 도시에 발을 디디는 것은 마치 또 다른 세상으로의 모험 같았다. 대구라는 도시는 나에게 도전과 배움의 장을 열어 주었고, 친구들과 함께 밤을 지새우며 과제를 하고 미래를 고민하던 시간들은 나를 한층 성장하게 해 주었다. 대학 시절은 젊음의 절정이었고, 나의 자유와 열정을 마음껏 펼칠 수 있었던 시기였다. 그곳에서의 경험은 나의 내면을 더욱 깊고 단단하게 만들어 주었다.

대학을 졸업하고 사회생활을 시작하면서 또다시 새로운 도전이 다가왔고, 다양한 만남을 통해 내 인생의 또 다른 전환점을 맞이했다. 결혼과 함께 제주에서 신혼 생활을 시작한 시간은 또 하나의 특별한 추억으로 남아 있다. 맑고 푸른 바다와 드넓은 해변, 이국적인 풍경 속에서 두 딸을 맞이하며 느꼈던 행복과 소중함은 말로 다 표현할 수 없을 만큼 깊었다. 비록 경제적인 이유로 제주의 생활을 지속할 수 없었지만, 그곳에서의 시간은 나의 인생에서 잊을 수 없는 보석 같은 기억으로 남아 있다.

결국 다시 문경으로 돌아와 친정 부모님의 도움을 받아 제주에서 낳은 두 딸과 고향 문경에서 낳은 두 아들을 키우며 일과

육아를 병행하는 새로운 삶을 시작했다. 아이들과 함께 고향에서 자라며 경험한 소소한 일상은 나에게 진정한 행복과 인생의 의미를 일깨워 주었다. 그렇게 자녀들이 성장하고, 네 명의 아이들이 학교에 다닐 무렵 우리는 더 넓은 세상을 향해 나아가기 위해 새로운 환경을 찾아 용인으로 이사하게 되었다.

용인에서의 삶은 나에게 다시 한번 도전과 배움의 기회를 선사해 주었다. 새로운 환경에 적응하는 것이 쉽지 않았지만, 다양한 경험과 만남을 통해 내 삶의 지평을 확장할 수 있었다. 용인은 우리 가족에게 또 하나의 고향이 되었고, 그곳에서 만난 새로운 인연들과 함께 우리 가족의 삶의 이야기를 풍성하게 채워 나가고 있다. 문경에서의 순수했던 어린 시절, 대구에서의 뜨거웠던 청춘과 배움의 시간, 제주에서의 따뜻했던 신혼과 가족과의 시간, 그리고 용인에서 시작된 새로운 여정. 이 모든 순간은 나의 삶을 이루는 중요한 한 조각이 되었고, 각기 다른 장소에서의 경험과 추억은 내 인생을 더욱 의미 있고 풍성하게 만들어 주었다.

오늘도 가끔씩 그 시절의 기억들을 꺼내어 떠올리며, 마음속 깊은 곳에서 그 순간들의 따스함을 되새긴다. 서로 다른 시간과 공간에서의 소중한 추억들이 나를 부드럽게 감싸주며, 내가 살아온 길을 다시금 반추하게 만든다. 내가 살았던 모든 곳들은 저마다의 특별한 의미를 지니고 있으며, 나는 앞으로도 그 기억들을 가슴속 깊이 간직하며 살아갈 것이다.

삶은 종종 우리가 예상치 못한 방식으로 흘러간다. 때로는 큰 기쁨 속에서 새로운 희망을 발견하기도 하고, 때로는 깊은 상실 속에서 나 자신의 진짜 모습을 마주하기도 한다. 지나온 시간들은 나에게 인생의 의미를 새삼 깨닫게 해주었고, 소중한 기억들을 하나의 큰 그림으로 완성할 기회를 주었다. 지금 돌아보면, 그 모든 것이 나를 나답게 만들어준 순간들이었다.

이렇게 나의 흔적을 글로 남기며, 나는 내가 떠난 후에도 누군가의 마음속에 살아 숨쉬기를 소망해 본다. 시간이 지나고 세월이 흘러도 나의 이야기가 그들에게 작은 위로가 되길 바라며, 그들 또한 각자의 흔적을 남기며 살아가기를 바란다. 결국 우리는 모두 각자의 방식으로 삶의 흔적을 남기고, 그것이 사랑하는 이들과 함께 만들어가는 소중한 유산임을 깨닫는다.

삶의 여정에서 배우는 것들

　젊은 날의 열정과 패기로 시작한 내 길은 불안과 설렘이 뒤섞인 모험의 연속이었습니다. 처음에는 내 앞에 펼쳐진 수많은 선택지들이 나를 반짝이는 꿈으로 가득 찬 세상으로 안내할 것만 같았습니다. 마음속 깊은 곳에서 끓어오르는 희망은 모든 두려움을 덮어줄 듯 강렬했지만, 현실은 그리 단순하지 않았습니다. 내가 결정한 길은 때로는 어려움의 연속이었고, 나 자신과의 싸움이기도 했습니다. 그 과정에서 느꼈던 무력함과 혼란은 결국 나를 더 강하게 만들어주는 연단이 되었습니다.

　삶의 갈림길에서 매번 옳은 선택을 했다고는 자신할 수 없지만, 그때마다 최선을 다해 결정했고, 그 선택들은 지금의 나를 만들어 주었습니다. 때로는 마치 아무런 방향도 없이 그저 떠밀려가듯 걸어온 것처럼 느껴지기도 했습니다. 하지만 모든 길이 그렇듯, 때때로 방향을 잃어도 내가 걷고 있는 이 길이 결국은 내 삶의 일부라는 깨달음이 서서히 다가왔습니다.

5부 새로운 시작

뒤돌아보면 그 길은 내가 나 자신을 만나고, 내가 살아가야 할 삶을 배우는 여정이었습니다. 그 과정에서 느끼고 배운 것들은 단순한 지식이 아닌, 삶을 대하는 태도가 되어 오늘의 나를 만들어 주었습니다.

이 길 위에서 나의 인내와 끈기를 시험했던 순간들이 많았습니다. 도전과 실패, 그리고 때로는 실망과 좌절이 내 앞을 가로막기도 했습니다. 나는 내 마음의 두려움과 싸우며 나아가야 했고, 가끔은 도망치고 싶기도 했습니다. 그럼에도 불구하고 그 길을 계속해서 걸어야 했던 이유는 단순히 목표를 이루기 위함이 아니었습니다. 그것은 나 자신을 이해하고, 내 존재의 의미를 찾아가는 과정이었기 때문입니다. 그렇게 인생의 폭풍우를 견디며 나는 조금씩 성장할 수 있었습니다. 흔들리는 마음을 붙잡고, 희미한 희망을 되새기며 걸어간 그 시간들이 지금의 나를 지탱해 주는 힘이 되었음을 알게 되었습니다.

또한, 그 길 위에서 만났던 사람들은 내 삶에 특별한 의미를 더해주었습니다. 같은 길을 걷고 있다고 느껴졌던 친구들, 잠시 스쳐 갔지만 마음속에 깊이 남은 인연들, 그리고 함께했던 시간 속에 서로에게 가르침이 되어준 사람들. 이들은 내 삶에 아름다운 흔적을 남겼고, 그 기억들은 앞으로 나아가는 데 큰 용기를 주었습니다. 서로에게 위안이 되어주고, 고난의 시간을 함께 나누었던 사람들은 내가 지친 순간에도 다시 일어설 수 있는 이유가 되었습니다. 그들과 함께 나눈 추억과 교감은 인생의 여정에서 무엇보다도 값진 자산으로 남아 있습니다.

그들이 있었기에 나는 외롭지 않았고, 나의 길을 계속 걸어갈 수 있는 힘을 얻었습니다.

자연의 순환처럼 내 삶의 여정에도 계절이 흘러갔습니다. 뜨거웠던 여름은 차가운 겨울로, 어둡고 쓸쓸한 밤은 찬란한 새벽으로 이어졌습니다. 계절마다 변하는 자연의 모습은 내 마음속 변화를 비추는 거울이었습니다. 어두운 터널 끝에 맞이했던 따스한 햇살, 그리고 밤하늘의 별빛 속에서 느꼈던 평온함은 지금도 나의 기억 속에 생생히 남아 있습니다. 나는 이 계절을 거치며 내면의 힘과 지혜를 조금씩 쌓아갔고, 자연 속에서 삶의 진리를 배우며 나의 길을 더욱 깊이 이해하게 되었습니다.

이제는 지나온 길을 돌아보며, 모든 순간이 나에게 특별한 의미와 교훈을 주었음을 깨닫습니다. 고난과 역경 속에서 만난 작은 행복의 순간들은 내게 삶의 아름다움과 소중함을 일깨워주었습니다. 삶이 주는 선물은 결코 크기나 화려함에 있지 않았습니다. 오히려 그 선물은 작고 소소한 일상에서 발견되는 행복에 있었습니다. 내가 흘린 눈물과 웃음이, 그 모든 감정의 조각들이 모여 지금의 나를 이루고 있다는 생각에 감사함을 느낍니다.

이제 나는 새로운 결심과 다짐으로 앞으로의 길을 걸어가려 합니다. 불확실한 미래가 여전히 내 앞에 놓여 있지만, 과거의 경험은 나에게 강한 믿음을 주었습니다. 과거의 나를 돌아보며 배운 교훈들이 나를 더 성숙하게 만들었고, 그로 인해 더 나은 내일을 향해 나아갈 용기가 생겼습니다. 앞으로도 매 순간 최선을 다해 선택하며, 나의 길을 걸어가리라 다짐합니다. 어떤 일이 있더라도 그 길 위에서 나 자신을 잃지 않고, 삶의 의미를 찾아가는 여정을 멈추지 않을 것입니다.

나의 길은 곧 나의 이야기입니다. 그 이야기는 지금도 계속 쓰여지고 있으며, 앞으로도 계속될 것입니다. 이 길을 통해 더 많은 것을 배우고, 나의 삶을 더욱 풍요롭게 채워가며, 매일의 순간이 소중한 추억으로 남을 수 있도록 감사하는 마음으로 살아가려 합니다.

내 마음의 계절

바람이 조용히 불어오고 따스한 햇살이 부드럽게 스며드는 그 순간, 내 마음은 마치 새로운 계절을 맞이하는 듯 신선한 활기로 가득 차오릅니다. 그 맑고 고요한 풍경은 어느새 나에게 삶의 여유와 온화함을 일깨워 주고, 계절이 천천히 변해갈 때마다 내 마음속 텃밭도 새로운 씨앗을 심으며 그에 따라 변화해 가기 시작합니다. 삶은 늘 아픔과 기쁨이 엇갈리며 공존하는 복잡한 여정이고, 나는 그 모든 감정과 순간들을 가슴속 깊이 간직하고 품고 싶어집니다.

자연의 작은 변화를 바라볼 때마다, 더 깊은 상념과 사색의 정원에 발걸음을 내디딜 수 있는 용기를 얻게 됩니다. 꽃들이 피어나고, 새들이 지저귀며 노래하는 모습을 지켜보면 그 자연의 속삭임이 내 안에 잔잔한 울림으로 퍼져나갑니다. 그 순간, 나를 둘러싼 모든 존재들이 하나가 되어 진정한 평화의 순간을 선사해 줍니다. 내 마음의 계절은 언제나 다양한 감정과 빛깔로 가득 차 있고, 삶의 크고 작은 일들이 내 안의 풍경을 일깨우며 나는 그 모든 경험을 소중하게 여기고 품습니다.

고요한 위로와 감동의 시간 속에서 나는 주변의 아름다움을 새롭게 발견하게 됩니다. 하루의 마지막을 장식하며 온 세상을 붉게 물들이는 노을빛은, 마치 나에게 주어진 특별한 선물처럼 느껴집니다. 그 속에서 나는 세상의 모든 것이 서서히 변화하고 있음을 목격하며, 나 역시 내 마음의 계절을 더욱 깊이 사랑하기로 결심하게 됩니다. 이 계절은 나에게 지난 아픔을 이해하고 받아들이게 하며, 작은 기쁨조차도 더욱 깊이 느끼고 감사하게 만듭니다.

어려운 순간마다 겪었던 고통과 슬픔은 시간이 흐르면서 나를 한층 더 성장하게 만들어 주는 소중한 경험이 됩니다. 그리고 기쁨의 순간은 그 고통을 부드럽게 감싸주며, 마치 따스한 빛으로 나를 비추어 주는 듯합니다. 삶이 지닌 다양한 색채를 경험해 가며, 나는 내 마음속에 나만의 특별한 계절을 하나씩 만들어갑니다.

예를 들어, 무더운 여름날 속에서 느낀 시원한 바람 한 자락은 내 기억 속에 오래도록 남을 특별한 감각이 됩니다. 그 바람은 자연의 흐름일 뿐일지도 모르지만, 내 마음속에서는 또 다른 가능성과 희망을 열어주는 계기가 되어줍니다. 비가 내리는 날의 촉촉한 공기는 내 안의 감정을 깨우며, 때때로

차가운 겨울밤의 고요함은 나로 하여금 스스로를 깊이 성찰
하게 만드는 중요한 시간이 됩니다. 이처럼 계절마다 다르게
다가오는 감정과 경험은, 내 마음의 텃밭을 더욱 풍성하게 채
워 주며, 나는 그 속에서 새롭게 피어나는 것들을 발견하게 됩
니다.

매일매일의 작고 소소한 행복 속에서, 내 마음의 계절은 시
간이 지나도 영원히 아름답게 피어날 것입니다. 바람이 불어
오고 햇살이 스며드는 이 평범한 순간들이 하나하나 쌓이면서
내 마음은 더 깊어지고, 한층 풍성해져 갑니다. 그 안에서 나
는 조금씩 나 자신을 찾아가며 나만의 이야기를 새겨 나갑니
다. 이렇게 내 마음의 계절은 세월이 흘러도 변함없이, 때로
는 새로운 모습으로 변하며 나와 함께 성장해 나갈 것입니다.

길 위를 걷는다

길 위를 걷는다는 것은 단순히 걷는 행위에 그치지 않는다. 나의 마음이 길 위에서 풀려나고, 주변을 둘러싸고 있는 풍경들이 내 속의 감정들과 어우러진다. 햇살이 부드럽게 어깨를 감싸고 발끝으로 전해지는 따뜻한 기운은 삶의 작은 기쁨이 얼마나 소중한지 느끼게 해준다. 이 길을 걷는 동안 스쳐 지나가는 사람들의 환한 미소는 나에게 작지만 깊은 힘을 전해주고, 바람이 속삭이듯 흔들리는 나뭇잎 소리는 나의 생각을 맑게 해준다.

길을 걸으며 작은 순간들에 귀를 기울이다 보면, 나는 일상 속에서 감춰진 소중함을 다시금 발견하게 된다. 사람들은 늘 무언가를 찾아 바쁘게 움직이지만, 이 고요한 순간 속에서는 일상의 소음이 멀어지고 오로지 나와 내 발걸음만이 남아 있다. 이 고요함이 얼마나 평화롭고 따스한지, 그런 평화 속에서 나는 깊이 있는 사유의 세계에 잠긴다. 걷는 동안 만나는 모든 풍경과 사람들은 내 삶의 중요한 한 페이지가 되고, 그 순간들이 쌓여 나의 이야기가 된다.

걸음을 옮길 때마다 내 안에 쌓이는 기억들은 마치 작은 조각들이 모여 커다란 그림이 되어가는 것처럼 내 삶을 완성해 간다. 이 길에서 사람들과 스치는 순간들, 그들의 눈빛과 미소에는 각기 다른 사연이 담겨 있다. 그 순간들이 교차하며, 나는 사람들과의 만남이 얼마나 소중한지를 새삼 깨닫는다. 그들은 비록 잠깐 스쳐 지나가지만, 마치 내가 지나온 길을 함께 나누는 동반자처럼 느껴진다. 그들과의 짧은 교감은 나의 세계를 넓혀주고, 작은 변화를 불러일으킨다. 그 순간들 속에서 내가 만난 사람들의 흔적이 내 안에 남고, 그들 또한 나를 기억하리라 생각한다.

이 길 위에서 나는 나 자신을 더 깊이 알아가고, 나를 이루고 있는 것들이 무엇인지 천천히 들여다보게 된다. 과거와 현재가 맞닿아 있고, 미래에 대한 희망도 함께 떠오른다. 매일의 일상 속에서 나는 나를 이루는 기억을 하나씩 쌓아가며, 그 기억들은 어느덧 나의 정체성을 형성한다. 이 길 위에서 나는 나를 발견하고, 또 다른 나를 만나며 나의 존재를 확인한다. 이 길은 끊임없이 이어지고, 나의 마음도 그 길을 따라 흘러간다. 그 길을 걷는 동안, 나의 꿈과 희망은 더 크게 자라나며 나를 향한 믿음을 더 단단하게 만들어 준다.

5부 새로운 시작

걸음이 느려지면 느껴지는 주변의 생동감은 또 하나의 즐거움이다. 나뭇잎들이 바람에 흔들리는 소리, 멀리서 들려오는 아이들의 웃음소리, 그리고 지나가는 사람들의 조용한 대화 소리까지, 모든 것이 내게 작은 이야기들을 들려준다. 이런 순간들 하나하나가 모여, 나의 삶이 얼마나 풍요로운지를 깨닫게 한다. 길 위에서 마주치는 모든 것들이 나의 여정을 특별하게 만들어주고, 나의 존재에 깊이를 더해 준다.

때때로 이 길은 예상치 못한 어려움으로 험난해지기도 한다. 바람이 거세지고, 발걸음을 막는 장애물이 나타나기도 한다. 하지만 그런 순간조차도 나에게는 의미가 있다. 어려움을 통해 나는 더욱 단단해지고, 넘어지면 다시 일어서는 법을 배운다. 고난 속에서도 내 안의 강인함을 발견하며, 길 위에서 마주하는 모든 경험이 나를 성장시키는 기회임을 깨닫는다. 이 길은 나를 시험에 들게 하지만, 동시에 나에게 더욱 강한 믿음을 선사한다. 그래서 나는 그 모든 순간들을 감사히 받아들이고, 끝까지 이 길을 걸어가기 위해 의지를 다진다.

이제 이 길이 나의 인생에서 얼마나 소중한 여정인지 깨닫게 된다. 모든 순간이 특별하고, 그 속에서 나는 나를 배우고 성숙해진다. 길 위에서의 나의 여정은 앞으로도 이어질 것이고, 나는 그 길을 따라가며 새로운 경험을 담아갈 준비가 되어 있다. 날마다 쌓여가는 소중한 기억들은 나의 삶을 더욱 풍요롭게 만들어주고, 언젠가 내가 걸어온 길이 하나의 이야기가 되어 돌아올 것을 믿는다.

내가 마난 모든 풍경은
행복이였다─

내가 걸어가는 길은 나의 감정, 나의 생각, 그리고 나의 삶이 얽혀 있는 복잡한 이야기들을 담고 있는 여정이다. 앞으로 어떤 길이 펼쳐질지 알 수 없지만, 나는 언제나 마음의 눈을 열고 그 길을 걸어갈 것이다. 이 길 위에서 나는 나의 삶을 더 깊이 이해하게 되고, 나 자신을 더욱 사랑하게 된다. 그래서 앞으로도 나는 기꺼이 이 길을 걷고, 삶의 모든 순간을 소중히 여길 것이다. 이 길 위에서 만들어질 새로운 이야기가 내게 다가올 날들을 기대하게 하고, 나의 여정은 앞으로도 끝없이 펼쳐질 것이다.

새로운 삶의 시작

　새벽 4시, 조용한 집안에 고요한 분위기가 감돌았다. 모든 것이 정적을 유지하며, 세상의 소음은 멀리서 들려오는 바람 소리만큼 미약해 보였다. 이른 아침의 공기가 상쾌하게 느껴졌지만, 내 마음속에서는 한 가지의 큰 변화가 일어날 준비를 하고 있었다. 하루의 피로를 뒤로하고, 집으로 돌아와서 잠시 눈을 감았던 나는, 그 순간 마치 시간이 멈춘 듯한 느낌을 받았다. 그러나 곧, 내 몸에 찾아온 예기치 않은 신호에 나는 다시 눈을 떴다.

　전날 밤 12시쯤, 하루의 일과를 마무리하고 집으로 돌아온 나는 만삭의 무거운 몸을 바닥에 눕히려던 순간, 처음에는 잠이 오는 것 같았다. 그러나 그 순간, 진통이 서서히 찾아오기 시작했다. 처음에는 약한 통증이었지만, 점점 그 강도가 세져 갔다. 몸이 아프고 무겁지만, 동시에 가슴속에 흐르는 기대감이 나를 밀어내었다. 내 인생의 새로운 작은 존재가 이 세상에 태어날 준비를 하고 있다는 사실이, 내 몸의 고통을 잊게 했다. 고요한 집안에서 느껴지는 어둠 속에서, 나는 그 기대와 설렘으로 내내 가슴이 뛰었다.

진통이 시작되자마자, 나는 마음속에서 강한 결단력을 느꼈다. 세 번째 출산이기 때문에 큰 두려움은 없었지만, 여전히 그 순간이 다가오는 것에 대한 설렘은 감출 수 없었다. 첫 출산 때의 그 낯설고 두려웠던 감정이 여전히 내 기억 속에 남아 있었지만, 이번에는 다르다는 것을 알았다. 경험이 주는 여유와 자신감이 나를 감싸고 있었다. 두 번째 출산에서 얻은 교훈이 있었고, 그때의 기억이 나를 안심시켜 주었다. 이제 나는 더 이상 '두려움'을 느끼지 않았다. 오히려 그 모든 경험들이 나를 더 강하게 만들어 주었다.

진통이 점점 심해져 갈수록 나는 차분함을 유지하기 위해 노력했다. 이른 아침의 고요한 정적 속에서, 내 안에 흐르는 생명의 움직임을 느끼며, 그 아이를 만날 준비를 했다. 그 작은 생명이 내 몸 안에서 점점 자라가고 있다는 사실을 되새기며, 나는 그의 얼굴을 떠올려 보았다. 그동안 나는 내 아이들을 어떻게 키울지, 어떤 부모가 될지 고민해 왔지만, 그 어느 것도 중요한 것이 아니었다. 이제 그저 그를 만날 준비가 되어 있었고, 모든 것이 그 순간을 위한 것이었다.

출산을 위한 가방을 챙겨 병원으로 향하는 길은 마치 인생의 새로운 장으로 들어서는 여행과도 같았다. 밤새도록

5부 새로운 시작

긴장과 설렘이 함께 뒤엉켜 있었고, 그 길을 걸어가는 내 발걸음이 무겁지만 동시에 가볍게 느껴졌다. 위로 두 딸의 탄생을 지켜보며 느꼈던 감정들이 떠올랐고, 그 기억이 나를 더욱 힘차게 만들었다. 그때 나는 얼마나 많은 꿈을 꾸었고, 얼마나 많은 희망을 품었는지를 되새기며, 이제 또 다른 생명이 내 품에 안겨올 것을 기대했다.

병원에 도착한 후, 진통은 더욱 강해졌다. 나는 호흡을 가다듬으며 아들을 품에 안을 그날을 기다렸다. 통증이 점점 심해졌지만, 두려움 대신 기다림의 기쁨이 나를 감싸 안았다. 나는 내 마음속에서 하나의 목소리가 들리는 것 같았다. "이제 그만 기다려도 된다. 너는 충분히 잘 해낼 수 있다." 마침내, 그 기다림이 끝나고 아들이 태어났다. 그의 울음소리는 나에게 마치 세상의 모든 소리가 합쳐진 것처럼 울려 퍼졌다. 그 순간은 말로 표현할 수 없는 기쁨으로 가득 찼다. 하늘을 나는 듯한 벅찬 감정이 나를 감싸 안으며, 긴 밤을 새우며 지쳐 있을 법도 했지만, 피곤함은 느껴지지 않았다. 오히려 새로운 생명을 만난 기쁨이 나를 더욱 기운차게 만들었다.

아들을 품에 안으며 느낀 그 따뜻한 감정은 인생의 한 페이지가 새롭게 쓰여지는 순간이었다. 새로운 가족의 탄생은 나의 삶에 또 다른 의미와 방향을 부여해 주었다. 그의 작은 손가락을 내 손으로 감싸 쥐었을 때, 나는 내 삶이 그 순간부터 새로운 출발선에 서게 되었다는 사실을 깨달았다. 사랑스러운 아들이 내게 주는 기쁨은 앞으로의 삶에서 어떤 도전이 있더라도 함께 이겨낼 수 있는 힘이 되어줄 것임을 확신했다. 나는 그를 통해 부모로서의 책임감을 한층 더 느꼈고, 그 책임감은 내가 세상을 살아가는 원동력이 되었다.

　시간이 지나면서, 나는 그 순간을 회상하며 지금의 내 삶이 어떻게 흘러왔는지, 또 앞으로 어떤 방향으로 나아갈지를 되짚어 보았다. 아이가 태어난 후, 나는 새로운 책임감과 사랑을 느끼며 한층 더 성장하게 되었다. 아들 덕분에 나는 더욱 깊이 있는 삶의 의미를 깨닫게 되었고, 이 모든 경험이 나를 한 단계 더 성숙하게 만들어 주었다. 그동안의 고단했던 하루하루가 결국은 그 하나의 특별한 순간을 맞이하기 위한 준비였음을 알게 되었다. 그 작은 존재가 내 삶에 들어오면서, 나는 더 이상 혼자가 아니었다. 그 존재는 나에게 끝없이 소중한 가치를 주었다.

　이제 나는 나의 인생에서 가장 소중한 순간 중 하나를 간직하게 되었다. 새로운 생명을 맞이하는 일은 단순한 사건이 아니라, 나의 삶이 어떻게 지속되고, 어떻게 변화하는지를 상기시켜 주는 중요한 계기가 되었다. 아이가 태어난 후, 나는 내 삶의 의미와 목적이 더욱 분명해졌다. 그의 존재가 내 삶에 깊은 흔적을 남기면서, 나는 내가 이루어야 할 것들이 무엇인지, 내가 어떤 사람으로 살아가야 하는지를 다시금 생각하게 되었다. 이제 나는 그 아이들과 함께하는 모든 순간을 더욱 소중히 여기고, 매일매일을 진심으로 살아갈 것이다. 내가 가진 사랑을 아이들에게 쏟으며, 많은 것을 배워갈 것이다.

사람은 인생에서 다양한 경험을 겪게 된다. 그러나 그 중에
서도 새로운 생명을 맞이하는 경험은 가장 특별하고 의미 있
는 일이다. 그 경험은 우리를 더욱 강하게 만들어 주고, 삶의
소중함을 다시금 일깨워준다. 아들을 품에 안은 그 순간처럼,
나의 삶은 언제나 새로운 시작을 향해 나아가고 있다. 그 새
로운 시작은 단지 아들이 태어난 것에 그치지 않는다. 그것은
내가 세상과 더욱 깊이 연결되는 순간이며, 내 삶의 진정한 의
미를 찾는 여정의 시작이다. 이 모든 경험이 나를 더욱 강하
고 지혜롭게 만들어 주며, 나는 앞으로도 계속해서 새로운 삶
을 향해 나아갈 것이다.

내가 만난 모든 풍경은
행복이었다

사랑의 재정의

어린 시절, 나는 결혼할 남자에게 순결을 바쳐야 한다는 고정관념 속에서 자라왔다. 이는 내가 사랑을 어떻게 이해하고 받아들일지를 규정짓는 중요한 요소였다. 학창 시절 내내 누군가를 좋아해 본 적이 없었다. 흔히 말하는 선생님을 좋아하는 감정도, 연예인에 빠져본 경험도 내겐 너무나 먼 이야기였다. 사랑이라는 감정 자체가 내 세계와는 거리가 먼 것처럼 느껴졌고, 나는 그것에 대해 두려움과 혼란을 동시에 겪고 있었다. 사랑에 빠지는 것, 누군가와 감정을 나누는 것, 그런 감정의 물결에 휩쓸리는 것에 대한 두려움이 내 안에 깊게 자리잡고 있었다.

그저 평범한 일상 속에서 살아가는 것이 나에겐 더 익숙하고 편안했다. 나의 감정은 점차 깊어지기보다는 얕고, 내면에서 일어나는 갈등을 해결하기보다는 억누르는 쪽으로 흐름이 갔다. 사람들에게 다가가기보다 거리를 두는 것이 편했으며,

5부 새로운 시작

나 자신에게 중요한 선택들을 내리는 일조차 기피했다. 명주를 고르려다 삼베를 고른다는 말처럼, 나는 스스로 중요한 선택을 미루며, 내 삶에서 중요한 순간들을 대충 흘려보냈다.

그 시절, 도서관 사서로 일하고 있던 나는 수많은 사람들과 마주쳤다. 경찰대 졸업생, 교사, 은행원과 같은 좋은 직업을 가진 사람들이 자주 들르며, 그들의 자신감 넘치는 모습은 내게 늘 인상 깊게 다가왔다. 하지만 나는 그들의 세계와는 다른 곳에 살고 있다고 느꼈고, 그들과는 결코 같을 수 없다는 생각에 갇혀 있었다. 내가 이곳에서 어떤 역할을 하고 있는지도 몰랐고, 그들이 나를 필요로 할 리 없다는 생각에 나는 그들과 거리를 두었다. 그들은 나와 같은 공간에서 존재하는 사람들이 아니었으며, 나는 그들에게 어떻게든 어울려야 한다는 생각을 하지도 않았다.

그렇지만 어느 날, 예상치 못한 사람이 내 눈에 들어왔다. 그 사람은 다른 사람들이 보기에 특별하지도, 눈에 띄지 않는 평범한 모습이었다. 하지만 그에게서 나는 묘한 외로움을 느꼈다. 그 사람의 외로움은, 그가 나와 함께 있을 때 그가 조금이라도 덜 외로워질 것 같은 느낌을 주었다. 그 사람의 곁에 있을 때, 나는 내가 그의 필요를 채워줄 수 있다는 생각에 사로잡혔고, 마치 내가 그를 도와야만 할 것 같은 강박에 빠지게 되었다. 이 기묘한 감정은 어느새 내 삶의 중심으로 자리 잡았다.

나는 그의 곁에서 처음으로 누군가의 필요를 느끼기 시작했다. 그의 외로움을 지켜보는 것조차 내겐 뭔가 특별한 감정을 일으켰다. 내가 그의 곁에 있으면 그가 덜 외로워질 것 같았고, 나는 그를 지키고 싶은 마음에 점점 더 깊이 빠져들었다. 그러나 시간이 지나면서 나는 점차 이 감정에 묶여 있다는 사실을 깨달았다. 내가 그를 사랑하는 것이 아니라, 내 행복을 고민할 여유도 없이 그를 위해 스스로를 희생하고 있었고, 그 선택이 과연 나를 위한 선택이었는지에 대한 의문이 들기 시작했다.

그 선택은 결국 나를 위한 것이 아니었다. 나는 그를 지키고, 그를 도와주고 싶다는 감정에 휘둘리며 현실을 직시하지 못한 채 내 삶을 선택했다. 사랑은 그저 헌신과 희생만으로 이루어지는 것이 아니었다. 나 자신을 돌보는 법을 몰랐고, 그로 인해 나는 점점 내 안에서 사라져갔다. 그에게 주었던 사랑은 내가 받지 못한 사랑으로 뒤바뀌었고, 그로 인해 내 마음은 점차 빈틈이 생기고, 상처받았다. 나는 그를 위해 애썼지만, 결국 내 삶은 고립되고, 더 이상 내 행복을 찾을 수 없었다.

그가 내게 주는 사랑은 오히려 나의 자아를 더욱 파괴했다. 내가 그를 사랑한다고 믿었지만, 그 사랑이 내가 원하는 사랑이 아니었다는 것을 알게 되었을 때, 나는 그 선택이 얼마나 잘못된 것이었는지를 절감하게 되었다. 내가 그를 위해 선택한 길은 나의 행복을 찾는 길이 아니라, 나의 행복을 잃는 길이었음을, 이제야 깨닫게 되었다.

그때부터 나는 다시 나 자신을 돌아보게 되었다. 나는 왜 그때 나 자신을 돌보지 않았을까? 왜 더 나은 길을 찾으려 하지

5부 새로운 시작

않았을까? 그때는 사랑이란 감정이 나를 이끌고 있다고 생각
했지만, 사실 사랑은 내가 나를 사랑하는 데서 시작된다는 것
을 이제는 확실히 알게 되었다. 나 자신을 먼저 사랑하지 않으
면, 다른 사람을 진정으로 사랑할 수 없다는 사실을 깨달았다.
나는 이제 과거의 선택들에 대해 반성하며, 내가 다시 시작할
수 있는 기회를 찾고 있다. 그동안 감정에 이끌려 선택해 왔던
모든 것들을 이성의 눈으로 재평가하고, 내 삶의 주인이 되는
방법을 배우고 있다.

　내 선택은 이제 감정에 묶여서 하는 것이 아니라, 내가 원하
는 방향으로 나아가기 위한 선택이 되어야 한다. 나는 더 이상
누군가의 필요를 충족시키는 것에서 행복을 찾지 않을 것이
다. 그 대신 내 행복을 먼저 찾아 나가고, 그 행복이 자연스럽
게 다른 이에게도 전달될 수 있도록 살아가야겠다. 이제 나는
나 자신을 사랑하는 방법을 배우고, 그 사랑이 나의 삶을 더
의미 있게 만들어갈 수 있도록 해야겠다. 사랑은 나를 존중하
는 것에서 시작된다. 내가 나를 사랑할 때, 진정한 사랑이 나
와 다른 사람들 사이에서 꽃필 수 있을 것이다.

　이제 나는 더 이상 감정에 묶이지 않고, 내 삶의 방향을 정립
하며 나아가고 있다. 사랑을 재정의하며, 내 삶을 더 나은 방
향으로 이끌어가려 한다. 내가 선택한 길이 나의 행복을 찾아
가는 길이 되기를 바라며, 그 길 위에서 나 자신을 더욱 소중
히 여기고, 진정한 사랑의 의미를 새롭게 써 내려가고자 한다.

삶의 진정한 의미

어릴 때부터 부모님이나 주변 어른들로부터 자주 들었던 속담 중 하나가 바로 "공수래공수거"였다. 이 말은 마치 지나가는 한 줄기 바람처럼 가볍게 들려왔지만, 그 속에 담긴 의미는 무겁고도 깊었다. 이 말이 내 마음속에 뿌리내리기 시작한 건 어린 시절부터였고, 시간이 흐르면서 그 의미를 조금씩 깨달아갔다. "공수래공수거"는 결국 우리가 이 세상에서 아무것도 가져갈 수 없다는 진리를 말하고 있었다. 이 간단한 진리는 내가 세상을 바라보는 방식과 나의 삶을 살아가는 방식을 형성하는 데 큰 영향을 주었다.

그 당시에는 어린 마음에 "그렇다면 나는 더 이상 물건이나 재산에 집착하지 않아도 될까?"라는 질문을 가졌고, 그 질문에 대한 답을 찾는 것이 나의 인생의 큰 전환점을 만들었다. 처음에는 모든 것을 내려놓는 것이 두려웠다. 어른들이 물질적인 것들에 가치를 두고, 더 많은 것을 얻는 것이 성공과 행복의 지표라고 말했기 때문이다. 하지만 나는 "공수래공수거"라는 말을 되새기며 점차 다른 방향으로 생각을 전환하게 되었다. 사실 우리가 물질적인 것들을 아무리 많이 가진다 하여도, 그것들이 진정으로 우리에게 만족감을 주지 않는다는 것을 조금씩 깨닫게 되었다.

삶의 진정한 가치는 소유물의 양이 아니라, 우리가 경험하고 나누는 것들에 있다는 사실을 나는 점차 이해하게 되었다. 사람들은 종종 더 많은 돈, 더 큰 집, 더 좋은 차를 가지면 행복할 것이라고 생각한다. 그러나 나는 그것들이 결국 일시적인 만족에 불과하다는 것을 알았다. 내가 어떤 것을 소유한다고 해서 그것이 내 삶의 의미를 만들어주는 것은 아니라는 사실을 깨닫게 된 것이다. 시간이 지나면서 물질적인 것들에 대한 욕심을 줄여 나가면서, 나는 더 중요한 것들에 집중하게 되었다. 그것은 바로 나와 다른 사람들 사이의 관계, 그리고 내 삶을 채우는 경험들이었다.

가족과 함께 보내는 따뜻한 시간, 친구들과 나누는 깊은 대화, 그리고 내가 진정으로 즐기는 일에 몰두하는 시간이야말로 나에게 가장 큰 행복이었다. 이런 순간들이 나를 진정으로 풍요롭게 만들어 주었다. 우리가 살면서 가장 중요한 것은 물질이 아니라, 사람과 사람 사이의 관계, 그리고 그 관계 속에서 나누는 사랑과 감정이었다. 이 생각은 나에게 마음의 평화를 가져다주었고, 일상에서 잊고 지내던 감사의 마음을 다시금 되살려 주었다. 그때부터 나는 작은 것에 감사하고, 그것을 더욱 소중히 여기게 되었다. 행복이란 거창한 것이 아니라, 바로 지금 내가 가지고 있는 것들 속에서 찾아내는 것임을 깨달았다.

하지만 욕심이 전혀 없을 수는 없다. 특히 현대 사회에서 물질적 성공을 강조하는 분위기 속에서는, 때때로 내가 원하는 것들이 많아지고, 다른 사람들과 비교하게 되는 순간들이 있다. 그런 순간에 나는 다시 "공수래공수거"를 떠올린다. 이 속담은 내가 일상에서 흔히 겪는 유혹을 잠시 멈추고, 진정한 가치가 무엇인지 되새기게 해준다. 나는 이 속담을 통해 다시금 내 삶을 돌아보고, 내가 진정으로 원하는 것이 무엇인지 성찰할 수 있었다. 그것은 바로 내 삶에서 가장 중요한 순간들이 물질적인 것이 아니라, 나누는 것, 경험하는 것, 그리고 그 안에서 느끼는 감정들임을 다시 한번 깨닫게 해준다.

나는 이 세상을 떠날 때, 소유했던 물건이나 재산을 가져갈 수 없다는 사실을 분명히 알고 있다. 대신 내가 가지고 갈 것은, 함께했던 사람들과의 추억, 나눴던 사랑, 그리고 나의 삶을 풍요롭게 해준 경험들이다. 예를 들어, 어린 시절 친구들과 함께 뛰놀며 나눈 웃음, 가족과 함께한 소중한 여행에서 느꼈던 사랑과 따뜻함은 결코 잊을 수 없는 소중한 기억들이다. 그런 순간들이 나에게는 무엇보다 중요한 것이며, 그것이 바로 내가 인생을 살아가면서 얻은 가장 큰 자산이라고 생각한다.

5부 새로운 시작

이러한 경험들을 통해 나는 물질보다도 관계와 감정의 소중함을 더욱 깊이 느끼게 되었고, 그것들이 바로 내가 진정으로 원하는 것이자, 나를 행복하게 만들어주는 것임을 깨달았다. 또한, 나는 이러한 가치관을 토대로 내 삶을 살아가기로 결심했다. 더 이상 물질적 욕심에 사로잡히지 않고, 내가 가진 것에 감사하며, 그것을 다른 사람들과 나누는 삶을 살기로 했다. 나누는 것이 나에게 더 많은 기쁨과 행복을 가져다주었고, 그 기쁨이 곧 내 삶을 더욱 풍요롭게 만들어 주었다.

이제 나는 매일 매일을 소중히 여기고, 나에게 주어진 순간들을 더욱 의미 있게 살아가고자 한다. 물질적 욕심을 내려놓고, 관계와 경험을 더 소중히 여기는 삶을 살면서, 그 안에서 진정한 행복을 찾는 여정을 계속해 나갈 것이다. 나는 앞으로도 "공수래공수거"라는 말을 마음속에 새기며, 이 세상을 떠날 때 가지고 갈 것은 무엇인지를 늘 생각하며 살아가겠다. 그럼으로써 나의 삶이 더욱 의미 있는 여정이 될 것이라 믿는다.

특별한 하루

전통을 입은 특별한 하루는 내 삶에서 의미 있는 순간 중 하나로 기억될 것이다. 그날은 단순한 모델 대회 이상의 의미를 지녔고, 나에게는 한복을 통해 우리 문화의 아름다움을 다시 한번 느끼고, 그 전통을 이어가는 중요한 경험이 되었다. 한복을 입고 무대에 서는 순간, 우리의 문화와 전통을 온몸으로 느끼며, 그저 아름다운 의상이 아닌, 우리의 역사와 정체성을 대변하는 중요한 역할을 하고 있다는 자부심을 강하게 느꼈다.

무대에 서는 당일 아침 일찍부터 준비를 시작했다. 화려한 한복을 입고, 그 안에서 자신감을 찾는 과정은 마치 나 자신을 재발견하는 여정 같았다. 평소에 입지 않던 고유의 전통 의상을 입으면서 나는 우리 문화의 깊이를 새삼 깨닫게 되었다. 한복의 섬세한 손끝에 새겨진 자수와 고운 색감, 그리고 그 안에 담겨 있는 이야기들이 내 마음에 깊이 와닿았다. 이 의상은 단순한 옷이 아니라, 한 사람의 역사를, 나아가 한 나라의

5부 새로운 시작

문화를 대표하는 상징이었다.

참가한 다른 모델들과의 만남은 또 다른 기쁨이었다. 처음에는 서로 낯설었지만, 곧 우리는 한복을 더욱 아름답게 입기 위해 각자의 스타일을 공유하고, 의견을 나누었다. 서로의 경험과 꿈을 나누며, 우리가 한복을 입는 이유에 대해 깊이 고민하는 시간이었고, 그 과정에서 나의 마음속에 있던 한복에 대한 애정이 더욱 깊어졌다. 그동안 내가 입어 온 한복은 단순한 의상으로만 여겨졌다면, 이제는 그것이 단순히 전통을 넘어 나와 같은 사람들의 이야기를 담고 있다는 사실을 깨닫게 되었다.

무대에 서는 순간은 그야말로 꿈같은 시간이었다. 강렬한 조명이 내 모습을 비추고, 나는 그 조명 속에서 한복을 입고 자신감을 가졌다. 내 발걸음이 무대 위에서 가벼워지고, 한복이 나를 더 아름답게 만들어주는 듯한 느낌이 들었다. 관객들의 시선 속에서 한복을 입은 한 사람으로서, 그 전통을 이어가는 사람으로서 그 자리에 있었다. 그리고 무대 뒤에서 대기하는 다른 모델들과 함께 나누었던 긴장감과 설렘은 그 자체로 소중한 경험이 되었다. 우리는 각자의 다름을 인정하며 서로를 응원했고, 그 긴장 속에서도 나누었던 따뜻한 말 한마디가 나에게 큰 힘이 되었다.

무대에서의 한 순간은 매우 짧았지만, 그 짧은 시간 속에서 나는 한복의 아름다움을 마음껏 표현할 수 있었다. 그리고 그 순간이 지나고, 무대에서 내려와 다시 차분한 마음으로 이 자리에 서기까지의 모든 과정과 그 의미를 되새겼다. 한복 모델 무대는 상을 받기 위한 경쟁이 아니었다. 그것은 우리의 문화를, 우리의 전통을 세상에 알리고, 그것에 대해 진지하게 생각하며 감동을 나누는 순간이었다.

결과적으로 그 무대는 내가 한복을 입고 무대에 서는 것 이상의 의미를 지닌 경험이었다. 나는 한복을 통해 내 나라의 아름다움과 깊이를 다시 한번 확인할 수 있었고, 그 전통을 이어가는 사람으로서의 책임감을 느꼈다. 또한, 그날 함께 했던 모델들과의 교류는 내 삶에서 중요한 부분으로 자리 잡았다. 우리는 서로를 격려하며, 한복을 더욱 아름답게 표현하기 위한 방법을 고민했다. 그때의 순간들은 단지 무대 그 자체에 국한되지 않고, 앞으로 한복 모델로서 더 나아갈 길에 큰 밑거름이 되었다.

이곳에서의 경험은 나에게 큰 영향을 미쳤다. 그것은 내가 앞으로 한복의 아름다움을 계속해서 알리고, 우리의 전통을 세계와 공유하는 일에 더욱 열정을 쏟게 만들었다. 그리고 그날의 순간들이 내 마음속에 오래도록 간직될 것임을 확신한다. 앞으로도 한복을 입고 무대에 설 때마다, 그날의 기억을 떠올리며 그 전통을 이어가는 사람이 되기를 다짐한다. 한복은 단순한 의상 이상의 가치가 있음을 깨닫게 되었고, 그 아름다움을 세상에 알리는 일은 내 삶의 큰 의미가 될 것이다.

5부 새로운 시작

새로운 도전

올해는 내 삶에 큰 변화를 가져다준 특별한 해가 되었다. 한때 꿈꾸던 일들을 현실로 만들어주는 기회를 얻으며, 나는 매일 새로운 가능성 속에서 나 자신을 발견하고 있다. 특히 MIT 4M과의 인연은 뜻깊은 경험으로, 그로 인해 매일이 설렘으로 가득 차고, 내가 진정 원하는 일을 향해 한 걸음씩 다가가고 있음을 느낀다.

새로운 여정을 시작하며 일주일에 이틀은 오롯이 나를 위한 시간으로 정하고, 내가 원하는 일과 배우고 성장하는 활동에 전념하기로 했다. 수업에 몰입할 때마다 학습의 기회를 다시 얻은 것 같아 뿌듯함이 느껴지고, 다양한 사람들과의 만남은 나의 시야를 넓혀준다. 수업에 들어갈 때마다 느끼는 설렘은 새로운 세계로 들어가는 듯한 느낌이며, 그 순간순간들이 나의 삶에 새로운 색을 입히고 있다.

최근 PD님과 함께한 인터뷰 스크립트 수업은 내게 연기의 세계를 한층 더 가깝게 느끼게 했다. 영화감독님께 배우는 카메라 수업과 대사 발음 연습을 통해 나의 연기 기법이 조금씩 변화하고 있고, 새로운 연기 기법을 적용해 가면서 점차 자신감을 얻고 있다. 또한 전문 안무가의 댄스 수업을 통해 무대 위에서 감정을 표현하는 법을 배우며, 몸의 움직임을 통해 더욱 풍부한 표현을 펼쳐내는 방법을 익히고 있다. 무대에서의 춤은 단순한 동작을 넘어선 감정의 언어로 다가오며, 페스티벌 무대에 설 가능성에 가슴이 뛰기도 한다.

주말에 진행되는 모델 워킹 포즈와 배우 수업은 내 열정을 더욱 확고히 다져주고 있다. 포즈와 연기 기법을 배우는 과정은 나에게 자신감을 불어넣어 주었으며, 이러한 경험을 통해 나만의 색깔과 표현력을 찾아가는 여정이 펼쳐지고 있다. 수업에서 배우는 리듬감과 표현력은 연기자로서의 나를 새롭게 만들어주며, 배우며 느끼는 긴장감은 학생 시절 순수한 배움의 즐거움을 다시 불러일으킨다.

희로애락의 감정을 표현하고, 다양한 리듬과 톤을 다루는 것은 쉽지 않지만, 매번 도전하며 그 속에서 조금씩 나만의 색깔을 찾아가고 있다. 어려운 과정이지만, 그 안에서 얻게 되는 성취감은 무지개처럼 황홀한 순간으로 남아 나에게 끊임없는 동기를 부여해준다.

올해, 나는 비주얼 패션위크와 아시아모델 페스티벌 무대에

섰고, 다가올 서울 비주얼 패션위크를 위해 다시 리허설을 시작했다. 이번 컨셉은 연말 시상식 컨셉으로 정해지고 여느 때와 같이 의상 피팅을 한 후 행사일에는 헤어, 메이크업과 의상 협찬을 받아 무대에 서게 된다. 완벽하게 소화해 냈을 때의 성취감은 찬란한 무지개처럼 아름답다. 새로운 분야에서의 도전은 나에게 많은 것을 가르쳐 주었고, 이제는 나만의 이야기를 만들어가고 있다.

앞으로의 여정이 어떻게 펼쳐질지는 알 수 없지만, 그 과정에서 나를 발견하고 성장하며 새로운 나를 만들어가리라 믿는다. 지금의 이 경험들이 내 삶의 중요한 이정표가 되어줄 것이라고 확신하며, 더 나은 내일을 향해 한 걸음씩 나아가고 있다.

5부 새로운 시작

내가 만난 모든 풍경은
행복이었다—

6부 삶의 아름다운 풍경

고향에 내리는 별빛

    고향에 내리는 별빛은 언제나 나의 마음을 사로잡고, 나를 어린 시절의 그리움 속으로 이끌어 준다. 어린 시절, 고향 마을의 밤하늘에는 수없이 많은 별들이 쏟아질 듯 반짝였고, 나는 그 별빛을 보며 크고 작은 꿈을 꾸었던 기억이 난다. 그 시절, 별빛을 바라보며 나만의 소망을 속삭이기도 했고, 별들이 소중한 비밀을 간직해 주는 듯한 안도감 속에서 평화로운 시간을 보냈다. 고향의 별빛은 단순한 자연의 빛이 아니라 마치 시간의 다리를 놓아준 것처럼, 잊고 지냈던 옛 기억들을 조용히 소환해 내 마음속에 빛을 비춰 주었다. 오랜 세월이 흘러 그 별빛을 다시 마주할 때면, 마당에서 뛰놀며 친구들과 웃고 떠들던 나의 모습과 그 시절의 풍경이 생생하게 되살아나곤 한다.

    고향에 있던 옛집 앞마당에 별빛이 내리면, 그곳은 단순히 한 장소에 머무르지 않고, 추억이 머무르는 특별한 장소로 변한다. 친구들과 함께 놀던 기억 속의 웃음소리, 함께한 순간들이 마치 어제 일처럼 선명하게 떠오르면서, 그 시절의 소중한 시간들이 더욱 그리워진다. 하지만 지금 그 자리에는 옛 모습은 온데간데없이 사라지고, 시간의 흐름 속에서 그곳은 덩그러니 외로워 보인다. 이제는 모두가 각자의 인생을 살아가고 있고, 그 시절의 추억은 어느새 머나먼 기억 속에 간직된 채로 세월을 견뎌내고 있다. 그럼에도 불구하고 고향의 별빛은 여전히 그 시절의 나를 찾아와 따뜻하게 감싸 주며, 내가 결코 잊지 말아야 할 소중한 가치를 상기시켜 준다.

고향의 하늘이 붉게 물드는 저녁 무렵, 가슴 깊은 곳에서 세월이 남긴 자리의 빈 공간이 뭉클해져 오는 것을 느낀다. 어린 시절, 여름날 강가에서 친구들과 함께 물장구를 치며 웃고 떠들던 기억이 여전히 내 마음속에서 살아 숨 쉬고 있다. 그때는 하루하루가 모든 것이 새롭고, 그 여름의 뜨거운 햇살과 강물의 청량함이 우리에게 끝없는 에너지를 선물해 주었다. 저녁이 되어 하나둘씩 별이 떠오르면 우리는 잠깐 정적에 빠져들며, 저 별들이 무슨 이야기를 들려줄지 궁금해했던 순수한 마음이 떠오른다. 그때의 별빛이 가져다주던 신비롭고 낭만적인 감정은 지금도 잊을 수 없으며, 그것은 내 인생에 언제나 영원히 간직될 소중한 추억이다. 그러나 이제는 그 모든 순간들이 나의 손을 떠나 머나먼 추억의 한 페이지로 남겨져 있고, 친구들의 얼굴조차 기억 속에서 조금씩 희미해져 가고 있는 것이 안타깝다.

그럼에도 불구하고 별빛을 통해 떠오르는 추억들은 단지 과거에만 머무르지 않는다. 그것들은 내 삶의 중요한 일부분으로서 내게 위안을 주며, 내가 걸어온 모든 길에 함께하고 있다. 문득 창밖으로 쏟아지는 별빛을 바라보면, 고향에서 만났던 소중한 사람들의 얼굴이 하나둘씩 떠오른다. 가족들이 마당에 돗자리를 펴고 둘러앉아 이야기꽃을 피우던 그 따뜻한 순간들이 다시금 내 마음을 채우고, 나의 가슴속 깊은 곳에서 그리움이 파도처럼 밀려온다. 그 시절, 우리는 서로의 웃음 속에서 희망을 찾고, 작지만 소중한 행복을 나누었다. 이러한 시간들은 그냥 흘러간 과거가 아니라, 내 마음속에 여전히 살아 있는 현재이자 영원히 소중하게 간직할 가치 있는 시간들이다. 별 하나하나가 그 시절의 추억을 상징하며, 그 속에서 나는 친구들과 가족들의 웃음과 목소리를 다시금 떠올리게 된다. 비록 그들 중 일부는 이제 이 세상에 없을지라도, 그리움과 사랑은 여전히 내 마음속 깊은 곳에서 강렬하게 빛나며 나를 위로해 준다. 시간이 흘러도 변치 않는 그리움과 사랑은 언제나 내게 따뜻한 감정을 선사하며, 나에게 고향의 소중함을 다시 일깨워 준다.

가끔은 고향의 별빛 아래에 다시 서 보고 싶은 마음이 불쑥 솟아오르곤 한다. 그 별빛 아래에 서면 어린 시절의 나와 지금의 내가 마치 함께 서 있는 듯한 느낌이 든다. 어린 시절의 나는 세상이 여전히 넓고 거대한 미지의 세계로 보였고, 그 속에서 빛나는 별들은 나의 작은 희망과 꿈을 속삭이며 나의 길을 인도해 주는 듯했다. 지금의 나는 그 별빛이 가진 따뜻함을 기억하며, 그때의 나와 여전히 함께하고 있다는 생각에 가슴 깊은 곳에서 뭉클함을 느낀다.

　고향 하늘의 별빛 속에서 나는 언제나 어린 시절의 나와 함께하며, 세월이 아무리 흘러도 고향과 나는 한 몸처럼 이어져 언제나 내 마음속에 특별한 공간으로 자리하고 있다. 비록 지금은 멀리 떨어져 있지만, 고향의 밤하늘에 내리는 별빛은 마치 나에게 속삭이듯 "여전히 네가 그리워하는 고향이 여기 있다"라고 말해주는 듯하다. 별빛이 나의 마음속에 조용히 내려앉으면, 나는 여전히 그 고향에 머물러 어린 시절과 추억을 다시금 되새기고, 그리움과 사랑이 얽혀 있는 고향의 이야기를 새롭게 써 내려가고 싶은 마음이 든다. 이러한 별빛은 내 삶의 일부로써, 시간을 넘어 세대를 이어가는 감정의 흐름을 일으키며 나에게 깊은 울림을 남긴다. 고향의 별빛이 내 마음에 비추어 주는 따뜻함은 시간이 흐를수록 더욱 짙어지고 깊어지며, 나는 그 안에서 영원한 안식처를 찾게 된다.

가을이 아름다운 것은

가을이 아름다운 것은 그 계절 자체가 우리의 삶과 깊이 맞닿아 있는 여러 감정을 일깨워주기 때문일 것이다. 뜨거웠던 여름을 지나 점차 차분해지는 가을의 공기 속에서는 고요함과 쓸쓸함이 느껴지며, 삶의 여러 모습들이 스며든다. 나뭇잎이 붉고 황금빛으로 물들어 가는 가을 풍경을 바라볼 때마다, 나는 어린 시절 자연 속에서 느꼈던 평화와 무언가를 떠나보내야 하는 아쉬움을 동시에 떠올린다. 계절이 주는 색채와 감동은 그저 아름다운 풍경에 그치는 것이 아니라, 내 삶에 묵직하게 자리 잡은 감정들을 건드리며 깊은 여운을 남긴다.

가을 하늘은 유난히 높고 푸르다. 맑은 하늘 아래에 서면 마음이 투명해지고, 세상 속에서 분주하게 살아가며 가슴 속에 쌓였던 걱정과 무거움이 조금씩 풀어지는 듯하다. 낙엽이 떨어지는 길을 천천히 걸으며 내면의 소리에 귀를 기울이다 보면, 지금까지 지나온 세월 속의 많은 장면들이 머릿속에 선명하게 떠오른다. 사람들과의 소중한 기억, 함께 웃고 울었던 순간들, 그리고 혼자서 지나온 힘든 시간들까지 모두가 가을의 풍경 속에서 내 마음에 조용히 스며들며, 내 인생에 잠시나마 쉼을 허락해 준다. 가을은 그렇게 우리에게 과거의 시간을 되새기게 하고, 바쁜 삶의 속도를 잠시 늦추어 다시금 자신을 돌아볼 수 있는 기회를 선물한다.

가을은 특히 사랑과 그리움이 가장 진하게 느껴지는 계절이다. 이맘때쯤이 되면 자연스럽게 그리운 사람들과의 추억이 하나둘 떠오르고, 마음 한구석에서 그리움이 조용히 피어오른다. 바람에 흔들리는 낙엽을 바라보며, 함께 했던 순간들이 주마등처럼 스쳐 지나가기도 한다. 가을바람이 불어올 때마다 먼 곳에서나마 나를 바라보고 있을 그 사람을 생각하며, 이 계절 속에서 나는 조용히 그들을 그리워하고, 아련한 그리움 속에 작은 위안을 얻는다. 사랑했던 이와의 소중한 기억은 가을의 청취 속에서 더욱 깊고 선명해지며, 나는 그들의 따스함을 마음속에 간직한 채 가을을 보내곤 한다.

가을의 낙엽이 바람에 흩날리며 떨어지는 모습은 마치 삶의 한 페이지가 넘어가는 듯한 느낌을 준다. 우리 모두가 어쩔 수 없이 시간에 순응하며 흘러가지만, 그 속에서 잊혀지지 않는 소중한 순간들이 낙엽처럼 내 마음에 조용히 쌓인다. 가끔씩 나는 그 낙엽들을 하나씩 되새기며 지난 세월을 추억하기도 한다. 예전에는 꿈꾸던 미래가 있었고, 소중한 사람들과 함께 나눴던 작은 희망들이 있었다. 그러나 어느덧 그 시절은 머나먼 과거가 되었고, 그때의 나와는 다른 나로 살아가고 있지만, 그 모든 순간들은 여전히 내 삶의 중요한 일부로 남아 있다. 가을은 그렇게 우리에게 새로운 시작을 꿈꾸게 하면서도 동시에 지나간 시간의 소중함을 잔잔히 일깨워 준다.

가을이 아름다운 이유는 바로 이러한 기억과 감정들이 더욱 선명하게 드러나기 때문이다. 여름의 뜨거운 에너지가 서서히 가라앉고, 자연이 차분하게 변모하는 이 계절 속에서 우리는 우리의 삶이 얼마나 소중한지, 또한 그 소중함을 다시금 일깨울 수 있다. 가을은 마치 사랑했던 이들의 따스함과 함께 하는 것처럼, 조용한 감동을 선물해 준다. 별이 떠 있는 고요한 밤하늘을 바라볼 때면, 내가 지금까지 걸어온 길과 그 안에 있는 추억과 감정들을 되돌아보게 되고, 삶의 아름다움을 다시금 음미하게 된다.

때로는 이 계절이 오면 고향으로 돌아가 그곳에서 보냈던 가을을 다시 느끼고 싶다는 생각이 든다. 어린 시절의 가을은 그 무엇보다 따뜻했고, 나무 아래서 떨어지는 낙엽을 주우며 꿈을 꾸던 시간이 아직도 생생하다. 고향의 산과 들판에서 맑은 공기를 마시며, 나에게 삶이란 무엇인가를 물어보았던 그때의 내가 지금의 나와 이어져 있다는 것을 느끼며 마음이 뭉클해진다. 바쁜 일상 속에서 소중함을 잊고 지낼 때도 있지만, 가을이 되면 나는 자연스럽게 내 삶의 이야기를 다시 써 내려가고 싶은 마음이 생긴다.

가을은 잔잔한 풍경 속에 숨어 있는 소박하고 진실된 감정을 일깨워 준다. 낙엽 하나에도 지난 시절이 담겨 있고, 고요한 하늘에는 아직도 희미하게나마 남아 있는 소중한 추억들이 떠돌고 있다. 가을이 우리에게 알려주는 것은 지나온 모든 순간이 소중하다는 것, 지금 이 순간에도 새로운 기억이 쌓이고 있다는 점이다. 우리는 그러한 감정 속에서 앞으로의 삶을 향한 새로운 의미를 찾고, 그리움 속에 피어오르는 따스한 감동을 느낀다.

결국 가을이 아름다운 것은 그리움과 사랑이 함께 어우러져 우리의 삶의 깊이를 더해주기 때문이다. 계절이 지나가는 동안, 가을은 우리에게 소중한 사람들과의 기억을 다시금 일깨워주고, 각별한 여운을 남긴다. 그리고 우리는 가을의 고요함 속에서 인생의 진정한 의미와 아름다움을 음미하며, 더 나은 내일을 꿈꾸게 된다.

비 오는 날의 감성

비 오는 날이면 나는 늘 창가에 기대어 내리는 빗방울을 바라보며 생각에 잠긴다. 빗방울 하나하나가 내 마음에 닿아 울리는 소리는 마치 오랜 친구가 건네는 다정한 속삭임처럼 따스하게 느껴진다. 비는 내 안에 묻어 두었던 오래된 기억들을 조용히 꺼내 주고, 그리운 사람들의 얼굴과 잊고 지냈던 순간들을 하나씩 불러내어 깊은 여운 속으로 이끈다. 빗소리는 그 자체로 음악이 되고, 나는 그 선율에 몸을 맡긴 채 시간의 흐름을 천천히 거슬러 올라간다.

어릴 적부터 비 오는 날은 나에게 특별한 의미로 다가왔다. 학창 시절, 비가 오면 나는 우산을 펴지 않고 일부러 비를 맞으며 집으로 돌아가곤 했다. 빗방울이 하나씩 내 어깨 위에 닿을 때마다 차가운 물기가 스며들지만, 그 감촉이 어쩐지 포근하게 느껴졌다. 그 빗속을 걷는 동안 온 세상이 잠시 멈춘 듯한 고요함이 찾아왔고, 나는 마치 나만의 세상에 있는 듯한 자유로움을 느끼곤 했다. 당시에는 그 시간이 특별하게 느껴지지 않았지만, 이제는 그때의 기억들이 내 마음속 깊이 자리해 소중한 추억으로 남아 있다. 지금도 비가 내리는 모습을 보면 그때의 내가 떠올라 마음 한편이 따뜻해진다.

비는 내 마음에 묻어 두었던 감정을 깨워 준다. 오랜 시간 잊고 살았던 그리움과 소중한 사람들에 대한 애틋함이 빗소리와 함께 내 마음속에 스며든다. 비 오는 날이면 나도 모르게 그리운 사람들에게 전하지 못한 말들이 떠오르고, 고마움과 미안함이 교차하며 아련한 감정이 피어오른다. 그들과 함께한 시간들이 다시금 내 앞에 펼쳐지고, 그 추억들은 여전히 따뜻하게 내 안에 남아 나를 감싸준다. 마치 오랜 세월 간직한 편지를 꺼내 보는 것처럼, 나는 그 속에서 잊고 지냈던 따뜻함과 설렘을 다시 한번 느끼게 된다.

이런 날에는 그리운 사람들에게 편지를 쓰고 싶다는 생각이 들 때가 많다. 마치 빗방울이 그들을 나에게 다시 데려와 주는 것처럼 느껴지고, 나는 그들에게 전하지 못한 마음을 조용히 글로 풀어내고 싶어진다. 빗소리와 함께 적어 내려가는 글자 하나하나에 내 마음이 담기고, 오래도록 품고 있었던 이야기와 감정들이 차곡차곡 새겨진다. 그렇게 나만의 이야기를 글로 써 내려가다 보면, 마음 한구석에 자리잡고 있던 그리움이 조금씩 풀어지고 새로운 따뜻함으로 채워진다.

비 오는 날의 고요한 시간 속에서 나는 내 삶을 되돌아보게 된다. 빗소리를 들으며 나의 인생을 하나하나 떠올려 보노라면, 지나온 길 위에서 내가 얼마나 많은 순간을 놓치고 살아왔는지, 그리고 얼마나 많은 사랑과 그리움을 품고 있었는지를 깨닫게 된다. 비는 단순히 내리는 것이 아니라, 나의 삶을 비추는 거울처럼 나에게 다가와 내 마음 깊숙이 잠재된 감정을 일깨운다. 그 속에서 나는 지나온 날의 기쁨과 슬픔, 그리고 수많은 추억들을 다시금 음미하며 내 삶의 진정한 의미를 새롭게 깨닫는다.

비는 외로움과 따뜻함을 동시에 느끼게 해 준다. 혼자 있는 방 안에서 들려오는 빗소리는 내 마음을 고요하게 만들어 주고, 그 속에서 나와 마주하게 된다. 비는 나의 내면을 비춰주는 거울이 되어, 그동안 바쁘게 살아오며 놓쳐왔던 나 자신과의 대화를 가능하게 해준다. 나는 빗소리를 들으며 스스로의 마음을 정리하고, 나의 인생을 차분히 돌아보며 진정한 나를 다시 만나게 된다. 그렇게 나는 비를 통해 내 안의 혼란과 고민을 정화하고, 비가 그친 뒤에 맑아진 하늘처럼 새로운 마음가짐을 얻게 된다.

또한, 비 오는 날은 새로운 시작을 꿈꾸게 한다. 빗방울이 내리는 순간, 마치 내 마음에 쌓여 있던 상처와 아쉬움, 그리고 잊고 지냈던 꿈들이 씻겨 내려가는 것처럼 느껴진다. 빗속에서 마음이 정화되고, 나는 다시 한번 새로운 내일을 맞이할 준비를 하게 된다. 비가 그치고 맑아진 하늘을 보면, 그동안의 어려움과 아픔이 모두 사라진 듯한 기분이 들고, 내 안에 다시금 희망과 용기가 솟아오른다. 그렇게 비는 나에게 새로운 시작을 위한 용기를 주고, 나는 그 비가 남긴 여운 속에서 더 나은 내일을 꿈꾼다.

비 오는 날은 그리움과 추억, 그리고 새로운 시작의 가능성까지, 다양한 감정을 선물해 준다. 그 속에서 나는 나 자신의 이야기를 발견하고, 빗소리와 함께 흘러간 시간들을 조용히 떠올리며 인생의 깊이를 느끼게 된다. 그렇게 비는 내 삶에 소중한 순간들을 다시금 일깨워 주고, 나에게 잔잔한 감동을 선사한다. 비는 내리기만 하는 것이 아니라, 나의 삶을 더욱 아름답고 깊이 있는 이야기로 만들어 주는 귀한 시간이다.

마치 세상이 빗물로 새롭게 씻겨 나가듯이, 나 역시 비 오는 날마다 새로운 나로 태어나는 듯한 기분이 든다. 이 고요한 시간 속에서 나는 내 안의 진정한 소리를 듣고, 앞으로의 삶을 위한 새로운 의미를 찾게 된다. 그래서 나는 비 오는 날을 특별히 사랑하게 되었고, 그날이 주는 여운과 감동 속에서 매일의 삶을 더욱 소중하게 여길 수 있게 되었다.

그 길을 함께 걷는 우리

어린 시절의 추억은 내게 오래된 책과도 같다. 한번 펼쳐보면, 그 시절의 모습들이 고스란히 되살아나서 마음을 따뜻하게 해준다. 고향 동네 어귀, 좁은 골목길, 푸른 산과 맑은 강이 그려진 풍경 속에서 친구들과 뛰어놀던 장면들이 어제 일처럼 생생하다. 우리의 걸음마다 흙내음이 진하게 배어 있었고, 그 길 위에서 들리던 우리의 웃음소리는 강물에 흘러가다가 바람에 실려 우리 마음속에 깊이 새겨졌다.

당시에는 해가 질 때까지 놀아도 지치지 않았고, 저녁밥 냄새가 퍼지는 골목길을 지나며 돌아가던 발걸음이 아쉬워서 종종 뒤를 돌아보곤 했다. 그렇게 뛰어놀던 친구들과 나는 각자 다른 삶의 여정으로 흩어졌지만, 그 시절에 쌓인 기억은 시간이 흘러도 그대로 마치 바위에 새긴 글자처럼 단단히 남아 있다. 그곳은 단순한 장소가 아닌 우리 우정의 고향이 되었고, 지금도 서로를 이어주는 보이지 않는 다리가 되었다.

지금까지도 때때로 그 친구들과 한데 모일 때면, 시간은 멈춘 듯 과거로 돌아간다. 각자 인생의 무게를 지고 걸어온 세월 속에서도, 그들과 마주 앉으면 마음속 깊은 곳에서 어린 시절의 순수함이 되살아난다. 얼굴에 생긴 주름도, 우리 사이에 놓인 세월도 아무런 장애가 되지 않는다. 우리는 여전히 함께 있고, 서로의 곁을 지켜주고 있다. 언제든 고개를 돌리면 그들이 있어, 힘들 때마다 위로가 되고, 기쁠 때는 나눌 수 있는 이들이 내 곁에 있다는 사실이 나를 든든하게 만든다.

　오랜 옛 친구들과 함께한 추억은 마치 집에 가만히 두었던 낡은 레코드처럼 내 마음속에서 선명하게 소리를 낸다. 고향에서 바람에 흩날리던 웃음소리, 나무에 올라가며 느꼈던 흙냄새, 해 질 녘 공기 속에서 느끼던 신선함, 그리고 그 시절 우리가 말없이 함께 걷던 길들은 이제 내 인생의 일부가 되었다. 그 기억들이 나의 과거를 감싸주고, 나의 현재를 지탱해 주며, 앞으로 걸어갈 미래에 대한 용기를 불어넣어 준다.

　세월이 지나면서 친구들과는 때로는 멀어지기도 했고, 서로 다른 길을 걸으며 각자 삶의 무게와 맞서 싸우기도 했다. 그러나 시간이 지나 다시 만나게 되었을 때, 마치 오랜 약속이라도 한 듯이 우리의 우정은 금세 따뜻하게 되살아났다. 어린 시절부터 이어진 이 인연은 시간이 지나도 변하지 않고, 오히려 더 단단해져 우리를 하나로 묶어 주었다. 우리는 각자의 삶 속에서 힘들고 지친 순간이 찾아올 때마다 그 시절의 따뜻한 기억을 떠올리며, 서로를 다시금 떠올린다.

그 길을 걸어가며 우리는 서로에게 작은 빛이 되었다. 서로의 기쁨과 슬픔을 함께 나누며, 혼자가 아닌 함께 걸어가는 길이라는 사실이 나에게 큰 위로가 되었다. 인생의 어둡고 힘든 순간에도, 오랜 친구들과 함께 쌓아온 그 길이 나를 든든히 지탱해 주는 버팀목이 되었다. 그들과 함께한 시간들은 내 마음 속 깊이 스며들어, 더 이상 낯선 길을 두려워하지 않게 만들었다.

이제 우리는 어른이 되었고, 각자의 자리에서 소중한 사람들과 함께하며 삶을 꾸려가고 있다. 그러나 우리는 여전히 함께한 그 길 위에 남아 있다. 우리에게 인생의 여정은 혼자가 아닌 서로의 곁을 지키며 걷는 것이기에, 우리는 서로의 존재를 감사하게 여기며 앞으로도 그 길을 계속 걸어갈 것이다. 언제 어디서나 마주치면 함께 걸었던 그 길을 기억하며, 따뜻한 마음으로 서로를 맞이할 것이다.

어느 날 문득 그 시절처럼, 다시금 고향의 그 길을 함께 걸어볼 수 있다면 얼마나 좋을까? 우리가 함께한 시간들은 세월이 흐를수록 더욱 빛을 발하며 나를 따뜻하게 감싸준다. 앞으로도 우리는 각자의 삶을 살아가며 새로운 추억을 쌓겠지만, 그 모든 순간들이 결국 우리를 고향의 그 길로 이어줄 것이다. 고향의 정과 함께 우리는 언제나 서로의 곁에서 웃고, 울고, 서로를 응원하며 인생의 길을 함께 걸어갈 것이다.

바람이 전해준 이야기

바람이 불어오는 언덕 위에 서면, 마치 자연이 나를 조용히 감싸 안아 주는 듯한 느낌이 든다. 언덕 위에 홀로 서서 눈을 감고 바람이 스치는 소리를 듣고 있노라면 바람과 나, 그리고 이 고요한 순간만이 남는다. 내 앞에 펼쳐진 광활한 푸른 하늘은 끝없이 이어지고, 그 하늘을 가로지르는 하얀 구름들은 한가로이 춤추듯 흘러가며 태양빛에 부드럽게 물든다. 햇살은 마치 오랜 친구처럼 다정하게 나를 비추며, 나지막이 속삭이듯 빛을 내려준다. 그 속삭임은 마치 오래전부터 나를 위해 준비된 자연의 언어처럼 내 마음 깊은 곳까지 스며들어 나를 편안하게 감싼다.

바람은 내가 지금까지 품어왔던 온갖 걱정과 불안을 조용히 덜어내어 주며, 그동안 잊고 지냈던 진정한 나를 불러낸다. 이 언덕 위에 서서 잠시 일상에서 벗어나면, 나를 둘러싼 세상의 복잡함도, 화려한 도시의 불빛도, 사람들과의 수많은 관계도 모두 잊혀지고, 그저 이 순간에 충실한 내가 된다. 바람은 그러한 나에게 속삭인다. 더 이상 애쓰지 않아도, 무엇인가를 계속해서 이루려고 노력하지 않아도 된다고, 충분히 지금의 너로도 괜찮다고. 그렇게 바람은 내 마음속 짐을 하나하나 덜어주며, 그동안 얼마나 나 스스로를 억누르며 살아왔는지를 일깨워 준다.

내 발 아래 펼쳐진 초록의 들판은 끝이 보이지 않을 만큼 광활하게 이어져 있다. 바람이 지나가며 초록의 풀잎들이 한 폭의 수채화처럼 일렁이고, 그 초록빛 들판은 마치 나의 인생을 비추는 거울 같다. 들판 위에 흔들리는 풀잎 하나하나가 내가 지나온 시간의 흔적처럼 보이고, 그 들판 위에 새겨진 나의 발자국들이 조용히 나를 바라보고 있는 듯한 느낌이 든다. 바람 속에서, 나는 문득 내 인생의 모든 순간들이 이 푸른 들판 위에서 서로 맞닿아 하나로 이어져 있는 모습을 본다. 그 모습은 내가 그동안 지나온 삶의 과정이 결코 헛된 것이 아니었음을 깨닫게 한다. 흔들리는 풀잎들처럼, 나의 인생도 때로는 바람에 휘청이고 흔들렸지만, 그 순간들 하나하나가 나를 더욱 단단하게 만들어 준 것을 느낀다.

이곳에 서 있으면, 그동안 바쁘게만 살아온 나 자신이 문득 낯설게 느껴진다. 마치 오랜만에 찾아온 낯선 친구처럼, 이곳에서 나는 스스로와 다시 마주하게 된다. 세상 속에서 더 좋은 사람으로 보이기 위해 애쓰고, 사람들에게 인정받고자 열심히 살아온 내가 이곳에서는 다소 어색하게 느껴진다. 화려한 옷도, 복잡한 관계도, 세상의 소음도 이곳에서는 더 이상 의미가 없다. 바람이 내게 속삭인다. 이제는 내 마음의 짐을 내려놓아도 된다고, 더 이상 자신을 속이며 애쓰지 않아도 된다고, 이제는 진정한 나로 살아가도 된다고 말해준다

바람은 내 마음에 조용히 다가와 나의 상처를 어루만져 주고, 내가 품고 있던 불안과 걱정을 나직이 속삭이며 저 멀리 날려준다. 바람의 속삭임을 듣고 있노라면, 지금까지 묵묵히 견뎌온 시간들이 떠오르면서도 더 이상 아프지 않다. 오히려, 그 시간들이 지금의 나를 만들어준 소중한 시간들이었음을 느끼게 된다. 바람은 내게 다정한 위로가 되어주고, 세상에 맞서기 위해 억누르고 닫아 두었던 내 마음을 부드럽게 열어 준다.

이 언덕 위에서 바람에 몸을 맡긴 채로 가만히 서 있으면, 마치 바람이 나에게 인생의 교훈을 전해주는 듯한 느낌이 든다. 그동안 내가 쫓아왔던 목표와 이상은 결국 그리 중요한 것이 아니었다는 것을 깨닫게 된다. 세상에서 높은 곳을 향해 달려가고, 무언가를 이루어내야 한다는 강박감 속에서 나는 진정한 나를 잃어버린 채 살아왔다. 그러나 이 소박한 언덕 위에서, 나는 바람의 속삭임을 통해 진정으로 나 자신과 마주할 수 있게 되었다. 바람이 전해주는 위로와 따스함 속에서, 나는 더 이상 무엇을 성취해야 한다는 부담에서 벗어나, 지금의 나로도 충분히 괜찮다는 사실을 받아들이게 된다.

나는 이 언덕에서 조용히 깊은숨을 내쉰다. 그동안 숨 가쁘게 달려오며 쌓아왔던 걱정과 두려움, 억눌린 불안들이 마치 바람에 실려 사라지는 듯하다. 마침내 나는 이 언덕 위에서 오롯이 나 자신과 만나고, 진정한 평온을 마주한다. 자연의 품 속에서 바람에 내 마음을 맡기고 나면, 나는 마치 다시 태어난 것 같은 기분이 든다. 이 언덕은 나에게 있어서 풍경과 더불어 나에게 힘과 용기를 다시 일깨워주는 안식처가 된다.

언젠가 내가 지치고 길을 잃었을 때, 다시 이 언덕에 올라와 바람의 속삭임에 귀 기울이며 나 자신을 다시 찾을 수 있을 것이다. 바람이 불어오는 언덕 위에서 나의 이야기는 끝나지 않고, 앞으로도 계속 이어질 것 같다.

별빛 드는 창

깊고 조용한 밤, 별빛이 은은하게 스며드는 창가에 앉아 있노라면 세상 모든 소리가 멈춘 듯한 고요함에 감싸인다. 어둠 속에서 차분히 나를 비추는 저 별빛은 마치 오랜 세월을 건너온 따뜻한 위로처럼 느껴지고, 그 아득한 거리에도 불구하고 내 마음속 깊은 곳으로 스며들어 온다. 별빛을 바라보고 있으면, 그 속에 묻어둔 감정들이 하나둘 깨어나며 세월의 깊이와 함께 내게 다가온다. 이 순간은 마치 시간을 넘어서 존재하는 듯하여 모든 걱정과 소란을 잊고, 별빛에 담긴 평화로움에 사로잡힌다.

창문 너머 까만 하늘 위에 조용히 자리 잡은 별들을 바라보면, 그 빛 하나하나가 수천 년 전부터 나를 향해 걸어온 듯한 기분이 든다. 저 멀리 있지만, 그 작은 점들이 전하는 빛의 속삭임은 곧 나의 속내와 맞닿아 나를 위로한다. 나는 과거의 나를, 꿈꾸었던 나를, 그리고 지나온 시간 속에 함께했던

6부 삶의 아름다운 풍경

소중한 사람들을 떠올리며, 저 별빛 속에 남겨둔 기억들을 되새긴다. 나와 함께 웃고 울었던 그 순간들이 머릿속에 아련히 되살아나면서, 이 밤하늘은 마치 나의 인생 이야기로 가득 채워진 무대가 된다.

어린 시절 창문 너머로 별을 바라보며 가졌던 순수한 꿈들이 떠오른다. 저 별들처럼 밝게 빛나기를, 그리고 언젠가 자신만의 빛을 찾기를 소망했던 그때의 나를 생각해 본다. 별빛에 물든 채로 회상되는 지난날의 풍경들 속에는 웃음과 눈물, 희망과 좌절이 뒤섞여 있고, 그 모든 감정이 별빛과 어우러져 새로운 의미로 나를 감싼다. 어쩌면 그때는 미처 알지 못했던 소중함을 이제야 비로소 깨닫게 된 것일지도 모른다.

밤하늘의 별들은 수많은 세월 동안 그 자리에서 변함없이 빛을 내며 세상의 변화를 지켜보았을 것이다. 때로는 폭풍우가 치고 구름이 가득해 그 빛이 가려졌을지라도, 별들은 언제나 제자리를 지키며 그 너머에서 우리를 바라보았을 것이다. 지금 내가 바라보는 이 별빛도, 어쩌면 많은 사람들이 각자의 창가에서 바라보았던 빛이 아닐까. 그들의 꿈과 소망, 아쉬움과 그리움이 오랜 시간 동안 별빛에 담겨 이곳까지 전해진 것처럼 느껴진다.

별빛이 드는 창가에 앉아 있으면, 복잡했던 마음이 차츰 고요해진다. 일상에 묻혀 미처 들여다보지 못했던 나 자신을 이곳에서 온전히 마주하게 된다. 세상이 변하고 사람들의 관심도 흘러가지만, 별빛은 변함없이 나를 비추며 내가 가야 할 길을 알려주는 것 같다. 그 빛은 내게서 멀리 떨어져 있지만, 내 안의 가장 깊은 곳에 닿아 나를 가만히 이끌어 준다. 저 별빛은 마치 오랜 친구처럼 나의 외로움을 달래주고, 나의 고민을 나누며 조용히 곁에 머물러 준다.

이 밤, 별빛은 마치 나를 위한 위로의 손길처럼 느껴진다. 세상의 복잡한 일들로부터 벗어나 별빛 속에서 오롯이 나 자신에게 집중할 수 있는 시간이 주어진 것이다. 오늘 하루를 살아가며 느꼈던 크고 작은 감정들이 하나하나 별빛 속에 녹아들며, 나는 나의 내면을 천천히 들여다보게 된다. 별빛에 비추어진 내 안의 작은 소리들이 이 밤하늘 아래에서 고요히 드러나고, 나는 그 소리에 귀 기울이며 조용히 위로받는다.

별빛이 드는 창가에 앉아 있는 이 순간, 나는 밤하늘만 바라보는 것이 아니라 내 삶 속의 가장 소중한 순간들과 다시 만나는 것 같다. 어둠 속에서도 빛을 잃지 않고, 언제나 그 자리에서 우리를 비추어주는 별들처럼, 나 역시 내가 사랑하는 사람들과 기억을 영원히 간직하겠다는 다짐을 새긴다. 이 밤이 지나고 아침이 오더라도, 나는 이 별빛의 따스함을 마음속에 간직한 채 살아갈 것이다.

하늘의 속삭임

　어린 시절부터 늘 내 곁에 있었던 하늘은 마치 오랜 친구처럼 내 마음을 위로하며 변함없이 그 자리에서 나를 지켜보았다. 그저 고개를 들어 바라보는 것만으로도 마음이 차분해지곤 했다. 언제나 머리 위에 펼쳐진 하늘은 때론 깊은 바다처럼 푸르렀고, 때론 바람결에 흔들리며 무심한 듯 변덕스러웠지만, 그럼에도 나를 품어주는 포근한 존재였다. 하루의 끝, 길고 지친 발걸음을 이끌고 집으로 돌아갈 때에도 하늘은 늘 그 자리에 서서 내 발걸음을 지켜주었다. 어두워진 하늘 아래 반짝이는 별빛은 마치 나만을 위해 준비된 위로처럼 느껴졌고, 아무도 없는 길 위에서 나는 혼자가 아님을 느끼곤 했다. 그렇게 조용히 나를 비춰주는 별빛 속에서, 내 마음 깊숙이 숨겨두었던 감정들이 서서히 깨어났다.

　아침이 되면, 떠오르는 태양과 함께 하늘은 새로운 하루를 맞이할 준비를 하듯 밝게 물들어갔다. 따스한 햇살이 내려앉을 때마다, 마치 나를 위한 축복처럼 느껴지기도 했다. 내 어깨 위로 내려앉은 햇살은 살짝 미소 짓게 만들었고, 하루를 살아가야 할 용기를 선물해 주었다. 그러나 해가 서서히 기울고, 어둠이 찾아오면 하늘은 다시 조용히 나를 감싸며 그 너른 품속에서 쉼을 허락했다. 밤하늘을 가득 채운 별빛은 내가 오랜 시간 동안 지나온 길을 되돌아보게 해주었다. 그리운 사람들과의 추억, 함께 웃었던 순간들, 때로는 안타까움으로 남은 이야기들이 떠올랐다. 별빛은 단순히 빛나는 존재가 아니라, 내가 지나온 인생의 조각들을 하나하나 비춰주며 나를 따뜻하게 감싸주었다.

때로는 끝없는 푸른 하늘을 올려다보며 나의 고민과 두려움을 바라보기도 했다. 하늘을 마주할 때마다 내 삶 속의 작은 고민들이 하늘 아래서는 얼마나 사소한지 깨달았다. 해가 떠오르고 지는 것처럼, 내 마음의 고통과 어려움 또한 시간 속에서 자연스레 지나갈 것이라는 위안을 얻었다. 그렇게 하늘은 매일매일 나에게 인내와 용기를 가르쳐 주었다. 아마도 하늘은 세상의 모든 것들을 묵묵히 내려다보며, 그저 조용히 지켜봐 주는 존재인 듯했다. 아무런 말도 필요 없이, 그 자리에 변함없이 존재하는 하늘의 넓은 품이 내 마음을 따뜻하게 감싸주었다.

가끔 구름이 피어나는 날에는 하늘이 마치 춤을 추는 것처럼 보였다. 구름이 천천히 하늘 위를 떠다니며 꽃처럼 피어날 때면, 그 찰나의 아름다움에 모든 것을 멈추고 그 순간을

6부 삶의 아름다운 풍경

바라보았다. 그때 하늘은 마치 나에게 전하고 싶은 이야기를 하는 듯했다. 그 속삭임은 귀에 들리지는 않았지만, 마음 깊은 곳에서 울려 퍼지는 듯한 여운을 남겼다. 그 순간, 나는 어린 시절의 꿈과 미래에 대한 막연한 기대를 다시 떠올렸다. 하늘은 그렇게 잊고 있던 내 마음의 소중한 것들을 하나씩 불러 일으켰다.

하늘은 단지 우리 위에 펼쳐진 자연의 일부가 아니라, 우리가 살아가며 의지할 수 있는 깊고 넓은 존재였다. 그저 그 자리에서 변함없이 존재하며, 우리의 삶을 부드럽게 감싸 안아주는 하늘은 나에게 늘 쉼과 안식을 주었다. 나의 고독한 순간에도 하늘은 조용히 내 곁에 머물렀고, 그 넓은 품속에서 나는 나 자신을 조금씩 더 이해하고 받아들이게 되었다. 하늘 아래서 느끼는 이 작은 존재감은 때로는 나를 겸손하게 만들고, 때로는 나에게 삶의 작은 기쁨을 찾아주었다. 그 안에서 나는 내 인생을 돌아보고, 앞으로 걸어가야 할 길을 천천히 상상해 보았다.

바람이 불어와 하늘의 이야기를 전해줄 때마다, 나는 하늘이 마치 오랜 친구처럼 다정하게 내게 말을 걸어주는 듯한 느낌을 받았다. 그 바람결에 실려 온 하늘의 노래는, 바쁜 일상 속에서 잠시 잊고 있던 꿈을 되새기게 했다. 하늘의 품 안에서 나는 내가 겪은 모든 순간들이 결국 나를 성장시켰다는 것을 깨닫게 되었다. 별빛이 가득한 밤하늘을 바라보며, 나는 그리운 사람들과의 추억 속에 잠시 잠겨보기도 했다. 그렇게 하늘은 나에게 모든 순간을 소중히 여기라는 메시지를 전해 주었다.

지금도 여전히 나는 하늘을 바라보며, 그 안에서 나의 삶을 되돌아보는 시간을 갖는다. 하늘이 들려주는 속삭임 속에서 나는 용기를 얻고, 때론 위로를 받으며 다시 걸어갈 힘을 얻는다. 그렇게 오늘도 나는 하늘을 보며, 그 속에서 나만의 작은 우주를 만들어가고 있다. 하늘 아래에서 나는 결코 혼자가 아니며, 이 세상과 연결되어 있음을 느끼며, 앞으로의 길을 더 단단한 마음으로 걸어갈 수 있는 용기를 얻는다.

여행의 설렘

여행은 항상 나를 두근거리게 한다. 집을 떠나 낯선 길 위에 서게 되는 순간, 내가 그토록 익숙하게 지내온 일상의 틀을 잠시나마 내려놓고 자유로움과 새로운 발견을 향해 발걸음을 옮길 수 있다는 생각은 말로 다 표현하기 힘든 감동과 설렘을 안겨 준다. 이국적인 공항의 냄새, 색다른 풍경이 펼쳐지는 창밖의 풍경, 새로운 언어로 주고받는 간단한 인사마저도 새로운 세상과 나를 이어주는 작은 다리처럼 느껴진다. 마치 내가 살고 있던 세상이 더 이상 모든 것이 아닌 것처럼, 내가 속해 있던 작은 세상을 넘어 더 넓은 세상으로 나아가는 그 순간, 나는 마치 세상이 나를 맞이하는 듯한 환영의 손짓을 받는 기분이 든다.

어린 시절부터 나는 항상 다른 나라와 문화를 동경하며 자라왔다. 한 번도 가보지 못한 나라의 이국적인 건축물과 화려한 풍경들, 그리고 그곳에서 살아가는 사람들의 이야기는 나의 상상 속에서 끝없이 펼쳐지며 나를 꿈꾸게 만들었다. 언젠가 세계를 여행하며 그 모든 곳을 직접 보고 느끼겠다는 어린 마음속의 다짐은 오늘날까지도 내 안에 남아 있다. 비록 모든 것을 당장 실현하기에는 여러 제약이 있을지라도, 그 동경은 여전히 내 마음에 불을 지피며 새로운 길을 떠나고자 하는 용기를 준다. 그래서 나는 기회가 있을 때마다 익숙함을 벗어나 새로운 곳을 향해 떠나고자 한다. 그저 발길이 이끄는 대로 걸으며, 목적을 세우지 않고, 오롯이 내 앞에 펼쳐지는 풍경과 만남을 즐기는 그 순간이야말로 내가 느낄 수 있는 최고의 행복이자 자유이기 때문이다.

여행은 나에게 단순한 휴식 그 이상이다. 그것은 나 자신의 내면을 다시 발견하고, 내가 발 딛고 있는 세상을 새로운 시선으로 바라보게 하는 힘을 지니고 있다. 다른 언어, 다른 풍습, 그리고 새로운 사람들과의 만남은 나를 단순한 일상 속의 나에서 벗어나도록 한다. 비록 잠시 스쳐 가는 만남일지라도, 그들이 건네는 미소와 따뜻한 인사는 내가 속한 세상을 넘어선 또 다른 세상과 이어지는 소중한 순간이 된다. 그런 순간들 속에서 나는 나 자신의 시야가 점점 넓어지고, 생각의 깊이가 깊어지는 것을 느낀다. 여행 중에 겪는 사소한 일들이 내게 가르쳐주는 작은 깨달음은 때때로 내 일상 속에서도 떠올라 나를 변화시킨다.

해변에 앉아 밀려오는 파도를 바라보며 하염없이 시간을 보내는 일은 내가 가장 좋아하는 여행의 순간 중 하나다. 지평선 너머로 펼쳐진 끝없는 바다와 그 위를 비추는 태양의 반짝임은 어떤 화려한 장식보다도 찬란한 아름다움을 선사한다. 파도가 반복적으로 밀려오고 밀려가는 그 끝없는 움직임 속에서 나는 무한한 평온과 안도감을 느낀다. 바다 앞에 앉아 있으면 일상의 소란스러운 소리들은 차츰 멀어지고, 마음이 가라앉으며 고요 속에서 나 자신을 마주하게 된다. 그 순간만큼은 시간이 멈춘 듯한 느낌이 들며, 내 속에 얽혀 있던 생각들이 차분히 풀어져 간다. 내가 살아가며 마주하는 모든 어려움이 이 앞에서는 그저 파도에 휩쓸려 사라질 작은 모래알에 불과함을 느끼게 되는 것이다.

또한 여행 중에 마주치는 현지인들과의 짧지만 따뜻한 교감은 나에게 오래도록 잔잔한 여운을 남긴다. 언어가 통하지 않아도 미소와 친절한 몸짓 하나로 마음을 나누는 순간, 나는 그들의 일상 속에서 작은 기쁨을 함께 나누고 있다는 느낌을 받는다. 시장에서 활기차게 물건을 사고파는 사람들, 자신만의 방식으로 인생을 즐기는 이들의 모습 속에서 나는 새로운 삶의 방식을 배운다. 때로는 그들과의 대화 속에서 예상치 못한 배움을 얻기도 하고, 그들이 건네는 간단한 인사 속에서 진심 어린 따뜻함을 느끼기도 한다. 이런 만남들이 내 여행을 더 특별하게 만들어 주고, 그들이 보여준 환대와 친절은 내 마음속에 오래도록 남아 다시금 떠올릴 때마다 그리움과 행복으로 가득 차오른다.

높고 험한 산, 넓은 들판, 그리고 별이 빛나는 밤하늘을 바라보는 일은 내 고민을 잠시 내려놓게 하고 나 자신을 한층 겸허하게 만든다. 밤하늘 아래 쏟아질 듯 빛나는 별들은 내가 이 세상에서 얼마나 작은 존재인지를 깨닫게 하지만 동시에 그 작은 존재가 얼마나 소중한 시간을 보내고 있는지를 일깨워 준다. 그 찬란한 별빛 아래에서 나는 내 삶의 의미와 방향을 다시 생각하게 되고, 나에게 주어진 하루하루의 소중함을 깨닫는다. 자연의 위대함 앞에 서면, 내 고민과 두려움들이 사소하게 느껴지며, 내 마음속 깊이 잠재되어 있던 평온과 용기가 조금씩 깨어나는 것을 느낀다.

여행은 나를 내면 깊숙한 곳으로 안내하며, 나 자신을 더 잘 이해하고 새로운 시각으로 세상을 바라보게 하는 귀중한 기회를 제공한다. 낯선 이들과의 만남, 그리고 그들이 전해주는 소박한 인생 이야기는 내 삶에 깊은 영감을 주며, 새로운 사람들 속에서 나는 나의 틀을 깨어가는 경험을 한다. 그리고 그런 경험은 내가 더 나은 사람이 되고자 하는 원동력이 된다. 내가 가보지 못한 수많은 장소들과 마주치지 못한 이야기들이 아직 세상에 존재한다는 사실은 나에게 여전히 설렘을 안겨 주며, 나는 그 설렘을 따라 또다시 길을 나서고 싶어진다.

떠날 때의 설렘과 돌아올 때의 그리움은 언제나 함께 공존하며, 그 두 가지 감정이 나의 여행을 더욱 풍요롭게 만든다. 떠나기 전의 두근거림과 기대는 내 삶에 새로운 활력을 불어넣고, 돌아오는 길에 품게 되는 그리움은 내가 그곳에서 경험한 모든 순간들이 얼마나 소중했는지를 새삼 깨닫게 한다.

낯선 땅에서 겪은 모든 경험들은 나의 기억 속에서 반짝이는 보물이 되어 두고두고 떠올릴 때마다 내 삶에 깊이 스며든다. 이 모든 추억들은 언젠가 내 삶의 큰 자양분이 되어 나의 내면을 풍성하게 만들어 줄 것이다.

그래서 나는 앞으로도 계속해서 여행을 떠나고자 한다. 아직 가보지 못한 곳, 만나보지 못한 사람들, 그리고 경험하지 못한 수많은 순간들이 기다리고 있다는 것을 알기에. 미지의 세계 속으로 한 걸음 내디디며 세상을 탐험하는 그 설렘은 내가 살아가면서 느낄 수 있는 가장 특별한 감정 중 하나일 것이다. 그런 의미에서 나는 여행을 통해 나 자신을 더 깊이 이해하고, 나의 삶을 더 풍요롭게 만들어 갈 것이다.

삶의 아름다운 풍경들

삶은 그리 특별하지 않은 아침의 햇살처럼, 어김없이 찾아와 창가를 타고 부드럽게 내리쬐며 시작됩니다. 매일 같은 장소에 자리 잡은 창문을 통해 스며드는 빛은 언제나 같으면서도, 그날의 온도와 분위기에 따라 은근히 다른 색깔을 내비칩니다. 그 빛은 때로는 밝고 환하게, 때로는 무겁고 차분하게 내 마음을 가득 채우는데, 그 속에서 오늘도 내게 주어진 하루가 소중한 선물처럼 다가옵니다. 조용히 피어나는 야생화처럼 특별하지 않지만 진실하게, 그렇게 내 앞에 펼쳐진 하루를 감사히 맞이하며 시작합니다.

때로는 사소하게 느껴지는 작은 일상 속에서도 나는 감사함을 발견합니다. 여느 때와 다를 것 없는 평범한 날이지만, 그 속에 숨은 따뜻함이 그날의 풍경을 아름답게 물들입니다. 우리는 살면서 종종 내가 부족하다고 느낄 때가 있고, 남들이 가진 것을 바라보며 부러움에 사로잡히기도 합니다. 그러나,

빈손을 바라보며 느끼는 아쉬움 속에서도 문득 깨닫는 것은, 비록 가진 것은 없을지라도 내 마음 깊은 곳에는 늘 따뜻함과 평안이 자리하고 있다는 사실입니다. 이것은 마치 외진 숲 속에 홀로 선 나무의 그늘처럼, 그저 거기 존재할 뿐이지만, 그 시원한 그늘 아래서 우리는 아늑함과 안식을 느낄 수 있습니다. 이렇게 작고 소소한 행복들이야말로 돈으로 살 수 없는 귀한 보물들이며, 그런 순간들이 쌓여 삶을 한층 풍성하게 만들어 줍니다.

　뒤를 돌아보면 삶의 길 위에서 수많은 기쁨과 아픔들이 나를 지나갔습니다. 때로는 너무 힘들어 숨조차 가빠지기도 했고, 참기 어려운 눈물과 고통이 어깨를 짓누르기도 했습니다. 그러나 시간이 지나고 그 모든 순간들이 결국 나의 일부가 되어 나를 더 단단하게 만들었음을 깨닫습니다. 그 순간들은 마치 한 폭의 그림처럼 나의 삶에 깊이 새겨져 있습니다. 감사하는 마음을 가슴에 품고, 비록 완벽하지 않은 날들이었어도 그 속에 있던 기쁨과 배움을 소중히 여길 때, 내 삶은 보다 진솔하고 따뜻하게 빛나게 됩니다. 그렇게 나는 조금씩 내가 걸어온 길을 사랑하게 되었고, 그 길 위에서 발견한 작은 행복들은 언제나 나를 위로해 주고 있습니다.

　젊은 날의 인고와 고통은 내 삶을 더욱 의미 있게 만들어 주었습니다. 그 고된 나날들은 나를 꺾지 않았고 오히려 더 강하게 세웠습니다. 내가 진정으로 살아가고 있는지에 대한 의심이 들던 순간조차도 결국 나에게는 소중한 기억으로 남아 나를 돌이켜 보게 합니다. 지금 돌이켜보면 그 모든 시간이 나에게는 더없이 값진 시간들이었음을 느낍니다. 그 길이 평탄하지는 않았으나, 그 길이 없었다면 지금의 나 또한 없었을 것입니다. 이렇게 살아온 날들이 비록 화려하진 않지만, 작은 꽃들처럼 소박하고 진실하게 피어나 지금의 나를 이루고 있습니다.

나는 지금 인생의 육십줄에 들어서는 준비를 하며 지나온 길을 천천히 되돌아봅니다. 가을빛이 물들어가는 이 계절 속에서, 모든 순간들이 내 삶을 채우며 결코 헛되지 않았음을 느낍니다. 이제는 앞날을 조급히 서두르기보다, 그저 차분히 걸어가며 나의 걸음이 남기는 발자국을 천천히 되새기는 여유가 생겼습니다. 앞으로의 인생이 얼마나 더 남았는지는 모르겠지만, 지금 이 순간을 충만히 살아가고 싶습니다. 결국 우리 인생의 모든 순간들은 우리의 기억 속에서 빛나는 보물처럼 남게 될 것입니다. 평범하고 소소했던 순간들이지만, 그 안에는 우리를 감싸던 따뜻한 감정들이 가득 담겨 있습니다.

삶은 그렇게 흐르고, 그 속에서 우리는 무수히 많은 순간들을 만납니다. 어떤 순간은 기쁨으로 벅차오르고, 또 어떤 순간은 슬픔에 잠기기도 합니다. 하지만 지나고 나면 그 모든 순간이 모여 우리 삶의 한 부분이 되고, 결국 우리의 인생을 아름답게 빛내주는 풍경이 됩니다.

숲과 바람의 노래

일을 하다가 가끔 주어지는 휴일, 특별한 일정이 없는 날이면 나는 어김없이 숲과 바람을 만나러 나섭니다. 그곳은 언제나 나를 평온하게 해주고, 모든 소란을 잠재우며 삶에 대한 깊은 깨달음을 얻게 하는 곳입니다. 살아오면서 참 많은 일들이 지나갔고, 그 길은 결코 순탄치만은 않았습니다. 처음 걸었던 낯선 길에서부터 지금의 길에 이르기까지, 나는 크고 작은 인생의 고비를 헤쳐 나와야 했고, 그 과정에서 수없이 많은 예기치 않은 일들과 마주해야 했습니다. 때로는 안개 낀 어두운 길을 혼자 걸어야 했고, 갈피를 잡지 못하고 방황하던 시간들이 이어졌습니다. 어디로 가야 할지 알 수 없는 막막함 속에서 한없이 흔들렸지만, 그럼에도 나를 붙잡아 준 것은 오직 믿음이었습니다.

사람들은 누구나 인생 속에서 희망과 기대를 품고 크고 작은 목표를 세웁니다. 나 역시도 마찬가지였습니다. 그러나 때로는 그 모든 계획이 무너져 내릴 때가 있습니다. 내가 바라던 방향이 아닌 엉뚱한 길로 접어드는 순간, 차곡차곡 쌓아 올린 꿈들이 한순간에 흔들릴 때, 나는 상처와 아픔을 마주해야 했습니다. 외롭고 힘든 날들이 쌓여 갈수록 마치 혼자 이 세상에 남겨진 것 같은 쓸쓸함이 마음을 짓누르기도 했습니다. 하지만, 그러한 고독 속에서 나는 나 자신을 더욱 깊이 들여다볼 수 있는 시간을 가지게 되었고, 비로소 나의 내면과 직면할 수 있었습니다.

삶이 주는 시련은 언제나 버겁고 아프지만, 그 시련을 통해 나는 조금씩 성장해 왔습니다. 고통 속에서 깨달음을 얻으며 눈물 속에서 자신을 다듬어 가는 과정에서, 나는 이전보다 단단해졌습니다. 외로움이 사무치던 순간마다, 자연은 마치 오래된 친구처럼 언제나 나에게 작은 위로를 건네주었습니다. 숲의 고요함과 바람의 속삭임은 무너진 마음을 치유해 주었고, 흩어진 나를 다독이며 새로운 힘을 불어넣어 주었습니다.

언젠가 깊은 숲속으로 들어가 본 적이 있습니다. 나무들이 울창하게 들어선 그곳에서는 온갖 세상의 소음이 사라지고 오로지 나와 자연만이 남았습니다. 숲의 고요함은 따스한 품처럼 나를 감싸 안아 주었고, 바람에 흔들리는 나뭇잎들의 부드러운 소리는 내 마음 속 깊은 곳까지 위로가 되었습니다. 그 순간, 나는 자연이 주는 포근한 위안을 온전히 느낄 수 있었고, 숲과 바람이 내 마음의 상처를 부드럽게 감싸주며 치유해 주고 있음을 깨달았습니다.

숲속의 평화로움은 나를 작고 소중한 존재로 만들어 주었습니다. 바람은 나의 모든 근심과 걱정을 가볍게 날려 보내주는 듯했으며, 바람이 지나간 고요한 순간에는 내 마음속 깊은 평화를 오롯이 느끼며 자유로움을 경험할 수 있었습니다. 삶의 무게를 잠시 내려놓고, 오직 현재의 순간에 집중할 수 있었던 그 찰나의 시간, 그 순간이야말로 내게 가장 소중한 시간임을 깨달았습니다.

인생의 진정한 아름다움은 화려함에 있지 않으며, 고통과 상처 속에서 얻은 기쁨이야말로 가장 값진 행복일 때가 많습니다. 언젠가 나도 걸어온 길에 마침표를 찍는 날이 오겠지만, 그때 나는 그동안 걸어온 길을 되돌아보며, 지나온 모든 시간을 소중히 여길 수 있을 것입니다. 내가 겪었던 모든 경험과 배움은 내 삶에 깊은 의미를 더해 주었고, 나를 한층 더 성숙하게 해 주었습니다.

이제는 숲과 바람의 노래가 내 삶 속에서 영원히 흘러가며 나에게 스스로를 발견하는 힘이 있음을 느낍니다. 숲은 평화와 안정감을, 바람은 자유와 용기를 선사하며, 그 속에서 나는 나 자신을 발견하고 다시금 살아갈 이유를 찾게 됩니다. 우리가 걸어가는 인생의 길 위에서 크고 작은 선택을 하게 될 때, 모든 경험이 우리 안에 남아 하나의 이야기가 되고, 그 이야기 속에서 우리는 비로소 나 자신의 가치를 깨닫게 되는 것이 아닐까 생각합니다.

숲과 바람이 들려주는 소리를 마음속에 새기며 나는 다시 한 번 삶의 본질을 되새겨 봅니다. 외롭고 힘들었던 모든 순간이 나를 성장하게 했음을 믿고, 앞으로 남은 길을 천천히 걸어가려 합니다. 이제는 나의 여정을 소중히 받아들이며, 그 길 위에서 희망을 찾고 이 속에서 새로운 날들을 맞이할 준비를 합니다.

밤의 소나타

밤낮으로 이어지는 긴 근무 속에서, 조용하고 고요한 밤의 아름다움을 온전히 느낄 기회는 드물었습니다. 그럼에도 가끔 야간 근무를 쉬게 되는 날, 나는 한껏 여유를 부리며 하늘을 올려다보곤 합니다. 어두운 밤하늘에 스며드는 고즈넉한 달빛은 언제나 나를 멈추게 합니다. 그 부드럽고 은은한 빛이 나를 감싸 안으면, 평소 분주했던 마음이 차분해지고, 머릿속이 맑아지는 느낌이 듭니다. 적막 속에서 느껴지는 그 차가운 고요함은 이상하게도 따뜻하게 다가와, 나의 마음을 부드럽게 일깨워줍니다. 그런 순간, 세상의 모든 소음은 멀어지고, 나와 자연만이 존재하는 것처럼 느껴집니다.

이 고요한 밤에 떠오르는 것은 언제나 그리운 얼굴들입니다. 별빛 아래에서 오랜 기억들이 천천히 피어나며, 그리움은 마음 깊은 곳에서부터 더욱 강하게 번져 갑니다. 어둠 속에서 반짝이는 별들은 마치 나의 마음을 속삭이는 듯, 잠들어 있던 감정을 하나하나 끌어내어 줍니다. 스쳐 지나간 소중한 사람들의 얼굴이, 그리운 이들과의 추억이 이 밤의 적막 속에서 아련히 되살아납니다. 그 순간들 하나하나가 별빛처럼 선명하게 내 마음속을 비추며, 사랑했던 날들과 잊고 지냈던 순간들이 나를 부드럽게 감싸며, 감정을 더 깊이 물들입니다.

밤하늘 아래 서서 나와 닮은 그리움과 대화를 나누다 보면, 문득 그리운 이들의 따뜻한 미소와 다정한 목소리가 떠오릅니다. 그들이 곁에 있는 것처럼 느껴지며, 그들과 나누었던 소중한 순간들이 내 마음속에 별빛처럼 반짝입니다. 기억 저편에 있던 작은 웃음소리, 어깨를 두드려 주던 다정한 손길이 이 밤에 되살아나고, 그들의 흔적이 달빛을 타고 나에게 다가오는 듯한 기분이 듭니다. 그리움 속에서 피어나는 그들의 모습이 나에게 위로가 되어주고, 외로움을 덜어줍니다. 그 순간, 나는 과거의 모든 시간들이 그리운 이들의 품 안에서 흘러가는 듯한 착각에 빠집니다. 마치 그들이 지금 이 자리에 있는 듯, 그들의 존재가 나의 삶 속 깊은 곳에 뿌리내리고 있다는 것을 깨닫습니다.

이 고요한 밤은 나에게 치유의 시간이자, 나 자신과 마주하는 시간이기도 합니다. 분주한 삶 속에서 쉽게 지나쳐버린 감정들과 다시 마주하며, 나의 내면을 찬찬히 들여다보게 됩니다. 별빛 아래서 떠오르는 그리운 이의 모습은 오히려 나에게 삶의 따스함을 상기시켜 주고, 힘들고 지쳤던 마음을 위로해 줍니다. 그들은 더 이상 나와 함께하지 않지만, 그들의 존재가 내 안에 살아 숨 쉬고 있다는 사실을 나는 매 순간 깨닫게 됩니다. 별들이 속삭이는 듯한 이 조용한 시간 속에서 나는 내가 진정으로 바라고 소망하는 것들, 그리움 속에 숨어 있던 사랑을 다시금 깨닫게 됩니다. 이 순간들이 내 마음을 부드럽게 어루만지며, 그리운 이들과의 추억이 내가 살아가야 할 이유와 힘이 되어줍니다.

달빛과 별빛이 어우러진 이 밤하늘의 선율은 내게 하나의 소나타처럼 다가옵니다. 조용히 흘러가는 밤의 교향곡 속에서 나의 마음은 위로를 받고, 더 넓은 세상을 향해 다시 나아갈 용기를 얻습니다. 외로움과 그리움 속에서도 그들이 함께 있어 준다는 생각만으로 마음 한켠이 따스해지고, 앞으로의 나날들을 살아갈 힘을 얻게 됩니다. 이 아름다운 밤의 선율 속에서 내가 겪었던 시간들, 지나온 추억들이 모두 하나의 별이 되어 반짝이며, 나는 다시 일어설 힘을 찾습니다.

밤의 소나타는 내게 사랑과 그리움, 그리고 위로의 멜로디로 다가옵니다. 별빛과 달빛이 주는 고요함 속에서 나의 마음이 천천히 치유되고, 그리운 사람들과 함께 나눴던 소중한 순간들이 별처럼 빛나는 이 밤의 풍경 속에서, 나는 오롯이 내 감정을 담아 평온함을 느낍니다. 이 아름다운 밤하늘과의 대화가 영원히 기억에 남기를 바라며, 별과 달이 내 마음을 비추는 이 순간, 나는 내일을 향해 조용히 한 걸음 내딛습니다. 그 한 걸음은 나를 더 나은 내일로 이끌어가며, 삶의 끝자락에 서 있는 그 순간까지 나의 여정을 아름답게 마무리할 준비를 하게 합니다.

시월, 그 아름다운 빛이여

시월의 빛은 언제나 특별하게 나에게 다가옵니다. 한 해의 끝자락에서 펼쳐지는 가을의 마법 같은 그 순간, 여유로움과 고요함 속에서 나는 자연스럽게 내 마음속 깊은 곳에 숨어 있던 생각과 감정들을 마주하게 됩니다. 바람은 차가운 기운을 품고 있지만, 그 안에 담긴 따스함은 내가 놓쳤던 소중한 것들을 되새기게 해주며, 언제나 바쁘게 돌아가던 일상 속에서 잃어버린 것들을 되찾는 기회를 제공합니다. 시월의 햇살은 그런 순간마다 내 마음을 따뜻하게 감싸며, 마치 잃어버렸던 시간들을 다시 찾아주듯이 나에게 숨겨진 위안을 선물합니다.

가을이 깊어가고, 시월의 끝자락이 다가오면, 자연은 마치 과거를 안아주는 듯한 품으로 나를 감쌉니다. 낙엽이 하나둘 떨어지면서도 그 안에는 무언가를 놓아주는 기쁨과 함께, 동시에 그것들을 아쉬워하며 새롭게 맞이할 시간에 대한 기대가 담겨 있는 것 같습니다. 시월의 색깔은 언제나 내게 깊은

6부 삶의 아름다운 풍경

여운을 남깁니다. 황금빛 들판과 선선한 바람 속에서, 나는 그 어느 때보다 나 자신과의 대화를 나누게 됩니다. 내 삶의 의미가 어디에서 시작되었는지, 그 의미가 어디로 향하는지, 그 모든 것이 궁금해지면서도 여전히 답을 찾을 수 없는 듯한 그 모호함 속에서, 나는 오히려 위안을 찾습니다. 삶은 그 자체로 아름다운 여행이며, 그 여행의 끝을 생각하며 두려워할 필요는 없다고 여겨지게 되는 것입니다.

때때로 시월의 바람 속에 잠시 멈춰 서면, 그 순간, 세상의 모든 소음이 사라지고 오직 나 자신만이 존재하는 듯한 고요한 느낌을 받습니다. 그 고요함 속에서 지나온 나의 여정과 이 순간의 감정들이 서로 얽혀 하나로 녹아드는 듯한 기분을 느끼며, 나는 그 속에서 삶의 의미를 깨닫게 됩니다. 그 어떤 말로도 설명할 수 없는, 오직 시월이 주는 특별한 기운 속에서 나는 단 한 순간도 놓칠 수 없다는 듯이, 마음을 온전히 열고 그 모든 빛을 받아들입니다.

하늘은 점차 어두워지고, 시월의 저녁이 다가오면, 별들이 하나둘 고요히 빛을 내며 내 마음속 깊은 곳에 잠자고 있던 기억들이 깨어납니다. 별빛이 반짝일 때마다 나는 내가 사랑했던 이들의 얼굴을 떠올리며, 그들과 나누었던 소중한 순간들이 마치 별처럼 내 마음속에 새겨져 있음을 느낍니다. 시간이 지나도 결코 사라지지 않는 그 순간들이 다시 한번 나에게 다가와, 나의 가슴 속에 쌓인 그리움과 사랑을 되살려 줍니다. 그들이 곁에 있을 때는 알지 못했던 그 소중함을, 지금에 와서야 온전히 깨닫게 되며, 그리움 속에서도 나는 그들에게 닿을 수 있다는 희망을 품게 됩니다.

시월의 밤은 또한 내게 깊은 치유의 시간이기도 합니다. 고요한 밤하늘 속에서 나는 나의 내면을 다시 들여다보며, 이 세상에서 가장 소중한 것들이 무엇인지, 내가 진정으로 원하는 것이 무엇인지를 고민합니다. 삶의 흐름 속에서 잊고 지낸 것들, 놓쳐버린 것들, 다시 돌아가고 싶은 순간들이 떠오를 때마다 나는 그리움과 아쉬움 속에서도 한 줄기 빛을 찾습니다. 그 빛은 바로 내가 사랑했던 사람들과 나눈 모든 순간들이 남긴, 결코 사라지지 않는 흔적들입니다. 별빛처럼 반짝이는 그 기억들이 나에게 다시 힘을 주고, 내일을 살아갈 용기를 준다고 믿습니다.

이 모든 것이 시월이 주는 선물처럼 다가옵니다. 그 어느 때보다도 내 마음이 차분하고, 삶을 더욱 깊이 있게 느끼게 되는 이 시월의 순간, 나는 그저 감사함을 느낍니다. 이 계절이 나에게 주는 위안과 치유는 단순히 외적인 풍경에만 그치지 않고, 내면에서부터 출발하여 나의 삶을 온전히 다시 바라보게 해줍니다. 시월은 그 자체로 나의 삶에 스며드는 빛과 같아서, 내 마음속의 어두운 구석을 비추며 새로운 희망과 꿈을 다시금 심어줍니다. 시간이 지나면 이 시월의 기억도 하나의 추억으로 남겠지만, 그 추억은 언제나 나에게 소중한 가르침과 위로로 남을 것입니다.

6부 삶의 아름다운 풍경

그래서인지 나는 시월을 맞이할 때마다, 그 모든 순간을 깊이 품고 살아갑니다. 가을의 고요한 바람, 낙엽이 떨어지는 소리, 별빛이 반짝이는 밤하늘 아래에서, 나는 다시 한번 나 자신과 삶을 돌아보고, 다가올 내일을 향해 한 걸음 더 나아갑니다. 시월이 주는 그 아름다운 빛을 안고, 나는 내일을 향해 더욱 용기 있게, 사랑을 품고 걸어갈 것입니다.

내가 만난 모든 풍경은
행복이였다—

수국의 향기와 추억

　고향의 따스한 바람처럼 내게 큰 힘이 되어 주시는 윤보영 선배님과 함께했던 도척면의 수국축제는 내게 잊을 수 없는 아름다운 기억으로 남아 있습니다. 축제장에 들어서자마자 시선을 사로잡은 것은 온통 만개한 수국들 하얗고 푸르고 붉은 빛깔로 피어올라 그곳을 하나의 거대한 꽃밭으로 만들고 있었습니다. 햇살에 비친 수국들이 각기 다른 색으로 조화롭게 빛나는 모습은 마치 한 폭의 그림처럼 아름다웠고, 그 자리에 머물러 있는 것만으로도 마음 깊숙이 잔잔한 울림이 전해져 왔습니다. 꽃잎 하나하나가 품고 있는 여물어가는 자연의 색감과 향기는 오래도록 가슴에 새겨질 듯한 아름다움이었습니다. 그날의 풍경 속에서 나는 순간순간이 살아 있는 것처럼 느껴졌고, 그 모든 것이 마치 시간이 멈춘 듯, 내 안에 깊은 인상을 남기며 흐르고 있었습니다.

그날의 풍경은 수국의 아름다움뿐 아니라 선배님의 따뜻한 미소와 온기로 더욱 환하게 밝혀졌습니다. 선배님과 수국 사이에 머무르는 동안 나도 모르게 우리 사이에 쌓인 시간들이 살며시 떠올랐습니다. 바쁜 일정 속에서도 한결같이 고향 후배인 저를 위해 귀한 시간을 내어 주신 선배님의 그 따뜻한 마음은 제가 오래도록 잊지 못할 감사함으로 남아 있을 것입니다. 출판기념회에도 기꺼이 참석해 주시고 딸의 결혼식에서도 축시를 낭송해 주셨던 그 진심 어린 응원들은 저에게 큰 위로이자 힘이 되었습니다. 그러한 따스한 기억들이 마음 깊이 자리 잡고 있는 저는 언제나 선배님의 모습을 떠올리며 감사함으로 가득 차오릅니다. 선배님과 나눈 시간은 마음속에 오래도록 남을 선물 같은 시간이었습니다.

그날 수국이 만개한 꽃밭에서 우리는 서로의 눈빛과 미소 속에서 깊은 응원을 느꼈습니다. 수국을 바라보며 이야기를 나누는 사이사이마다 그곳에는 늘 고향의 정이 머물러 있었습니다. 때론 서로를 위로하며, 때론 웃음 속에 묻혀가는 지난 추억을 소환하며 우리는 그렇게 오래도록 기억될 순간을 만들어 갔습니다. 각기 다른 색으로 피어난 수국들은 소박하면서도 자연스러운 아름다움으로 마음을 가득 채워 주었고, 마치 우리 삶의 이야기가 담긴 듯한 느낌이 들었습니다. 바라보는 것만으로도 따스함이 스며드는 그 모습은 나도 모르게 미소가 번지게 했습니다. 함께 나눈 그 순간이 잔잔한 추억으로 남아 내 삶의 한 장면을 아름답게 장식해 주고 있습니다. 수국이 전하는 그 고요하고도 깊은 울림은, 우리가 서로의 삶 속에서 나누었던 따뜻한 마음을 고스란히 담고 있었습니다. 그날 이후로 그 꽃들은 나에게 단순한 자연의 일부가 아니라, 사랑과 기억을 담고 있는 하나의 상징처럼 다가왔습니다.

수국을 보며 마음속에서는 수국처럼 누군가에게 순수하고도 깊은 울림을 줄 수 있는 사람이 되고 싶다는 소망이 생겼습니다. 세월을 거치며 천천히 그러나 확실하게 피어나는 수국처럼 나 또한 서두르지 않고, 삶을 차분히 피워 나가고 싶다는 생각이 들었습니다. 각양각색의 수국이 서로 어우러져 화려함과 소박함을 동시에 품고 있는 모습처럼, 나도 다양한 감정을 받아들이고 삶을 수용하며 나만의 색으로 세상에 잔잔한 향기를 남길 수 있는 존재가 되고 싶습니다. 수국이 주는 그 묵직한 향기처럼, 내 삶도 시간이 지나면서 더욱 풍성하고 깊어질 것이라 믿습니다. 그 꽃들이 시련을 겪고 성장하며 피어나는 것처럼, 나 또한 삶의 여러 단계를 거쳐 지금보다 더욱 따뜻하고, 넉넉한 마음을 품은 사람으로 성장할 수 있기를 바랍니다. 그렇게 내 인생도 수국처럼, 시간이 지나도 잊히지 않고, 사람들에게 소중한 기억과 감동을 남길 수 있기를 바라는 마음이 큽니다.

계절이 지나 수국의 꽃잎이 다 떨어져도 그 향기와 기억은 우리의 마음속에 오래도록 남아 있을 것입니다. 시들어 가는 꽃 속에서도 여전히 남아 있는 그 순수한 마음처럼, 시월의 따뜻한 향기를 품고 이 계절 속에서 진심으로 피어나는 존재가 되기를 바랍니다. 수국처럼 고요하지만 깊이 있는 향기로

6부 삶의 아름다운 풍경

사람들에게 전해지고, 누군가의 기억 속에 따스한 울림으로 남고 싶습니다. 이 순간을 잊지 않고 아름답게 기억하며, 수국이 가르쳐 준 순수함을 품고 살아가고자 다짐해 봅니다. 수국이 전해 준 그 따뜻한 향기와 감동이 마치 사라지지 않는 고향의 바람처럼 제 마음을 오래도록 지켜 주기를 바라면서, 내가 나아가는 길에 언제나 그 향기가 함께 하기를 기도합니다.

수국과 함께한 이 여정이 앞으로도 선배님과 나의 삶 속에서 잔잔히 남아 그 향기와 감동이 내 마음을 오래도록 따뜻하게 지켜주길 바라며, 그 순간이 우리 각자의 삶에서 잊혀지지 않도록 마음속에 간직할 것입니다.

햇살 드는 창

낮에는 햇살이 따스하게 스며들고, 밤이면 달빛과 별빛이 고요히 비추는 창을 만난 이후 나는 그곳을 사랑하게 되었다. 그 창을 바라보는 것만으로도 마음이 고요해지고, 세상의 복잡함과 무거운 짐이 잠시 사라지는 듯한 기분이 든다.

글을 쓰는 사람들이 대개 양평을 선호한다는 이야기를 들었다. 그 이유는 아마도 양평의 고요함과 자연의 온화한 품이 창작의 영감을 자극하기 때문일 것이다. 나 역시 그 중 하나로, 언제부터 양평을 좋아했는지 정확히 기억나지 않지만, 문득 글을 쓰는 사람으로서의 본질을 깨닫게 된 순간부터, 양평이라는 이름은 내 마음 깊숙이 자리 잡았다. 그곳에서 나는 자연의 풍경을 바라보며 흐르는 시냇물 소리를 들으며 내 존재와 글쓰기의 의미가 서로 하나로 얽히는 특별한 공간을 발견한 것이다.

양평은 도시와는 다른 독특한 정서를 지닌 곳이다. 그곳의 매력은 아름다운 풍경뿐만 아니라, 나무가 깊게 뿌리를 내리고, 강물이 잔잔히 흐르는 그 공간에서 자연의 숨결과 인간의 삶이 조화를 이루는 순간들을 목격할 수 있다는 점이다. 양평의 하늘을 바라보며 푸른색과 함께 날아가는 새들을 보면 마치 세상의 모든 복잡한 일들이 잠시 멈춘 것처럼 느껴진다. 그곳에서는 시간이 멈추지 않더라도, 시간이 흐르는 것조차 잊은 듯한 감각이 든다. 그 고요함 속에서 나는 내 글을 향한 열정과 의무감을 다시금 되새긴다.

그 창은 나에게 단순히 바깥세상을 보여주는 창이 아니다. 그 창을 통해 들어오는 햇살은 나의 내면을 비추는 빛이기도 하다. 햇살이 들어오면, 그 빛은 실내를 밝히는 것에 그치지 않고, 나를 비추고 내 마음을 들여다보게 만든다. 내가 무엇을 하고 있는지, 왜 이 순간에 이 자리에 있는지 스스로에게 질문을 던지게 만든다. 그 창은 나와 세상, 그리고 내면을 연결하는 중요한 지점이 된다. 바깥세상은 언제나 변하지만, 그 창은 항상 나에게 평화롭고 따스한 빛을 전해준다. 그곳의 햇살은 마치 내 마음속 한 부분이 빛을 찾아 나가는 듯한 느낌을 준다. 나는 그 빛을 통해 세상의 진실을 보고, 내 깊은 내면을 들여다본다.

햇살이 들어오는 창을 바라보며 나는 때때로 내 삶의 길을 되새기고, 그 길 위에서 느꼈던 기쁨과 슬픔을 되돌아본다. 그 창을 통해 지나가는 시간들 속에서 나는 점점 더 나 자신을 이해하게 되고, 그 속에서 내가 쓸 수 있는 이야기의 씨앗을 찾게 된다. 양평에서의 시간은 그런 점에서 내 글쓰기와 깊은 관계를 맺고 있다. 물소리와 바람 소리가 자연스럽게 내 머릿속의 복잡한 생각과 감정을 정리해 주고, 그 정리된 생각들은 글로 풀어지기를 기다린다.

이곳의 창문을 통해 바라본 세상은 내가 글을 쓸 수 있는 공간이자, 세상의 진실을 풀어낼 수 있는 기회의 창으로 변한다. 마치 그 창을 통해 세상과 마주하는 것처럼, 글 쓰는 순간에도 내 안의 감정과 생각들이 햇살처럼 퍼져나간다. 내가 이 창을 통해 나의 글을 세상에 전하려 할 때, 세상과 나, 그리고 내 글이 하나로 이어지는 순간이 된다. 그 순간마다 나는 나의 존재와 글이 얼마나 밀접하게 연결되어 있는지 깨닫게 된다.

햇살이 드는 창을 바라보며 나는 나 자신과 대화하고, 세상과 대화한다. 그 창은 내게 바깥세상을 보여주는 창이 아니라, 내 깊은 내면을 비춰주는 거울이 된다. 내가 무엇을 쓸지, 어떤 이야기를 나누어야 할지 모를 때, 그 창을 바라보며 나는 내 마음과 깊은 대화를 나눈다. 그 대화 속에서 내 글은 흐르기 시작하고, 햇살은 내면의 빛을 찾도록 도와주며, 그 빛을 통해 세상과 소통하는 방법을 알려준다. 나는 이 창을 통해 나의 감정을 글로 풀어내며, 그 속에서 진실을 찾고 나를 표현하는 방법을 터득해 간다.

세상에서 가장 행복한 순간은 햇살이 들어오는 창 앞에 앉아 글을 쓰고 있을 때이다. 그 창을 통해 들어오는 햇살은 밝은 빛을 넘어, 내 삶을 환히 비춰주는 따스한 존재가 된다. 나는 그 창에서 흐르는 빛을 통해 세상의 아름다움과 진실을 느끼고, 내 안의 이야기를 풀어내는 힘을 얻는다. 그것은 글을 쓰는 시간이 아니라, 나 자신을 돌아보며 세상과 나를 잇는 고요한 대화를 나누는 순간이다. 그 대화 속에서 나는 점점 더 내가 무엇을 써야 할지, 왜 쓰고 있는지에 대한 깊은 의미를 발견하게 된다. 햇살이 드나드는 창을 바라보며, 나는 글을 쓰는 것뿐만 아니라 내 삶의 모든 순간들을 돌아보며, 그 속에서 진정한 나를 발견하는 여정을 떠나는 것이다.

6부 삶의 아름다운 풍경

내가 만난 모든 풍경은 행복이었다

전선희 수필집

2024년 12월 16일 초판 1쇄
2024년 12월 18일 발행
지 은 이 : 전선희
펴 낸 이 : 김락호
디자인 편집 : 이은희
기 획 : 시사랑음악사랑
연 락 처 : 1899-1341
홈페이지 주소 : www.poemmusic.net
E-Mail : poemarts@hanmail.net

정가 : 15,000원
ISBN : 979-11-6284-578-3